www.tredition.de

Thomas Brylla wurde 1944 in Örebro (Schweden) geboren und starb im November 2009 in Uppsala, wo er seit 1963 wohnte und als Bibliothekar, Rezensent und Kulturjournalist arbeitete. Er schrieb Bücher sowohl für Erwachsene als auch für Kinder und Jugendliche. Seine Kriminalromane und Thriller umfassen u. a. auch fünf Kriminalromane über den Rechtsanwalt und Privatermittler Peter Bromander, der Verbrechen und Morde in Uppsala aufklärt. Der erste Roman erschien 1997 und der letzte im Frühjahr 2009. Er hinterließ außerdem noch ein unvollendetes Manuskript zu einem Peter Bromander-Roman.

Thomas Brylla

Morast

Thriller

In der Stunde der vollen Blüte beginnt der Verfall.
(Japanisches Sprichwort)

1

Direkt als sie die Tür aufmachte, sah sie es. Sah, dass es noch einmal passiert war. Ihre Reaktion war dieselbe wie bei den früheren Gelegenheiten. Eine Mischung von Wut, Trauer und Angst.

Eva-Maria Törnheden zog ihren Morgenrock fester um sich und schlich über die Platten zum Briefkasten und der Morgenzeitung. Auf beiden Seiten der Platten war das Gras nass vom Morgentau. Leichte Nebelvorhänge hingen noch wie dünne Schleier über Wald und Felder aber würden vermutlich gleich verschwinden und einem schönen Herbsttag den Weg bereiten.

Der Garten war dabei, sich auf den kommenden Winter vorzubereiten. Noch hingen die Blätter an Bäumen und Büschen, aber das Grüne nahm allmählich einen rostbraunen Farbton an. Im Kirschbaum verfolgte ein Spatzenpärchen gespannt ihren Weg. Die ganze Zeit bereit abzuheben, falls etwas Bedrohliches eintreffen würde.

Am Briefkasten angekommen steckte Eva-Maria vorsichtig die Hand hinein und fischte die Zeitung heraus. Zaudernd warf sie einen Blick in den Briefkasten. Leer. Sie seufzte erleichtert. In diesem Briefkasten hatte sie in letzter Zeit allerhand gefunden. Sachen, die absolut nicht in einen normalen Briefkasten hineingehörten. Und die anscheinend von irgendjemandem dort hineingesteckt worden waren. Alte Zigarettenstummel. Tote Vögel. Hundekacke.

Eva-Maria schüttelte ihre hellrote Mähne und machte sich auf den Rückweg ins Haus. Müde, verwirrt. Normalerweise sah sie aus wie das blühende Leben. Die Unruhe und das Chaos der letzten Zeit hatten ihren sonst so gesunden Teint verändert. Jetzt war er ganz grau vor Müdigkeit und Unruhe, und die braunen Sommersprossen, die normalerweise ihrem Gesicht ein pikantes Aussehen verliehen, sahen jetzt eher wie Pickel aus in dem blassen, ungeschminkten Gesicht.

Auf dem Weg zurück ins Haus und in die Wärme blieb sie stehen und betrachtete die Verwüstung. Alle Töpfe, die auf der niedrigen, langen Bank gestanden hatten, lagen jetzt auf dem Boden. Sie hatten dagestanden um für den Winter geleert und weggestellt zu werden. Die Bank war umgeworfen und die Erde aus den Töpfen bedeckte beinahe ganz und gar die Platten. Mehrere Töpfe waren kaputtgegangen.

Eva-Maria schüttelte sich. Seufzte. Sie hatte jetzt nicht Zeit aufzuräumen. Die Kinder mussten in die Schule, und selbst musste sie zur Arbeit. Es musste bis heute Abend warten. Das heißt, wenn nicht etwas anderes bis dahin geschehen war. Eine neue Verwüstung.

Wer steckte dahinter? Wer es auch war, er hatte sein Ziel erreicht. Eva-Maria war ins Schwanken geraten. Sie war dabei den Boden unter ihren Füßen zu verlieren. Sie konnte sich an ihrer Arbeitsstelle schwer konzentrieren. Sie dachte zu sehr an alles, was passiert war.

Was würde demnächst geschehen? Würde es weiter eskalieren? Und warum geschah dies alles gerade jetzt?

Eva-Maria machte die Tür auf und ging ins Haus. Zog die Stiefel aus und ging in die Küche. Schmiss die Zeitung auf den Küchentisch uns sah ihren Mann an.

„Jetzt muss es genug sein. Ich schaffe es nicht mehr."

*

Svante Törnheden lenkte seinen Audi auf den Parkplatz der Hochschule in die Lücke mit seiner Autonummer. Er blieb eine Weile im Auto sitzen und hörte dem Ausschnitt eines

Rundfunkprogramms zu. Ein Nachrichtenreporter setzte der Schulministerin hart zu, aber diese geriet nicht für eine Sekunde ins Wanken.

„Wir haben eine stabile und gesunde Schule, die allen Schülern dieselben Möglichkeiten bietet. Die Verantwortung ruht auf dem Schüler selbst, und unsere schwedische Schule schafft sozial orientierte Schüler mit guten Grundkenntnissen."

Svante hatte Lust laut aufzulachen, aber das Thema war viel zu ernst als dass man darüber lachen könnte. Wusste die Ministerin nicht oder ließ sie sich nichts anmerken? Und wenn sie wusste. Wie war ihr dabei zumute, als sie bewusst die richtigen Tatsachen vorenthielt? Einfach die Zuhörer direkt zu belügen. Es konnte ihr kaum entgangen sein, dass es vielen Schülern, die für die Hochschule angenommen wurden, an grundlegenden Kenntnissen fehlte. Die Sprachlehrer mussten in der Regel damit anfangen, die Studenten in schwedischer Grammatik zu unterrichten, bevor diese anfangen konnten ihre jeweiligen Sprachen zu studieren.

Er stieg aus dem Auto und schloss es mit einem Klick ab. Er glättete die Krawatte, den braunen Cordanzug und die dichten braunen Haare und ging auf den Eingang zu. Seine Schritte waren sportlich, und er wusste, dass sein Kampf gegen Gewichtszunahme und körperlichen Verfall bis jetzt erfolgreich gewesen war. Er hatte einige Kollegen, die auseinander gingen wie die Pfannkuchen und viel älter aussahen als sie in Wirklichkeit waren. Mit der Zeit würde er nicht gegen den unerbittlichen Verlauf der Zeit ankämpfen können, aber kam Zeit kam Rat.

Auf dem Weg vom Parkplatz zum Eingang betrachtete er die wohlbekannten Gebäude. Die Hochschule hatte die

Räume einer ehemaligen Volksschule, die in den 20er Jahren des vorigen Jahrhunderts gebaut worden war, übernommen. Das rostbraune Backsteingebäude war schnell zu klein geworden und war seit einigen Jahren mit einem neuen imposanten Haus ergänzt worden. Dieses sah genauso aus wie alle öffentlichen Gebäude, die um die letzte Jahrhundertwende gebaut worden waren. Unmengen von Glas und grelle Farben.

Die Nachrichtensendung mit der Schulministerin hatte sein ungeteiltes Interesse beansprucht. Die Gedanken, die in seinem Kopf herumgeschwirrt waren, waren für einen Moment in den Hintergrund geraten. Das war ein gutes Gefühl gewesen, doch jetzt waren sie mit voller Kraft wieder da.

Eva-Marias Wut und Unruhe am Morgen. Ihre Fragen, die unmöglich zu beantworten waren. Er wusste genauso wenig wie sie, worum es sich handelte. Wenn er es nur gewusst hätte, hätte er es angepackt. Sofort. Oder genauer gesagt, er hätte sich denjenigen vorgeknöpft, der hinter dem Terror steckte.

Wie üblich hatte er versucht Eva-Maria zu beruhigen. Dass alles nur ein reiner Zufall gewesen sei. Gewiss ein unangenehmer solcher, aber trotz allem nur ein Zufall. Aber tief in seinem Inneren wusste er, dass dies nicht der Fall war. Viel zu viel war passiert. Und es schien auch nicht aufzuhören. Das hatten sie spätestens heute Morgen zu spüren bekommen.

Er wurde nicht schlau aus Eva-Marias Reaktion. Irgendwie schien sie ihn für das Geschehene verantwortlich zu machen. Nicht direkt mit Worten. Aber ihre Blicke sagten umso mehr. Sie deuteten an, dass es seine Schuld war.

So war es heute Morgen. Sie war aufgeregt gewesen. Hatte ihn immerzu gefragt.

„Was passiert eigentlich, Svante? Worum geht es denn?"

„Ich weiß nicht. Ich weiß nicht mehr als du."

„Ach nein ..."

Dies war ein solcher Morgen gewesen, an dem er beinahe von zu Hause ausgerissen war. Ab und zu fuhren sie zusammen nach Örtuna, teils um Geld zu sparen, teils der Umwelt wegen. Aber heute schaffte er es nicht, in ihrer Nähe zu sein. Ihre ständigen Fragen. Warum? Wer? Und dazu noch ihre vorwurfsvollen Blicke.

Svante nickte ein paar Studenten zu. Als er das Haupttor zur Hochschule aufmachte, wusste er, dass er sich auf die bevorstehenden Arbeitsaufgaben konzentrieren musste. In seiner Eigenschaft als Betreuer hatte er in einer guten Stunde ein Treffen mit den Doktoranden. Dies verlangte seine ganze Kraft.

Aber so sehr ihn seine Arbeit heute beanspruchen würde, er würde nicht die Gedanken an die Geschehnisse von heute morgen loswerden können. Er sah die umgestoßenen und kaputten Blumentöpfe vor sich. Ihm war dabei nicht wohl zumute. Er konnte nicht nur verächtlich schnauben und „Dummjungenstreich" murmeln.

Zwar hoffte er, dass es sich gerade um Dummjungenstreiche handelte. Aber in seinem Inneren verspürte er etwas anderes. Dass dies das Werk eines Menschen war, der keinen festen Fuß mehr in seinem Dasein fand. Jemand der betrogen oder im Stich gelassen worden war. Und der jetzt keine andere Möglichkeit sah, als auf diese Art und Weise heimzuzahlen.

2

„Ja, ich habe verstanden, dass es wichtig ist! Ich werde es schon schaffen. Kein Problem!"

Doch Probleme würde es jetzt geben. Eva-Maria fluchte laut vor sich hin, als sie den Hörer aufgelegt hatte. Typisch, dass sie ausgerechnet heute einen wichtigen Mandanten übernehmen musste. Und erst um drei! Sie hatte Emma versprochen früh zu Hause zu sein. Das würde jetzt unmöglich sein.

Svante müsste etwas früher nach Hause kommen. Sie schüttelte sich, als sie sich erinnerte, dass Svante vermutlich erst spät heute Abend zu Hause sein würde. Einen kurzen Augenblick überlegte sie, ob sie ihn anrufen sollte aber ließ den Gedanken fallen. Vermutlich würde er auch heute nicht zu erreichen sein. Dies war oft der Fall nach solchen Morgen, an denen er Hals über Kopf geflüchtet war.

Es war immer dasselbe gewesen, nachdem sie Verwüstungen ausgesetzt worden waren. Er war genauso aufgeregt wie sie. Genauso wütend. Aber sie hatte noch etwas wahrgenommen, etwas Ausweichendes. Als ob er Angst hätte, das Problem anzupacken.

Normalerweise scheute er nie Auseinandersetzungen. Er war absolut nicht ängstlich sondern geradlinig und aufrichtig. Aber nach diesen Verwüstungen war er ausweichend. Verdächtig ausweichend. Wollte sich nicht damit befassen. Wusste er etwas darüber? Etwas, was er ihr nicht erzählen wollte?

Viveka. Sie musste ihr aus der Patsche helfen. Zum wievielten Mal wusste Eva-Maria nicht mehr. Mehrmals war Viveka, ihre Nachbarin, ihr rettender Engel gewesen, wenn plötzliche Änderungen im Stundenplan oder unerwartete Termine den genauen Plan der Familie Törnheden über Bord geworfen hatten.

Viveka hatte nichts dagegen. Das sagte sie wenigstens. Sie mochte Kinder gerne und hatte verhältnismäßig viel Zeit übrig. Sie saß keineswegs in ihrem Haus und drehte Däumchen. Sie war Übersetzerin und arbeitete so gut wie immer zu Hause.

Eva-Maria wusste nicht viel über Viveka. Diese war ziemlich verschwiegen, was ihr Leben betraf, aber so viel hatten sie erfahren, dass sie Witwe und kinderlos war. Sie wohnte schon im Nachbarhaus, als Eva-Maria und Svante einzogen, und schon von Anfang an war Viveka freundlich und hilfsbereit gewesen. Allmählich war eine freundschaftliche Beziehung zwischen Eva-Maria und Viveka entstanden. Eva-Maria spürte, dass sie sich auf Viveka verlassen konnte und vertraute sich nunmehr ihr ziemlich oft an. Viveka konnte gut zuhören aber vertraute sich selbst nicht oft an. Vielleicht fing dies jetzt an sich zu ändern.

In letzter Zeit hatte Viveka etwas mehr über sich selbst und ihr Leben erzählt. Nichts direkt Aufsehenerregendes oder keine ernsthaften Geheimnisse. Aber trotzdem.

Ihr Mann war bei irgendeinem Unfall ums Leben gekommen, so viel wusste Eva-Maria, aber nicht mehr. Die Bande zwischen den Eheleuten waren so stark gewesen, dass sie sich nie mehr habe verlieben können. Zumindest gab sie das vor. Sie vermisste ihn immer noch, und manchmal überkam sie die Verbitterung. Allein zu sein und keine Kinder zu haben.

Emma und Viveka hatten recht schnell zueinander gefunden, und es war niemals mit Schwierigkeiten verbunden,

Emma zu bitten zu Viveka zu gehen, wenn Eva-Maria sich verspätete. Manchmal war Emma alleine zu Hause, aber sie wusste immer, dass Viveka sich im Haus nebenan befand.

Viveka machte niemals aus ihren feministischen Ansichten einen Hehl. Sie kamen bei Gesprächen und Diskussionen an den Tag. Diskussionen die Svante nunmehr am liebsten mied. Er versuchte sich immer herauszuhalten, wenn die feministischen Dogmen gelüftet wurden. Nachher pflegte er zu Eva-Maria zu sagen:

„Am besten verhalte ich mich still. Ich könnte ihre Floskeln mit ein paar gut gewählten Worten kaputt machen."

Eva-Maria antwortete nicht. Sie war nur zufrieden, dass es nicht zu offener Feindschaft zwischen Viveka und Svante kam. Ein bisschen kühle bewaffnete Neutralität konnte angehen. Sie mochte Viveka und brauchte außerdem ihre Hilfe.

Viveka kümmerte sich nicht viel um Svante. Sie stellte fest, dass er existierte, und dass man genauso gern alleine leben könnte, wenn alle Männer so wie er waren.

„Du hast viel zu tun, Eva-Maria. Ein großes Haus, eine Arbeit, die hohe Anforderungen an dich stellt und drei Kinder zu versorgen", konnte Viveka sagen. Um im nächsten Augenblick laut aufzulachen.

Doch da täuschte sich Viveka. Svante war kein Kind. Er übernahm meistens seinen Teil der Haushaltsarbeit. Er kaufte ein, putzte und vor allem beschäftigte er sich viel mit den Kindern. In der Hinsicht hatte Eva-Maria keinen Grund zu klagen. Zwar existierten die Freunde aus seiner alten Clique immer noch. Es gab schon noch Fußballspiele, Reisen und feuchtfröhliche Abende, aber meistens war Svante da, wenn sie ihn brauchte.

Deshalb war es schon etwas erstaunlich, dass er sich zurückzog, wenn seine Familie diesem Terror ausgesetzt wurde. Sie wollte mit ihm reden, alles besprechen, aber Svante hatte nichts zu sagen. Er flüchtete sich in seine Arbeit und hinterließ sie in einem Chaos. Es war auch schwierig, ihn in der Tiefe zu erreichen. Über das Leben, die Zukunft, ihre Gefühle zu reden. Er konnte stundenlang darüber reden, was an der Hochschule passierte. Wer intrigierte. Auf wen er sich verlassen konnte. Wer mit wem fremdging. Niemals über seine Gefühle. Und natürlich niemals über ihre Gefühle.

Der Alltag nahm immer überhand. Er stellte ihr Gesprächsthema dar. Niemals redeten sie über sich selbst. Wie alles werden sollte. Trotz allem bestand das Leben nicht nur aus praktischen Dingen. Es musste noch eine Dimension geben. Und sie sehnte sich danach. Immer mehr.

Eva-Maria warf einen Blick auf die Uhr. Nein, jetzt musste sie sich beeilen. Es war schon spät. Sie zog einen hellen Popelinemantel über das schlichte graue Kostüm. Sie schaute kritisch ihr Spiegelbild an. Waren schon Spuren des Alterns zu sehen? Nicht direkt. Die kleinen Anzeichen ihrer zweiundvierzig Jahre hatte sie geschickt weggezaubert. Das richtige Maß an Rouge und diskret rosa Lipgloss. Die hellroten, wuscheligen Haare hatte sie über die hohe glatte Stirn aufgesteckt, so dass sie wie die korrekte Anwältin, die sie schließlich war, aussah. All dies betrachtete sie kritisch mit intensiven, blauen Augen.

Sie warf einen Blick in ihre Tasche. Alles war da. Der Terminplaner, die Brille, die Notizen, die sie gestern Abend durchgearbeitet hatte. Die Schminktasche aus weißem Leder und das kleine Päckchen mit Tampons. Ihre Periode konnte jetzt jeden Moment da sein. Die Anzeichen waren wie immer sehr offensichtlich.

Mit raschen Schritten rannte sie die hundert Meter zum Nachbarhaus. In Vivekas Garten herrschte eine fast penible Ordnung. Das Meiste war in Vorratsräume eingestellt worden, aber sofern Geräte draußen standen, waren sie fein säuberlich geordnet. Die Gartenstühle standen an den rechteckigen Tisch gelehnt.

Auf dem Weg zum Haus genoss Eva-Maria die Farbenpracht unter Vivekas Herbstblumen. Frühling, Sommer, Herbst, es war egal. Immer blühte in Vivekas Garten etwas, was das Auge erfreute.

Mit ein paar schnellen Schritten rannte sie die Treppe hinauf und klingelte an der Tür. Es dauerte eine Weile bis das Schloss klapperte.

Die Tür ging auf.

„Hallo, du bist es? Entschuldigung, es dauerte ein bisschen, aber ich schließe immer gut ab, während ich arbeite. Ich bin tief in meiner Aufgabe versunken und ich lasse die Musik laut laufen. Man könnte das ganze Haus ausräumen, ohne dass ich etwas merke. Aber komm doch herein!"

„Ich weiß nicht... ich bin auf dem Weg zur Arbeit."

Trotz ihrer vagen Proteste folgte sie Viveka ins Haus und in die Diele mit den dunklen Möbeln. Weiche, anschmiegsame Töne drangen aus dem ersten Stock.

„Oh, was für eine wunderschöne Musik. Was ist es? Mozart?"

„Beinahe richtig. Haydn. Cellokonzert. Ja, es ist ein wunderbares Stück als Arbeitsbegleitung."

„Ich will dich nicht stören, aber ich habe heute ein Problem bekommen. Ein Termin mit einem ganz neuen Mandanten ist hinzugekommen. Ich konnte nicht nein sagen, und Svante erreiche ich nicht."

„Emma also. Kein Problem."

„Ist das auch sicher? Sie kommt aus der Schule kurz vor drei."

„Natürlich helfe ich dir. Sie kann doch hierher kommen. Dann gebe ich ihr eine kleine Zwischenmalzeit und dann kann sie selbst entscheiden, ob sie hier bleiben oder lieber nach Hause gehen will."

„Du bist eine Perle."

Sie umarmte Viveka leicht und nahm dann einen Schritt zurück. Viveka trug ihre spezielle Schreiberkluft. Dunkelbraune Nickihosen und ein weißes T-Shirt ohne Text. Darüber trug sie eine lange selbstgestrickte Jacke in graublauen Farbtönen. In der einen Hand eine Lesebrille. Die langen dunklen Haare, die sie meistens aufgesteckt trug, hingen heute gerade herunter. Eva-Maria stellte fest, dass die grauen Haare sich weiterverbreiteten. Die braunen Augen mit den kleinen gelben Einsprengseln waren wach und erforschend. Die Nase wirkte außergewöhnlich kräftig unter den sonst so zierlichen und wohlproportionierten Gesichtszügen.

Viveka betrachtete Eva-Maria eingehend.

„Wie steht es eigentlich? Emma ist doch nicht das Einzige, was dir Sorgen macht, oder?"

Eva-Maria blinzelte schnell um einige Tränen wegzubekommen.

„Nein... es ist schon wieder passiert."

„Wann? Heute Nacht?"

„Vermutlich."

„Was ist denn diesmal passiert?"

„Alle meine Töpfe, du weißt schon. Ich hatte sie auf die Bank gestellt um ein bisschen für den Winter vorzubereiten. Jetzt war alles umgeschmissen."

„War etwas auch noch kaputtgegangen?"

„Ja, mehrere von den schönsten."

„Aber, du musst etwas tun, Eva-Maria. So geht es doch nicht weiter. Es eskaliert ja immer mehr."

„Was soll ich denn tun?"

„Anzeige erstatten. Bei der Polizei eine Anzeige erstatten. Es muss ja schließlich ein Ende nehmen."

„Ja, aber eine Anzeige bei der Polizei. Dort kümmern sie sich doch nicht um solche Kleinigkeiten."

„Kleinigkeiten. Mag schon sein. Andererseits handelt es sich nicht nur um Kleinigkeiten. Denk doch daran, was alles passiert ist. Verschiedene ekelige Sachen im Briefkasten. Demolierte Gartenmöbel. Sabotierte Fahrräder. Kratzer an den Autos. Kleinigkeiten und Gravierendes im Wechsel. Und denk doch daran, als jemand Feuer unter dem Holz im Garten gelegt hatte. Das hätte mit einer Katastrophe enden können, wenn Svante es nicht entdeckt hätte."

Eva-Maria nickte und Viveka fuhr fort:

„Versprich mir, dass du jetzt etwas unternimmst! Nimm Kontakt mit der Polizei auf, bevor es zu spät ist. Es könnte etwas wirklich Ernstes passieren, nicht nur Sachbeschädigung, sondern auch etwas was Menschen verletzen könnte. Schieb es nicht auf die lange Bank! Du wirst es sonst bereuen. Zeig es bei der Polizei an! Versprich mir das!"

„Ja, ich verspreche es."

3

Jonas überblickte den Schrankinhalt ein letztes Mal. Die Bücher, die er brauchen würde waren da genau wie die Sportsachen. Er warf einen Blick über die Schulter. Niemand da. Alles leer. Schnell wühlte er unter den Sportsachen und erwischte das kleine Bärchen. Es war nicht viel größer als seine Finger, hellbraun und sehr weich. Aber er wagte nicht daran zu denken, was passieren würde, wenn jemand ihn damit sah.

Nie, nie würde er den Tag vergessen, als er es bekam. Sara und er hatten sich das ganze Frühjahr gegenseitig angeschaut. Neugierige, prüfende Blicke. Doch sie ging mit Jakob und sie schienen fast immer zusammen zu sein. Doch dann passierte etwas. Man sah Sara und Jakob immer weniger zusammen, und plötzlich ging Jakob mit Linda.

Sara war frei, und während Jonas darüber nachgrübelte, wie er sich ihr nähern sollte, sorgte sie dafür, dass aus ihnen ein Paar wurde. Ohne dass Jonas weder etwas wahrnahm noch etwas verstand sah Sara zu, dass sie sich oft sahen. Manchmal mit anderen Freunden, aber ab und zu auch zu zweit.

Sara wurde seine Freundin, und er war glücklich. Es fiel ihm schwer, sich vorzustellen, dass sie nicht für immer zusammenbleiben würden. Er fühlte sich wohl in ihrer Gegenwart und versuchte so oft er nur konnte mit ihr zusammenzusein. Aber dann waren ja die alten Freunde auch noch da. Und die konnte er natürlich nicht einfach im Stich lassen.

An einem warmen und fast verzauberten Abend in Örtuna hatten Saras und Jonas Gefühle sich vertieft. Er hatte gespürt, dass es ernst war. Es war ein Abend voller Ernst aber auch voller Gekicher gewesen. Ernst, als sie über ihre Gefühle redeten. Und Gekicher als Sara zwei kleine Bärchen an der Tombola gewonnen hatte. Selbst behielt sie das türkise, während er das_braune bekam. Und dann versprachen sie einander, immer ihre Bärchen in die Schule mitzunehmen. Nicht sichtbar für die anderen, aber sie beide sollten immer wissen.

Sara. Ihm wurde ganz warm zumute, als er an sie dachte. Ihr weicher Teint, ihre blonden Haare und blauen Augen. Augen, die sich zu kleinen Schlitzen zusammenzogen, wenn sie lachte. Aber die auch ernst und nachforschend hinter der kleinen Brille sein konnten.

Sie hatten Spaß zusammen. Lachten und kicherten manchmal ohne Ende. Aber nicht immer spielten und lachten sie. Nein, Sara konnte sehr ernst sein. Sie wollte etwas aus ihrem Leben machen. Mit der Schule und der Ausbildung danach. Wollte einen guten Beruf haben in dem sie sich wohl fühlte und der auch viel Geld einbrachte. Zurzeit war Tierärztin ihr Traumberuf, was nicht überraschend war, wenn man ihr starkes Tierinteresse in Betracht zog.

Sara war meistens ernst in allem, was sie unternahm. Sie wollte, dass alles so funktionieren sollte, wie sie es sich vorgestellt hatte. Im Großen wie im Kleinen. Vor allem wollte sie nicht, dass ihr Leben so werden würde wie das ihrer Mutter. Zuerst wurde sie jahrelang hintergangen, und als es endlich zur Scheidung kam, lernte sie schnell einen neuen Mann kennen. Und nach kurzer Zeit war sie wieder die betrogene Frau.

Sara redete viel mit Jonas darüber. Über Treue und Untreue. Darüber wie wichtig es ist, dass man sich auf einander verlassen kann. Über Ehrlichkeit.

Alles verstand wohl Jonas nicht. Solche Gedanken hatte er früher nicht gehabt. Er dachte an seine Eltern. Wie gestaltete sich eigentlich ihr gemeinsames Leben? Hatte einer von ihnen einen Freund oder eine Freundin? Natürlich stritten sie sich manchmal aber niemals über jemand anders, so wie er es verstanden hatte. Ihm war selbstverständlich, dass sie einander mochten. Und wenn er ab und zu die schrecklichen Geräusche aus ihrem Schlafzimmer hörte, wusste er sehr wohl, was sie taten. Obwohl, am liebsten wollte er nicht daran denken. Und absolut nicht darüber reden. Wie manche seiner Freunde taten. Sie wollten anscheinend immer über Sex reden. Und das war wohl im Prinzip O.K. Aber über die erotischen Spiele der Eltern sollte man lieber nicht reden. Und es störte ihn unheimlich, wenn Alexander ihn angrinste.

„Verflucht noch mal, Jonas, du bist ja ganz von der Rolle! Kapier doch, deine Eltern ficken! Freu dich doch, verdammt noch mal, dass sie es miteinander machen. Und nicht mit anderen."

Sara war sehr daran gelegen, dass ihre und Jonas Beziehung halten sollte. Sie wollte alles machen, um diese zu halten. Sie starrte Jonas an mit ihren ernsten Augen.

„Ich will nicht, dass du mit Alexander und seiner Clique zusammenbist."

„Aber es sind doch meine Freunde."

„Alle wissen, was ihr treibt, und ich will schließlich nicht einen Freund haben, der kriminell ist."

„Kriminell, das ist doch wohl stark übertrieben."

„Oh, nein. Sobald etwas Zwielichtiges hier in Hedviken passiert ist, seid ihr involviert gewesen. Und auch in Örtuna kennt man euch."

Keine Proteste halfen. Jonas musste versprechen, sich nicht mit Alexander und seinen Freunden zu treffen. Im Moment verstand Jonas nicht ganz, wie das zugehen sollte. Er brauchte sowohl Sara als auch seine Freunde.

Noch hatte er Alexander nichts gesagt. Er schob es vor sich hin. Eigentlich wollte er nichts sagen. Aber Sara verlangte es. Und er wollte sie nicht verlieren. Vielleicht konnte er sich vorsichtig zurückziehen. Ohne etwas zu sagen. Aber das würde sicher nicht funktionieren. Er musste es Alexander sagen.

Er machte den Schrank zu und ging weg um Sara zu suchen. Als er die Schrankreihe umrundet hatte, stand er plötzlich Alexander, Oskar und Dimitri gegenüber.

*

Eva-Maria fuhr ihren moosgrünen Renault Clio die sieben Kilometer von Hedviken nach Örtuna. Sie fuhr ruhig und beherrscht. Denselben Weg wie immer und sie sah die wohlbekannte Gegend ohne sie richtig zu registrieren. Diesen Abschnitt des Tages schätzte sie immer. Mozarts Flötenmusik aus dem CD-Spieler verlieh ihr einen entspannten Hintergrund.

Die Blätter hatten ihre grüne Farbe in feuersprühende gelbrote Farbtöne gewechselt. Sehr schön, aber trotzdem konnte Eva-Maria die Farbenpracht nicht richtig genießen. Sie liebte den Frühling und den Sommer und trotz der frischen und klaren Herbstluft konnte sie diese Jahreszeit schwer ertragen, da sie zu sehr daran erinnerte, dass alles ein Ende hat.

Während der Fahrt ging sie meistens die verschiedenen Termine und Arbeitsaufgaben des Tages durch, und gerade angekommen hatte sie das Meiste unter Kontrolle. Zwar konnte die eine oder andere Unterredung mit einem Mandanten eine unerwartete Wendung nehmen, aber das war schließlich eine andere Sache. Ganz und gar außerhalb der Kontrolle.

Heute aber hatte sie Schwierigkeiten sich auf ihre Arbeit und die bevorstehenden Aufgaben zu konzentrieren. Stattdessen war ihr Kopf voller Gedanken über die morgendlichen Geschehnisse. Wer versuchte ihr häusliches Leben zu sabotieren? Und warum? Handelte es sich um Rache und wer in der Familie hatte etwas so Furchtbares getan um dies zu veranlassen?

Von Emma konnte man absehen. Ein achtjähriges Kind konnte in Konflikte geraten und ein bester Freund oder eine beste Freundin konnte schlimmstenfalls zum Feind werden. Aber das, was der Familie Törnheden passiert war, konnte unmöglich von Achtjährigen ausgeheckt worden sein. Manche Streiche wie Hundekacke im Briefkasten natürlich, aber alles in allem wurden hier mehr Erfindungsreichtum und Stärke als ein Achtjähriger aufbringen konnte gebraucht.

Und Jonas? Da war Eva-Maria unsicherer. Im vorigen Schulhalbjahr war er schier unmöglich gewesen. Niemals zu Hause und selten wusste sie, wo er sich befand.

„Draußen. Mit Freunden natürlich. Nein, niemand den du kennst."

Diese Antwort bekam Eva-Maria immer und die Lust, ihn zu fragen nahm stetig ab. Von Svante bekam sie keine große Hilfe. Er zuckte die Schultern und stellte fest:

„Es ist das Alter. Das gehört dazu. Hast du vergessen, wie es war?"

Zum Teil hatte sie wohl vergessen. Aber so viel wusste sie noch, dass Vierzehnjährige sich nicht die halbe Nacht herumtreiben sollten. Und auch nicht nach Bier riechen. Was hatte er getrieben? Ihr kleiner Junge.

Dann war etwas passiert. Plötzlich und unerwartet. Wie eine Hilfe von oben gerade als Eva-Maria sich entschlossen hatte, mit der Schule Kontakt aufzunehmen um ein bisschen Hilfe zu bekommen.

Sara trat in Jonas Leben. Er wurde ruhiger. Weniger rastlos. Leichter zu handhaben schlicht und einfach. Zwar war er auch jetzt nicht so viel zu Hause, aber die späten Nächte hatten aufgehört. Sara und Jonas konnten zu Hause bleiben und fernsehen wie jedes x-beliebige alte etablierte Paar. Meistens hielten sie sich aber in Jonas Zimmer hinter geschlossener Tür auf. Was innerhalb der Tür vorging begriff Eva-Maria natürlich, und sie hoffte nur, dass sie vorsichtig waren. Aber Sara konnte nicht beliebig von zu Hause wegbleiben. Sie musste immer zu einer bestimmten Zeit zu Hause sein. Verspätete sie sich aus irgendeinem Grund, rief sie immer gewissenhaft ihre Mutter an. Ihre Pünktlichkeit und ihr eingezäuntes Leben steckten irgendwie Jonas an. Er wurde ordentlicher und strukturierter, wie man es heutzutage ausdrückte. Er wurde ganz einfach ruhiger. Über seine alte Clique wollte er nicht reden.

Eva-Maria ging gesetzestreu mit der Geschwindigkeit herunter, als sie sich der Ortschaft näherte. Noch blieben einige Minuten Autofahrt, in denen Gewohnheit und Routine herrschen konnten. Dann würde der dichte und schnelle Morgenverkehr überhand nehmen und ihre ganze Konzentration verlangen. Doch noch ein paar Minuten konnte sie ihren Gedanken freien Lauf lassen. Hin und her.

War dies alles? War dies das Leben? Eine Menge praktische Besorgungen und ein ständiges Gefühl der Unzulänglichkeit. Man hetzte hin und her ohne Ruhe zu finden. Manchmal hatte sie überlegt, ob sie sich noch ein Kind anschaffen sollten. Aber das war ein egoistischer Gedanke und außerdem bedeutete es nur, dass man das Gefühl der Leere noch eine Weile vor sich hinschob. Alles wurde somit nur hinausgezögert.

Es kam darauf an, den Kindern Geborgenheit und Stärke zu vermitteln, damit sie allem widerstehen konnten. Ihnen eine Grundlage bieten, aus der sie immer Kraft und Mut schöpfen konnten. Es ließ sich leicht so denken, aber es war nicht ganz einfach durchzuführen. In der heutigen Gesellschaft gab es einflussreiche Kräfte, denen es den Kindern schwer fiel zu widerstehen. „Die anderen haben alle ...“ „Die andern dürfen alle ...“ waren Argumente, die Eltern immer zu hören bekamen. Kleidung, Sachen und das Lebensnotwendigste von allem. Das Handy natürlich. Mit allen nur möglichen Funktionen.

Die heutige Gesellschaft erlaubte den Kindern kaum Kinder zu sein. Das Wichtigste war so schnell wie möglich erwachsen zu werden und alles zu tun dürfen, was die Erwachsenen taten. Vor allem Verbraucher zu werden.

Sie hatte versucht, mit Svante über diese ihre Gedanken zu reden. Aber entweder wollte er nicht verstehen oder er verstand tatsächlich nicht.

„Es ist doch schön, dass die Kinder groß werden. Dann haben wir ja mehr Zeit füreinander, Mutti.“

Übrigens hasste Eva-Maria es mit „Mutti" angeredet zu werden. Das hatte sie auch Svante gesagt, aber trotzdem rutschte es ab und zu aus ihm heraus. Vielleicht war auch Svantes Einstellung zu den Kindern die richtige. Sie war vielleicht im Unrecht. Möglicherweise war es gut, die Kindheit so schnell wie möglich hinter sich zu lassen und nicht von den Erwachsenen abhängig zu sein. Und jedenfalls die Kinder schienen dieser Meinung zu sein.

Svante kam ja auch gut mit den Kindern zurecht. Begleitete sie zu Spielen und anderen Veranstaltungen. Er packte alles an, von Völkerballspielen bis Ausflügen, und schien sich immer dafür Zeit zu nehmen, egal wie gestresst er sonst war.

Ach ja, die Zeit. Sie müsste froh sein, dass Svante sich mit den Kindern Zeit ließ. Und das war sie natürlich auch. Der Fehler war, dass er niemals für sie und ihre Bedürfnisse Zeit hatte, abgesehen von den körperlichen. Denn in der Hinsicht hatte sie keinen Grund zu klagen. Sooft sich Gelegenheit bot rollte er herüber auf ihre Seite des Bettes zu beiderseitiger Freude.

Nein, die körperliche Gemeinschaft vermisste sie nicht. Etwas anderes fehlte ihr. Ein vollkommener Zustand, in dem Körper und Seele zusammenschmolzen. Ein Zustand in dem alles Praktische sich einstmalig unterordnete und in dem sie sich stattdessen einander in der Tiefe widmen konnten.

Als Eva-Maria ins Zentrum von Örtuna einbog lächelte sie ein wenig bitter. Sie war noch nicht lange wach und schon zweimal hatte sie gedacht, dass sie und Svante sich in verschiedene Richtungen entwickelt hatten.

4

Sie meinen also, dass Ihr Mandant ganz unschuldig ist? Die Moderatorin Katja Bergström rückte ihre Brille zurecht und betrachtete unentwegt den lächelnden Mann neben ihr. Er rückte seine Krawatte und seinen Sakko zurecht und lächelte direkt in die Kamera.

„Ja, wir leben ja bekanntlich in einem Rechtsstaat, in dem niemand im Voraus verurteilt werden kann. Und die Journalisten sollen sich definitiv nicht als Richter aufspielen."

Katjas Lippen wurden zu einem Strich als sie antwortete:

„Aber Sie müssen doch trotzdem zugeben, dass es finster aussieht für Ihren Mandanten. Er ist offensichtlich am Tatort gewesen und er hat früher ..."

„Entschuldigen Sie, dass ich unterbreche, aber es steht uns absolut nicht zu, Urteile zu fällen, glücklicherweise. Weder Sie noch ich stellen irgendwelche Urteile aus. In einem Rechtsstaat, der diesen Namen verdient, müssen Staatsanwalt und Polizei beweisen, was sich zugetragen hat und wie es sich zutrug."

Reinhold Karlsson machte fluchend den Fernseher aus.

„Scheiße. Diese verfluchten Anwälte. Auf alles wissen sie eine Antwort und immer wollen sie alles, was man sagt, verdrehen. Und es gelingt ihnen immer die Verbrecher, die wirklich Schuldigen, freizubekommen."

Der Druck über der Stirn wurde noch stärker, während er vor sich hinmurmelte. Dies war eine seiner Gewohnheiten, wohl eher eine schlechte solche. Laut vor sich hinzureden. Es war eine Art, die Stille in der Zweizimmerwohnung zu unterbrechen. Die einzigen sonstigen menschlichen Laute in

der Wohnung kamen aus dem Rundfunk und aus dem
Fernseher.

Er blieb auf der Couch sitzen und versuchte den Druck im
Kopf zu dämpfen. Es war schwierig. Er war zu aufgeregt.
Wie immer, wenn er Ungerechtigkeiten im Fernsehen sah.
Und das, was ihn am meisten ärgerte, war, wenn irgendein
gottverdammter Paragraphenverdreher Recht und Ordnung
zum Scheitern brachte. Wenn unschuldige Menschen betroffen wurden, während die Schuldigen ohne größere Folgen
davonkamen. Das Leben einzelner Menschen wurde zerstört, während diejenigen, die die Misere verursacht hatten
dank der Frechheit und der List der Anwälte freigesprochen
wurden.

*

„Hallo."
„Hallo."
Die kurzen Begrüßungen hörten sich wie Peitschenhiebe an.
Ohne Wärme und Gefühl. Jonas suchte Alexanders Blick.
Alexander, Oskar und Dimitri hatten sich so hingestellt,
dass Jonas unmöglich vorbeikommen konnte. Alexander
sah die Bücher an, die Jonas in der Hand hielt.
„Wo willst du denn hin?"
„In die Mathestunde, natürlich. Du müsstest wohl auch zu
irgendeiner Stunde unterwegs sein."
„Ach nein, hört euch unseren kleinen Musterschüler an.
Hast du niemals geschwänzt oder bist du nie zu spät gekommen?"
Jonas sagte nichts.

„Antworte doch, verflucht noch mal! Hast du nicht gehört, was ich dich fragte? Bist du so verdammt aufgeblasen, dass du nicht mal eine einfache Frage beantwortest?"
„Ich glaubte nicht, dass es eine Frage war. Aber O.K. ... natürlich habe ich."
„Aber jetzt nicht mehr."
„Wenigstens heute nicht."
Jonas drehte den Kopf und sah sich um.
„Suchst du jemanden?"
„Nein."
„Sicher? Was willst du jetzt machen, wenn die liebe Sara nicht hier ist und dir sagt, was du zu tun hast?"
„Hör auf! Sie bestimmt wohl nicht über mich ..."
„Ach nein. Du machst genau das, was du willst. Und du suchst dir deinen Umgang selbst aus."
„Ja, klar."
„Sei doch nicht so. Sie will nicht, dass du mit uns zusammenbist. Stimmt´s oder habe ich recht?"
„Nein, das ist es nicht ... es hat ... hat sich nur so ergeben. Wir ... wir wollen so viel wie möglich zusammensein. Das ist wohl nicht seltsam."
„Man lässt seine Freunde nicht im Stich."
„Das habe ich wohl auch nicht getan."
„Gut. Kommst du also mit nach Örtuna heute Abend?"
Jonas Blick wich aus.
„Heute Abend habe ich nicht so viel Zeit. Ich habe meiner Alten versprochen auf die Emma aufzupassen."
Alexander lachte frech auf. Drehte sich um an Dimitri und Oskar.
„Da hört ihr. Sara kommt wohl auch?"

„Es ist nichts ausgemacht. Vielleicht kommt sie mal rüber.
Was weiß ich?"

„Nein, was weißt du. Aber eins wirst du noch zu spüren
bekommen. Wie es Leuten ergeht, die ihre Freunde im Stich
lassen. Schön wird es nicht."

„Ich habe schon gesehen, was ihr alles treibt. Hört damit
auf! Hört mit dem Terror auf! Meine Eltern haben wohl
euch nichts getan."

Alexander blinzelte hastig. Zuerst erstaunt. Dann veränderte sich sein Blick.

„Sie haben doch dich in die Welt gesetzt. Das ist schlimm
genug. Aber eins sollst du wissen, mein lieber Jonas. Dies ist
nur der Anfang. Merk dir das! Nur der Anfang. Es wird viel
schlimmer werden. Viel schlimmer."

5

Als Eva-Maria sanft in die Garageneinfahrt einbog, brodelte es unruhig in ihrem Bauch. Die tiefe Falte auf ihrer Stirn zeigte auch, dass etwas sie störte. Zwar hatte sie ein paar Besprechungen, die schwierig werden konnten, vor sich, aber normalerweise war das kein Grund zu größerer Beunruhigung. Sie sah immer zu, dass sie gut vorbereitet war und dann funktionierte alles meistens gut.

Nein, ihre Unruhe hatte eine andere Erklärung. Für gewöhnlich nutzte sie die Autofahrt von Hedviken nach Örtuna um die Gedanken vor der Arbeit des Tages zu sammeln. Außerdem pflegte sie die alltäglichen Aufgaben durchzudenken, damit alles gut klappte. Einkäufe, Fahrten zum Training und zum Reiten und auch zu Spielen. Vieles musste gut funktionieren, und ohne Organisation würde alles zusammenbrechen.

Nicht selten bekam Eva-Maria zu hören, dass sie den alltäglichen Lebensverlauf gut planen konnte ohne dass große Störungen eintraten. Aber heute war Eva-Marias Inneres eher chaotisch als gut durchdacht. Den größten Teil der Autofahrt hatte sie damit verbracht, die Vandalisierung und den Terror, denen sie und ihre Familie ausgesetzt waren, durchzuwälzen. Alles, was zerstört worden war, war teuer zu ersetzen, aber das Schlimmste von allem war die Erniedrigung. Und die ständigen Fragen: Wer? Warum?

Zuerst hatte sie gedacht, dass allen in der Nachbarschaft dasselbe passiert war. Aber als sie sich herumgehorcht hatte um vorzuschlagen, dass sie gemeinsam etwas unternehmen sollten, hatte sie verstanden, dass ihre eigene Familie die einzige betroffene war. Der ganze Terror war gerade gegen die Familie Törnheden gerichtet. Eine oder mehrere Personen wollten ihnen Schaden hinzufügen. So verhielt es sich, und diese Einsicht war unangenehm.

Sie stieg aus dem Auto und schloss das Garagentor auf. Langsam und vorsichtig rollte sie in ihre Parklücke. Die beiden Besitzer der Anwaltskanzlei Carsten Bruzelius und Per Arvid Bäck waren schon zur Stelle. Ihre großen glänzenden Autos standen meistens morgens da, wenn Eva-Maria ankam und auch nachmittags wenn sie fuhr sowie an den meisten Wochenenden und Feiertagen.

Eva-Maria schaltete den Motor ab und blieb eine Weile sitzen. Wie um Kraft zu sammeln. Ihre Gedanken hatten auch früher um Svante und ihre Ehe gekreist. Viele Frauen würden sie sicher beneiden. Svante war nett und liebenswert. Schimpfte selten mit ihr und vor allem würde er nie Hand an sie legen. Das könnte selbstverständlich erscheinen, aber sie hatte viel zu viele bedrohte, geschlagene und unterdrückte Frauen in ihrem Beruf gesehen um doch irgendwie das ganz Natürliche zu schätzen. Doch etwas anderes fehlte. Sie dachte an die Leserbriefe in den Beratungsspalten verschiedener Zeitschriften: „Wir haben immer weniger gemeinsam. Bald bleibt uns nur noch das Praktische. Wir haben uns in verschiedene Richtungen entwickelt." Vielleicht war es auch bei ihnen so, aber vor allem kam Svante ihr nicht in der Tiefe entgegen. Das Alltägliche, Praktische dominierte.

Wann hatten sie das letzte Mal miteinander geredet? Richtig. In der Tiefe. Über Gefühle und nicht nur wie viel Liter Milch sie brauchten. Oder ob sie zum Wochenende Besuch einladen sollten.

*

Reinhold Karlsson war von seiner Couch aufgestanden. Immer noch mit einem Druck auf dem Kopf und wütend murmelnd. Über das faule Rechtssystem und die Gesetzlosigkeit.

Er sah den Couchtisch an und seufzte. Die Bierdosen standen dicht nebeneinander und er brauchte sie nicht zu zählen um zu begreifen, dass er seinen Vorrat an Bier fast ausgetrunken hatte. Offensichtlich hatte nicht nur die Wut über den Rechtsanwalt im Fernsehen seine Kopfschmerzen verursacht.

Die Kehle war wie zugeschnürt, und er hoffte, dass er den Verstand gehabt hatte, wenigstens *ein* Bier im Kühlschrank aufzuheben. Langsam und mit unbeholfenen Bewegungen sammelte er ein paar Dosen auf und ging mit steifen Beinen in die Küche.

Dort war das Durcheinander wenn möglich noch größer. Das Spülbecken war proppevoll und ungespülte Teller und Gläser stapelten sich auf der Arbeitsbank. Auf dem Küchentisch gab es auch nicht viel mehr Platz. Ungespülte Töpfe, Gläser, Teller, leere Flaschen.

Noch ein Bier muss doch im Kühlschrank sein. Muss. Ich habe eins aufgehoben. Bestimmt habe ich das getan.

Er riss die Kühlschranktüre auf. Dort lagen ein Stück Fleischwurst, ein kleines vertrocknetes Käsestück, eine Tube Senf und eine Ketchupflasche. Aber kein Bier. Die Kehle schnürte sich noch mehr zusammen, und ihm kamen die Tränen.

„Verfluchte Scheiße. Ich muss wohl doch das letzte genommen haben."

Er drehte den Wasserhahn auf, spülte notdürftig ein Glas aus, füllte es auf und trank gierig. Allmählich ließ er sich an den Küchentisch nieder und sah sich um.

Nein, so konnte es nicht weitergehen. Er konnte nicht mehr im Dreck Leben. Harriet hätte das nicht gemocht. Seine Harriet. Er dachte daran, wie es in der Küche ausgesehen hatte, als sie noch lebte. Nichts hatte herumgestanden und die Spüle war immer frisch geputzt und blitzblank gewesen.

Doch jetzt war alles egal. Niemand kam jemals zu Besuch. Harriets Freundinnen hatten anfangs aus Höflichkeit Kontakt zu ihm gehalten, aber der nahm langsam ab und hörte zum Schluss ganz auf. Die Kinder waren auch nicht oft bei ihm zu Besuch. Anfangs war Henrietta ziemlich oft da gewesen. Später hatten sie hauptsächlich miteinander telefoniert, aber auch die Telefongespräche hatten nachgelassen. Und er war es Leid, ihre ewige Leier zu hören: „Du erzählst immer dasselbe. Du musst vorwärts schauen. Was passiert ist, ist passiert. Es lässt sich nicht rückgängig machen."

Und dann Johan. Er wohnte in London und war fast nie in Schweden. Und so viel hatte Reinhold verstanden, dass die Kreise in denen Johan verkehrte so weit von seinem und Harriets Leben entfernt waren, wie man es sich nur vorstellen konnte.

Oder eher sein Leben. Harriet war nicht mehr da. „Was passiert ist, ist passiert. Du musst vorwärts schauen." So etwas ließ sich leicht sagen. Harriet war sein ein und alles gewesen. Sie waren glücklich gewesen. Sie hatten angefangen ihren gemeinsamen Lebensabend zu planen. Sie hatten genau gewusst, wie sie ihr Leben gestalten wollten. Sie waren sich wie immer einig gewesen.

Dann war es passiert. Harriet war auf dem Weg nach Hause von einer Freundin gewesen. Reinhold ging ihr meistens entgegen, aber gerade an diesem Abend war ein Spitzenspiel in der Champions League im Fernsehen gewesen, das er gerne hatte sehen wollen.

„Du brauchst doch nicht das Spiel zu verpassen. Ich komme alleine gut zurecht. Schalte ab und mach es dir gemütlich, und wenn ich nach Hause komme, nehmen wir einen kleinen Imbiss und ein Bier."

Aber es gab kein Bier. Keinen Imbiss. Diese Worte waren die letzten, die sie ihm gesagt hatte. Ein Autofahrer hatte die Kontrolle über sein Auto verloren und sie tot gefahren. Sein einziger Trost war, dass sie nicht hatte leiden müssen. Sie war sofort gestorben. Harriet war weg. Für immer weg. Alle ihre Pläne und Hoffnungen waren von einem verrückten Autofahrer ausgelöscht worden.

Die Trauer verursachte, dass Reinhold sich völlig abkapselte. Er wurde apathisch und kraftlos. Das Einzige, was ihn nach der Beerdingung aufrecht erhielt, war der Prozess, in dem der Frevler, der seine Harriet getötet und ihr Leben zerstört hatte, bestraft werden sollte. Und nicht zu knapp.

Der Prozess gab Reinhold den Rest. Ein unschlüssiger und unkonzentrierter Staatsanwalt konnte nichts tun gegen eine clevere und zielbewusste Eva-Maria Törnheden, die den Autofahrer verteidigt hatte. Statt zu einer strengen Strafe wurde er zu Bußgeld und Führerscheinentzug verurteilt. Eine milde Strafe für jemanden, der einen Menschen totgefahren und so viel zerstört hatte.

Und Reinhold Karlsson fiel mit seinen Grübeleien in ein dunkles Loch. Aber so lange er noch lebte, würde er sich and die wohlmodulierte Stimme der Anwältin erinnern:

„Es gibt mildernde Umstände für meinen Mandanten ... eine böse Absicht liegt soweit ich beurteilen kann nicht vor ... ein äußerst bedauerliches Ereignis ... Der Zufall, wenn er sich von seiner schlimmsten Seite zeigt ..."

Nie im Leben würde Reinhold diese Anwältin vergessen können. Heute spazierte sie auf Örtunas Straßen herum, als wäre nichts passiert. Aber etwas war passiert. Sein Leben war zerstört. Doch das konnte so eine aufgeblasene Anwältin nicht verstehen. Doch deine Zeit wird kommen. Du wirst schon noch deine Strafe bekommen. Und du wirst leiden müssen. Verlass dich darauf, Eva-Maria Törnheden.

*

„Hörst du überhaupt zu?"

„Natürlich höre ich zu. Es gibt in der Tat nicht viel anderes zu tun."

Svante starrte Eskil Bergh, dem die Frage herausgerutscht war, unentwegt an. Außer Svante und Eskil waren weitere drei Personen im Konferenzraum der Hochschule. Es handelte sich um eine Besprechung zwischen Betreuern und Doktoranden. Der herrschende Ton war weit entfernt von dem des angenehmen Gesprächs.

Svante und Lise-Lotte Andreasson waren die Betreuer. Ihre gemeinsamen Doktoranden waren zu dritt. Außer Eskil Bergh, der meistens den Ton angab, waren auch Lina Bradaeus und Jerker Andersson anwesend.

Die Stimmung war aggressiv und Eskil war die treibende Kraft.

„Nein, hier ist nicht viel für dich zu tun, aber außerhalb dieser vier Wände warten viele verschiedene Aufgaben auf dich. Ich verstehe schon dass du von hier wegkommen willst."

„Ich wäre dankbar, wenn du dich auf die sachlichen Fragen beschränken könntest und darauf pfeifen würdest zu erzählen, was ich will oder nicht will."

„Genau das ist eine Sachfrage. Dass ihr Betreuer keine Zeit für uns habt."

Eskil warf Svante einen Blick zu. Seine Augen waren dunkel und der sonst so empfindsame Mund sah aus wie ein Strich. Er war lang und dunkelhaarig, und jetzt, als er aufrecht auf seinem Stuhl saß, konnte man sehen wie schlank und zierlich gebaut er war. Ein azurblaues Hemd, eine rote Krawatte und ein grauer Sakko, der über der Stuhllehne hing, ließen verstehen, dass er großen Wert auf gute Kleidung legte.

„Also, Eskil, du redest die ganze Zeit. Du redest anscheinend auch für deine Kommilitonen mit."

„Wir sind alle derselben Meinung. Oder?"

Er wandte sich an Lina und Jerker, die bis jetzt sich darauf beschränkt hatten, zustimmend zu nicken. Lina räusperte sich jetzt:

„Wir sind ganz Eskils Meinung. Außerdem finden wir, dass wir ausgenutzt werden."

„Ausgenutzt?"

Die Frage wurde fast zu einem Ausruf von Seiten der Betreuer.

„Ja. Wir werden ausgenutzt. Wir müssen unheimlich viel Unterricht halten. Mehr als von Anfang an gesagt worden war."

„Das weiß ich nicht so genau, aber es ist ja oft üblich, dass Doktoranden einen Teil des Unterrichts übernehmen. Es ist Usus und ihr könnt ja keine Sonderstellung erwarten."

Lise-Lottes Stimme war freundlich, aber die Ironie war deutlich herauszuhören.

„Wir haben nie behauptet, dass wir eine Sonderstellung erwarten. Aber wir wollen nicht mehr unterrichten als ausgemacht. Wann haben wir Zeit für unsere Forschungsarbeit? Jede Menge Kurse. Schriftliche Prüfungen. Jede Menge zu korrigieren. Und dann Wiederholungsprüfungen. Es nimmt kein Ende."

„Nun, es kann hart sein. Man hat ein paar Hundejahre am Anfang. Wenn es euch als Trost dienen kann, kann ich versichern, dass wir alle Ähnliches durchgemacht haben."

Svante lächelte aber ohne Wärme. Jerker, der bis jetzt nicht viel gesagt hatte, meldete sich zu Wort. Seine Stimme stockte fast.

„Es ist nicht nur, dass ... dass wir viel Unterricht haben. Wir müssen auch alle tristen und schwierigen Kurse übernehmen. Die anstrengendsten. Wir müssen immer Kurse übernehmen, für die ... für die jede Menge Vorbereitungszeit verlangt wird. Wir müssten doch die leichtesten Kurse bekommen."

„Ja, das ist ja zu einem großen Teil eine stundenplantechnische Frage, auf die Lise-Lotte und ich leider nicht großen Einfluss haben. Wir können nur hoffen ..."

Keiner erfuhr, was Svante erhoffte. Es klopfte laut an der Tür und Ylva Berggren steckte ihren Kopf herein.

„Entschuldigung. Ich weiß, dass ihr beschäftigt seid. Aber Svante wird am Telefon verlangt. Es kann nicht warten. Es ist wichtig."

Mit schnellen Schritten ging Eva-Maria auf den Fahrstuhl zu. Wenn ein Außenstehender sie jetzt beobachten würde, würde er eine selbstsichere Frau mit Schultertasche und Aktenmappe aus ochsblutfarbenem Schweineleder sehen. Niemand hätte das Chaos im Inneren der äußerlich erfolgreichen Frau ahnen können.

Sie schloss den Fahrstuhl auf und drückte auf den Knopf in den zweiten Stock. Sie studierte ihr Gesicht im Spiegel. Keine Spuren von der Unruhe, die täglich sie im eisernen Griff hielt, waren zu sehen.

Die Fahrstuhltüre ging mit einem Zischen auf und Eva-Maria befand sich im Wartezimmer der Anwaltskanzlei Bruzelius & Bäck. Das Zimmer war elegant möbliert mit einem dunklen Couchtisch umgeben von weichen Sesseln und einer Couch aus hellem Leder. An den Wänden drängten sich Gemälde in kräftigen Farben, die meisten mit Meeresmotiven. Der Künstler war ein Verwandter von Carsten Bruzelius. Sein Name wurde immer bekannter, und Carsten, der Kunst eher als Investition als ästhetisches Erlebnis schätzte, rieb sich insgeheim vergnügt die Hände.

Eine Anzahl Zeitungen und Zeitschriften lagen in einem dunkel gebeizten Bücherregal. Wohnungseinrichtung, Gesundheit, Golf und Autos bildeten die Themen der Zeitschriften, aber die am meisten gelesene war ohne Zweifel die führende schwedische Frauenzeitschrift Svensk Damtidning.

Außer dem Fahrstuhl gab es noch eine Tür aus dunklem Holz. Ein Schild neben der Tür forderte den Besucher auf, zu klingeln und sich anzumelden. Eva-Maria klopfte an und trat ein.

Dort drinnen schaltete und waltete Pia Törner, die Sekretärin der Kanzlei und die Spinne im Netz. Pia war dabei, etwas auszudrucken, als Eva-Maria eintrat. Sie schaute hoch und lächelte mit dem ganzen Gesicht. Sie sah gut aus ohne direkt hübsch zu sein. Kurze, blonde Haare, klassische Züge, eine recht kräftige Nase. Das einzige Merkmal in ihrem Gesicht war ein kleines Pünktchen an der Kinnspitze. Ein Muttermal oder eine traurige Erinnerung an die kindlichen Windpocken? Eva-Maria wusste es nicht.
„Guten Morgen."
„Hallo! Guten Morgen."
„Schon in vollem Gang?"
„Ja, oh, ja. Ich habe ein richtig schlechtes Gewissen, musst du wissen. Ich hätte es gestern fertig schreiben sollen, aber ich machte mich früher aus dem Staub. Anton spielte ein wichtiges Spiel in Stockholm und Axel überredete mich mitzukommen. Es hört sich schrecklich an. Die Arbeit wegen einer sportlichen Veranstaltung sausen zu lassen."
„Oh. Aber Carsten und Per Arvid haben keinen Grund zu klagen, das wissen wir beide. Wie ging denn das Spiel aus?"
„Oh, doch, gut. Anton hat gewonnen. Mit Schwierigkeiten. Er hat immer einen Tiefpunkt mitten im Spiel, aber er rappelt sich glücklicherweise immer hoch."
Pias fünfzehnjähriger Sohn Anton war ein vielversprechender Tennisspieler. Oft musste Pia den anderen im Büro über Turniere, Gewinne und Verluste erzählen.
„Aber ... Aber es ist manchmal ein bisschen zu viel. Weißt du, ich vermisse die Zeit, als er zu mir auf den Schoß gekrochen kam und sich einfach nur wohlfühlte. Jetzt ist er immer unterwegs wie ein ich weiß nicht was. Und Axel treibt ihn immer mehr an."

Eva-Maria und Svante hatten mehr als einmal über Axel geredet und wie hart er Anton antrieb.

„Der Junge wird es eines Tages leid sein", sagte Svante meistens. „Niemand in dem Alter will auf der Dauer so leben."

Als Pia jetzt ihre Gedanken über Anton gelüftet hatte, sah sie Eva-Maria genau an.

„Wie geht es dir eigentlich? Nicht so besonders, oder?"

„Nein, das kann man wohl nicht sagen. Ich verliere allmählich ganz und gar den Halt ... ich weiß nicht, was ich tun soll."

„Du sollst damit anfangen, mir zu erzählen, worum es sich handelt. Dann werden wir sehen, was wir tun können."

Und Eva-Maria erzählte. Über den Terror und den Vandalismus. Über ihre Unruhe und ihre Angst. Über ihre Machtlosigkeit. Darüber, wie sie zu kurz kamen.

Pia schüttelte den Kopf.

„Nein, so geht es nicht weiter. Du brauchst Hilfe. Du musst mit jemandem reden. Ich glaube ich habe eine Idee."

6

Svante Törnheden beendete sein Telefongespräch und beeilte sich zurück in den Konferenzraum. Es war ein kurzes Gespräch gewesen, aber Eskil Berg würde sicher auch das kritisieren. Dieser Eskil war ein wahrer Stänkerer, und es wurde immer schlimmer. Am Anfang war er ganz anders gewesen. Aber nach und nach hatte er sich verändert, und die Tendenz war klar. Es würde in diesem Stil weitergehen.

Das Schlimmste war, dass er einen großen Einfluss auf die anderen zwei ausübte. Lina und Jerker alleine wären pflegeleicht gewesen, aber Eskil peitschte die ganze Zeit die Stimmung hoch und hetzte die anderen auf. Und jetzt war es zu spät, sie auseinander zu reißen. Sie redeten allzu oft miteinander und waren sich auch einig.

Er blieb vor der Tür stehen. Atmete ein paar Mal tief auf, bevor er die Türe aufmachte und eintrat. Vier Augenpaare drehten sich zu ihm um. Er schien nichts Besonderes unterbrochen zu haben. Die Stimmung wirkte ruhig und entspannt.

„Da bin ich wieder. Es tut mir leid, aber es ging ja ziemlich schnell. Es hätte ein Doktorand mit irgendwelchen Vorschlägen sein können, und dann hätte es ja wesentlich länger gedauert, nicht wahr, Eskil? Ist dir übrigens inzwischen noch etwas eingefallen, worüber du dich beschweren möchtest?"

Eskil schüttelte den Kopf.

„Es ist doch genau das, was ich schon mal gesagt habe. Du hast zu viel um die Ohren. Nicht einmal ein kurzes Gespräch mit deinen Doktoranden kannst du durchführen, ohne dass irgendein blödes Telefongespräch dazwischen kommt. War dieses Gespräch wirklich so wichtig? Etwas

Privates natürlich. Oder kannst du uns erzählen, wer anrief?"

„Nein, nun mach mal halblang. Dass du hier Doktorand bist, gibt dir noch lange nicht das Recht, dich als Richter aufzuspielen. Entschuldige, dass ich es sage, aber das geht dich nichts an."

Eine dumpfe Stille legte sich über den Raum. Alle schauten in verschiedene Richtungen, niemand schaute den anderen an. Als die Stille drohte, allzu kompakt zu werden, räusperte sich Lise-Lotte:

„Ja, wenn niemand noch etwas vorzubringen hat, werden wir diese Zusammenkunft abschließen. Der Sinn mit Treffen dieser Art soll ja sein, dass wir zu einem Ergebnis kommen sollen. Uns konstruktiv betätigen. Aber beim besten Willen kann ich nicht behaupten, dass wir uns jetzt konstruktiv verhalten. Bis jetzt handelt es sich nur um Gezeter und persönliche Angriffe."

Sie machte eine kleine Pause, bevor sie fortfuhr:

„Darf es noch etwas sein, bevor wir schließen?"

Ihr Witz fiel zu Boden wie ein überreifes Stück Obst. Die Doktoranden sahen sich gegenseitig an. Beinahe unbemerkt nickte Eskil Lina zu.

„Wir wollen tatsächlich noch etwas zur Aussprache bringen."

Weder Lise-Lotte noch Svante antwortete. Sie lächelten nur geduldig.

„Bis jetzt ist noch keine Rückmeldung auf den Text, den wir abgegeben haben, gekommen. In dem Zusammenhang gibt es ja einige prinzipielle Fragen zu besprechen. Ich setze voraus, dass ihr den Text gelesen habt."

Svante und Lise-Lotte wechselten in Sekundenschnelle ein paar Blicke, bevor Svante antwortete:

„Selbstverständlich."

„In dem Fall sind wir natürlich daran interessiert, eure Ansichten zu hören."

„Ich meinerseits bin noch nicht ganz fertig ..."

„Du sagtest doch, dass du den Text gelesen hast."

„Ja, natürlich. Das habe ich auch. Aber man muss alles genau durcharbeiten und richtige Notizen machen. Es ist zu wichtig als dass man es nur oberflächlich durcharbeiten könnte. Aber bis jetzt sieht es positiv aus. Die Disposition ist gut, die Methode ist in sich schlüssig."

Lina Bradeus schien gar nicht zufrieden. Sie knipste irritiert an ihrem Kugelschreiber herum, während sie Lise-Lotte einen durchdringenden Blick zuwarf.

„Und was meinst du?"

„In etwa dasselbe wie Svante. Ich bin noch nicht ganz fertig, aber ihr seid auf dem richtigen Weg. Ohne Zweifel."

*

„Setz dich hin und nimm eine Tasse Kaffee. Dann erzähle ich dir, zu welchem Ergebnis ich gekommen bin."

„Danke, das wäre schön, aber ...ich glaube nicht, dass ich Zeit habe."

„Quatsch! Natürlich hast du Zeit. Erst in einer guten Stunde kommt dein nächster Mandant."

„Ich wollte mich ein bisschen vorbereiten. Ich habe nicht so viel Zeit gehabt ..."

„Du willst dich also in dein Zimmer einschließen und grübeln?"

„Nein. Ich will nicht grübeln. Ich werde arbeiten."

„Ach ja. Glaubst du selbst daran? Sobald du allein bist drängen sich die Gedanken auf. An alles, was passiert ist und warum? Stimmt's?"

Eva-Maria antwortete nicht, aber ihre Widerstandskraft war allmählich abgeebbt.

„Setz dich, ich hole uns Kaffee!"

Eva-Maria ließ sich auf einen Stuhl nieder und ließ ihre Aktentasche auf den Fußboden fallen. Pia verschwand aus dem Zimmer. Von ihrem Stuhl aus konnte Eva-Maria die dunklen, geschlossenen Türen von Carsten Bruzelius und Per Arvid Bäcks verschiedenen Zimmern sehen. Vermutlich hatten sie schon Mandantenbesuche.

Pia kam zurück mit einem Kaffeebecher in jeder Hand.

„Ich goss ein bisschen Milch in deinen Kaffee. So trinkst du ihn doch, oder?"

„Genau. Du weißt und kannst alles."

„Genau wie es sich für eine gute Sekretärin gehört. Hier habe ich sogar einen kleinen Schokoladenkeks."

„Du bist unmöglich, ich sollte aber wirklich nicht ..."

„Nein, du bist viel zu dick, nicht wahr?"

Sie lachten beide über diese weibliche Koketterie. Der Kaffee war heiß und hatte genau die richtige Stärke, und sie genossen ihn stillschweigend. Zum Schluss unterbrach Eva-Maria die Stille.

„Dies war genau das Richtige. Jetzt fühle ich mich wohler. Bereit die täglichen Aufgaben anzupacken."

„Du stehst zu sehr unter Stress. Es kann dir nicht leicht fallen konzentriert zu arbeiten und immer auf die Arbeit fokussiert zu sein."

„Nein, oder eher gesagt, doch. Hier, an meiner Arbeitsstelle funktioniert es gut. Hier gerät alles Unangenehme in den Hintergrund. Aber dann ...“

Eva-Maria biss sich auf die Lippe.

„Aber dann ist alles mit erneuter Kraft wieder da. Und dann noch fast schlimmer als zuvor. Alles ist wieder da. Die Angst. Die Scham. Die Unsicherheit.“

„Du bist ja schließlich nicht mit allem allein. Was sagt denn Svante?“

„Er sagt nicht viel. Er grübelt wohl auch ...“

Eva-Maria und Pia schauten sich gegenseitig an. Pia verstand. Verstand wie einsam und verzweifelt Eva-Maria in dieser Angelegenheit war. Wie unerhört verletzlich sie war.

„Du brauchst Hilfe.“

„ Ich weiß. Und ich muss mich wohl an die Polizei wenden. Das haben mir schon viele Leute gesagt.“

„Ja, vielleicht. Aber, wie ich schon vorher sagte, ich habe eine Idee. Ich weiß jemanden, der dir helfen könnte.“

„Nicht Carsten oder Per Arvid. Ich will nicht, dass sie mithineingezogen werden.“

„Nein, das verstehe ich. Das wollte ich auch nicht an deiner Stelle. Nein, ich meinte ganz jemand anders. Jemand, der dich beraten könnte. Dir rein praktisch helfen könnte. Und er ist gerade jetzt hier. Er sitzt da drin bei Carsten und Per Arvid.“

„Wer?“

„Wilhelm Ambjörnsson.“

*

Die Zusammenkunft mit den Doktoranden wurde in einer Mischung von Machtlosigkeit und Wut abgeschlossen. Das schlimmste Gefecht war vorbei und der Waffenstillstand war geschlossen. Ein bisschen Säbelrasseln war noch zu hören, aber nichts Neues kam dabei heraus.

Allmählich wurden Mappen und Ordner zusammengetragen und eingesteckt. Nach intensivem Wälzen in Kalendern hatte man sich auch über einen neuen Termin einigen können. Hände wurden geschüttelt, und Svante beobachtete, wie lange Eskil seine Hand in Lise-Lottes hielt.

„Endlich allein."

Lise-Lotte lächelte Svante an.

„Ja, ich dachte, sie hören nie mehr auf."

„Nein, sie waren in Hochform. Und zu einem gewissen Grad haben sie wohl recht."

„Ja, aber es liegt doch daran, dass die Zeit niemals reicht. Man hat nie die Zeit, etwas richtig zu machen. Ich nehme mir vielleicht zu viel vor."

„Das ist ja oft der Fall. Sag mal! Hatte Eskil Recht, was das Telefongespräch betrifft, das uns unterbrach. Hatte es mit deiner Arbeit zu tun?"

Svante lachte auf.

„Ja und nein. Doch eigentlich nicht. Der Regionalfunk fragte an, ob ich ein paar Programme über die neuen schwedischen Romane, die im Herbst erscheinen, machen wollte."

„Toll. Das machst du doch immer?"

„Doch, das tue ich schon seit mehreren Jahren, aber ich bin es jetzt allmählich leid."

„Warum? Das müsste doch spannend sein."

„Es wird alles so gerafft. Man kann nie in die Tiefe gehen. Und heutzutage ist der Text nicht mehr so interessant. Ich habe das Gefühl, das Wichtigste ist wie viele Exemplare verkauft werden und wie viel der Schriftsteller verdient."

Sie blieben still sitzen, ein jeder in Gedanken versunken. Lise-Lotte fing langsam an, ihre Sachen zusammenzutragen. „Wir beide sollten uns vielleicht etwas öfter sehen."

„Ja, das meinen wohl auch unsere lieben Doktoranden."

Lise-Lotte kicherte.

„Ja, ihre Kritik haben sie ja ziemlich deutlich dargelegt. Aber eines muss ich dir gestehen. Als ich das erste Mal von diesem Projekt hörte, war ich schon ein bisschen skeptisch. ‚Die Rolle der Geschlechter in schwedischen Rocktexten.' Aber dann erfuhr ich, dass du mit drin steckst, und dann fand ich es gleich interessanter."

Svante lächelte. Er hoffte nicht allzu blöd. Was sie eigentlich meinte wusste er nicht. Vielleicht ahnte er. Aber er wusste es absolut nicht. Lise-Lotte fuhr fort:

„ Es reizte mich, dich kennen zu lernen. Es reizte mich viel mehr als einen tieferen Einblick in schwedische Rocktexte zu bekommen."

„Ja, doch. Ich fand es auch spannend, dich kennen zu lernen. Aber gib zu, dass es ein interessantes Projekt ist mit vielen verschiedenen Einfallswinkeln."

Lise-Lotte lächelte und sah Svante tief in die Augen.

„Ich bin deiner Meinung, Svante. Ganz und gar. Es ist ein Projekt voller Einfallswinkel und Möglichkeiten. Ungeahnte Möglichkeiten, würde ich behaupten. Der Start war ein bisschen ungünstig, aber mit vereinten Kräften werden wir sicher alles geradebiegen. Und wir, du und ich, Svante, werden weiterhin viel miteinander zu tun haben. Auf allen Ebenen."

*

Disziplin und Konzentration waren zwei Eigenschaften, die man mit Eva-Maria verknüpfte. Jetzt aber war die Konzentration so gut wie dahin. Sie saß treu und brav an ihrem Schreibtisch mit mehreren Mappen und Büchern vor sich. Aber die Gedanken, die darauf hätte eingestellt sein sollen, wie sie alles formulieren müsste, waren weit weg.

Seit Pia Törner sie überredet hatte, mit Wilhelm Ambjörnsson zu reden, hatte sie eine undefinierbare Unruhe verspürt. Bis jetzt hatte sie nicht mit einem Außenstehenden über die Vorkommnisse geredet. Natürlich außer mit Pia und Viveka. Aber sonst mit niemandem.

Jetzt kam es ihr so vor als ob alles einen offiziellen Charakter erhielt, indem Wilhelm mit hineingezogen wurde. Aber andererseits. Mit hineingezogen wurde er eigentlich nicht. Er würde ohne Zweifel einiges erfahren. Aber er würde nur eine kurze Übersicht erhalten. Mit diesem Wissen konnte er ihr Ratschläge geben. Direkt mithineingezogen würde er wohl nicht werden.

Sowohl Pia als auch Eva-Maria hatten gelacht, als Eva-Maria sich entschlossen hatte, die Hilfe anzunehmen. Sie hatten einander angeschaut und dann brach das Gelächter aus. Herzlich und erlösend. Vermutlich hatten sie an dasselbe gedacht.

Wilhelm Ambjörnsson war in Örtuna in aller Munde. Vor allem bei dem anderen Geschlecht. Erstens war er attraktiv. Für Örtunas Frauen war er die reinste Augenweide. Zweitens, und das war vielleicht das Wichtigste, war er alleinstehend. Geschieden und zurzeit frei.

So viel wusste man. Ob alles der Wahrheit entsprach, konnte man nicht sicher wissen. Gerüchte waren ständig über ihn zu hören. Wahre oder unwahre. Diese Frage konnte wohl nur Wilhelm selbst beantworten. Tatsache war, dass wenn nur die Hälfte von dem, was über ihn geredet wurde, stimmte, war Örtuna voll von Spannungen und erotischen Verwicklungen.

Der Wahrheit entsprach, dass Wilhelm Ambjörnsson als Staatsanwalt in Örtuna beschäftigt war. Er wohnte erst seit ein paar Jahren in der Stadt aber zeichnete sich schon durch gute Leistungen in seinem Beruf aus. Er war dafür bekannt, dass er alles hart anpackte, obwohl er trotzdem Empathie für sowohl die Verbrecher als auch für deren Opfer empfinden konnte.

Bemerkenswerterweise waren Eva-Maria und Wilhelm nicht oft aufeinander gestoßen seit Wilhelm in Örtuna wohnte. Zum größten Teil lag es daran, dass Eva-Maria in letzter Zeit nicht mit Kriminalfällen beschäftigt war. Natürlich war sie Wilhelm in verschiedenen Zusammenhängen begegnet, aber ein vertrauliches Verhältnis war deshalb nicht entstanden.

Dessen ungeachtet erfuhr Eva-Maria viel über Wilhelm Ambjörnsson. Sie erhielt Berichte über verschiedene Prozesse. „Wilhelm war fantastisch. Er zerbröselte die Verteidigung. Alles sah hoffnungslos aus, aber Wilhelm deichselte alles. Und die weiblichen Geschworenen waren begeistert."

Natürlich. Die wenigen Male, die sie Wilhelm begegnet war, hatte auch sie diese Anziehungskraft verspürt, von der so viele Frauen erzählten. Es handelte sich nicht nur um eine rein physische Anziehungskraft. Sie hatte ganz einfach Lust, ihn näher kennen zu lernen...

KLOPF! KLOPF! KLOPF!

Eva-Maria wurde jäh aus ihren Gedanken gerissen und ließ ihren Kugelschreiber auf den Fußboden fallen. Verwirrt bückte sie sich, um ihn aufzuheben, ehe sie sich dazu aufraffte, „herein, bitte!" zu sagen.

„Entschuldigung. Ich wollte dich nicht erschrecken."

Wilhelm Ambjörnsson stand in der Türöffnung. Ein kleines Lächeln im Mundwinkel. Tough, aber doch irgendwie hilflos.

„Es war nicht deine Schuld. Ich saß in Gedanken. War weit weg von hier."

Sie zeigte mit einem Nicken auf die Mappen, während sie ihm die Hand reichte. Wilhelm ging mit ein paar schnellen Schritten auf sie zu. Wie stark und geschmeidig er doch aussah. Gut durchtrainiert. Der dunkelgraue Anzug saß lässig an seinem Körper. Sein Hemd war blendend weiß wie in der Fernsehwerbung und die blaue Krawatte war dezent schwarz gemustert.

„Manchmal kann es gut sein, den Gedanken freien Lauf zu lassen. Man arbeitet umso besser nachher. Pia ließ verstehen, dass du zurzeit Probleme hast."

„ Ja. Aber ... aber... ich sollte alleine damit fertig werden, aber ich bin so verwirrt."

„Alles kann man nicht alleine schaffen. Man muss manchmal Hilfe annehmen. Deshalb bin ich jetzt hier. Aber die Besprechung mit Carsten und Per Arvid dauerte länger als ich dachte. Also muss ich mich in der Tat auf die Socken machen."

„Ich verstehe ..."

„Jetzt hört es sich so an, als ob du glaubst, dass ich für immer verschwinden will. So verhält es sich keineswegs. Nur, ich habe eine neue Besprechung in zwanzig Minuten."

Jetzt nickte Eva-Maria nur ohne etwas zu sagen.

„Aber können wir nicht heute zusammen zu Mittag essen?"

„Oh, doch, das lässt sich machen."

Eva-Maria starrte in ihren Terminkalender und dachte an den mageren Vorrat an Lebensmitteln in ihrem Kühlschrank.

„Passt es um ein Uhr?"

„O.K."

„Ausgezeichnet. Bei Seegers um ein Uhr. Jetzt muss ich abhauen. Tschüß."

Mit einem glitzernden Lächeln verschwand er. Das Zimmer erschien plötzlich leer, fast verlassen. Eva-Maria wühlte planlos unter ihren Mappen und versuchte, sich auf den Mandanten, der bald auftauchen würde, zu konzentrieren. Aber sie konnte nicht umhin, sich über das bevorstehende Mittagessen Gedanken zu machen.

7

Torsten Björk sah auf die Uhr. Gerade in dem Augenblick fiel ihm ein, dass er soeben nach der Uhrzeit geschaut hatte. In der Tat vor erst zwei Minuten.

Es war schlicht und einfach so, dass Torsten sich an seiner Arbeitsstelle langweilte. Er wartete. In erster Linie auf das Mittagessen, aber auch darauf, in Pension gehen zu können. An Arbeitsaufgaben fehlte es ihm nicht. Im Gegenteil. Alles, was den anderen langweilig erschien, landete auf seinem Schreibtisch. Er kümmerte sich um die ganze Routinearbeit, während seine Kollegen im Netz weitersurfen und E-Mails an Gott und die Welt schreiben und abschicken konnten.

Wie war es so gekommen? Früher war er immerhin ein respektierter Mitarbeiter gewesen und besaß auch gewisse berufliche Qualifikationen, auf die er stolz gewesen war. Früher kam es nicht selten vor, dass seine Kollegen zu ihm hereinkamen, um Ratschläge zu erhalten oder ein Anliegen zu besprechen. Heute passierte so etwas nie. Diejenigen, die heute zu seinem Zimmer fanden, hatten Mitleid mit ihm und wollten wissen, wie es ihm ging. Und sich zu vergewissern, dass er sich nicht sich allzu niedergeschlagen und deprimiert fühlte.

Aber, wie gesagt, warum? An allem waren die gottverdammten Computer schuld. Vor deren Anschaffung war er jemand gewesen. Jemand zu dem man kam. Den man zu Rate zog. Er war ganz und gar nicht gegen Computer, wie erzählt wurde. Absolut nicht. Nur war alles von Anfang an schief gelaufen. Als die Verwaltung das erste Mal von der Computerwelle überspült wurde und alle angelernt werden sollten, war er krank geschrieben gewesen. Das machte gar nichts. Er würde bald zurück sein. Niemand, am allerwenigsten er selbst, glaubte, dass die kleine Meniskusoperation eine längere Abwesenheit mit sich bringen würde. Aber eine bösartige Infektion stieß hinzu, und die erwartete Abwesenheit von drei Wochen war zu einem halben Jahr geworden. Ein Halbjahr, in dem er längere Tiefperioden gehabt hatte und ganz ohne Lebenslust gewesen war.

Allmählich war er jedoch gesund geworden und war zur Arbeit zurückgekehrt. Schon am ersten Tag spürte er, dass alles schon gelaufen war. Niemand hatte Zeit für ihn. Ein ganz anderes Klima herrschte am Arbeitsplatz. Man redete auf eine andere Art und Weise. Viel weniger über persönliche Beziehungen. Jetzt galt nur noch die Computersprache. Es gab Ctrl hin und her, Alt + Ctrl + Del und der Kuckuck weiß was noch. Man deletete, kopierte, schnitt aus und klebte ein, es hörte sich an wie die reinste Kindergartenbastelei.

All dies sollte er nun auf eigener Faust nachholen. Er machte einige Kurse mit und versuchte dann zu üben. Aber die anderen waren ihm weit voraus, und aus verschiedenen Gründen holte er den Vorsprung nicht mehr ein. Plötzlich besaß er nicht genügende Kenntnisse, um seine alten Arbeitsaufgaben zu schaffen. Während seiner krankheitsbedingten Abwesenheit war seine Arbeit von einem Vertreter ausgeführt worden. Und es schien selbstverständlich, dass es so weitergehen sollte.

„Wir leben ja in einer vernetzten Gesellschaft. Keiner kann sich entziehen. Du hast bald alles kapiert, und dann machen wir eine neue Umverteilung der Arbeitsaufgaben. Nimm es als eine tolle Herausforderung, Torsten!"

Genau in diesem Augenblick, als sein Chef sein falsches Wolfsgrinsen aufblitzen ließ, entschloss er sich, alles sein zu lassen. Genau in dem Augenblick. Auf die Computer zu pfeifen. Auf die Kurse und die Kompetenzentwicklung zu pfeifen und einfach abzuwarten, was passieren würde.

Und das erfuhr er in der Tat. Seine Arbeitsaufgaben veränderten sich ganz und gar, wenn er überhaupt welche bekam. Routinearbeiten die niemand ausführen wollte, bei denen aber ein Mensch und nicht ein Computer gebraucht wurde. Zurzeit kontrollierte er sämtliche Dienstberichte bei der Verwaltung. Seine Arbeit bestand darin, zu kontrollieren, dass alles richtig ausgefüllt war und dass die Addition stimmte. Eine völlig hirntote Aufgabe.

Nein, seine Lebenskraft musste er aus dem Privaten schöpfen. Nicht aus Inga-Britt natürlich. Sie lebte im Großen und Ganzen ihr eigenes Leben mit Fernsehen und Freundinnen als hauptsächlichen Zutaten. Die Freundinnen verkehrten immer miteinander. Kauften ein, tranken Kaffee, quatschten am Telefon, und manchmal gingen sie sogar tanzen. Was dann passierte wusste er nicht, aber sie war immer ein bisschen fröhlicher hinterher. Zwar konnte er sich sie schwerlich in irgendeiner sexuellen Gemeinschaft vorstellen, aber ganz sicher konnte man ja nicht sein. Jedenfalls war ihre eigene Beziehung abgestorben. In dem Punkt war er sich absolut sicher.

Die Tochter Anna-Lena war ganz die Mutter. Ein absolutes Ebenbild Inga-Britts. Sie war mittlerweile geschieden mit zwei Kindern, und sie und Inga-Britt waren wie zwei Freundinnen. Er stand ganz und gar außerhalb. Er konnte nicht umhin Sympathie für Henrik, den Ex-Schwiegersohn, zu empfinden, der aus dieser miserablen Ehe ausgebrochen war.

Er hätte auch ausbrechen sollen. Natürlich war ihre Ehe nicht immer schlecht gewesen, aber die Tendenzen waren schon früh vorhanden gewesen. Dann ging es stetig abwärts um einen Tiefpunkt zu erreichen, als er die Kontrolle über seine Arbeit verlor.

Als Gegengewicht zu seiner toten Ehe hatte er seine Interessen. Sport natürlich, aber auch seine Sammlung mit Ausschnitten. Seit vielen Jahren schnitt er Artikel und Notizen aus verschiedenen Zeitungen heraus und heftete sie in Ordner ein. Der Inhalt war immer derselbe. Verschiedene Patzer und Fehler von Politikern und außerdem gesellschaftliche Vorkommnisse, die ganz verrückt und verkehrt waren.

Der Sport bedeutete ihm viel. Jeden Abend hörte er Sportfunk. Oft nahm er sein kleines tragbares Rundfunkgerät und wandelte draußen damit umher. Und dann, wenn er alleine draußen im Dunklen war, überkam es ihn. Das, was er nicht erklären konnte und dessen er sich hinterher schämte. Und worüber er mit niemandem reden würde. Aber worauf er auch nicht verzichten konnte so sehr er sich auch bemühte.

*

Svante Törnheden legte seine Mappen ins Bücherregal und ließ sich dann am Schreibtisch nieder. Er war mehr oder weniger aus dem Konferenzraum geflüchtet, um von Lise-Lotte wegzukommen.
„Eine intimere Zusammenarbeit ... wäre angenehm ... ich meine in der Tiefe ... ich hoffe du entschuldigst mich jetzt. Ich muss gleich unterrichten. Wir werden später alles besprechen und planen."
Er hatte keinen Unterricht jetzt. Aber er musste unbedingt wegkommen. Er musste unbedingt in Ruhe überlegen. Gewiss musste er nicht lange darüber nachdenken, was Lise-

Lotte gemeint hatte. Das war ziemlich offensichtlich gewesen. Einen derart schamlosen Annäherungsversuch hatte er schon lange nicht mehr erlebt. Vor allem war er selbst einem solchen lange nicht mehr ausgesetzt gewesen.

Ohne größere Schwierigkeiten konnte er Liselottes Bild vor sein inneres Auge hervorrufen. Etwas mollig aber mit schlanken, sportlichen Beinen. Lange, lockige rote Haare. Mit Schminke war sie großzügig und nicht besonders diskret umgegangen. Sie interessierte sich für Mode und neigte was Neuigkeiten und Farbauswahl betraf oft zu Extremen. Und außerdem trug sie gerne Kleidung, die ihre körperlichen Vorzüge hervorhob.

Anfangs wusste Svante nicht viel über Lise-Lotte. Als er aber erfuhr, dass sie als Betreuer zusammenarbeiten würden, hatte er jedoch über gewisse zuverlässige Tratschquellen Auskunft über sie eingeholt.

Noch ein paar Jahre bis sie die magischen Fünfzig erreichen würde. Zurzeit Single aber mit einigen längeren Beziehungen hinter sich, in einem Fall hatte sie mit ihrem Partner zusammengewohnt. Auf dem Tratschwege erfuhr er auch, dass sie in punkto Liebe gerne zugriff wenn sich Gelegenheit bot. Der Schritt zum nächsten Bett war immer kurz gewesen.

Dies erzählte jedenfalls das Gerücht, und Svante hatte nun keinen triftigen Grund dem zu misstrauen. Jedenfalls nicht nach ihrem Vorstoß vorhin.

Natürlich hatte er sich sowohl geschmeichelt als auch zu ihr hingezogen gefühlt. Und er hatte in der Regel keine Bedenken, sein Treueversprechen an Eva-Maria zu brechen. Er hatte in der Tat zugegriffen sobald sich Gelegenheit bot. Und hatte deshalb keine größeren Skrupel gehabt.

Aber gerade jetzt war es äußerst unpassend. Alles Seltsame, was zu Hause passierte. Vandalismus und Terror. Und Eva-Maria, die zwischen Resignation und Hysterie pendelte. Und die ihn ständig fragte, ob er sich nicht vorstellen konnte, wer dahinter steckte.

„Nein, nein. Ich habe keine Ahnung. Und ich habe niemanden zu Unrecht durchfallen lassen. Falls du glaubst, dass irgendein armer Student dahintersteckt."

Und selbstverständlich hatte er sich Gedanken gemacht. Ziemlich schnell war ein Name ihm in den Sinn gekommen. Und dann je mehr passierte und je mehr Zeit verging, desto öfter kehrte ein Name in immer kürzeren Abständen wieder.

Ann-Charlotte. Ihre Beziehung war stürmisch gewesen. Anstrengend außerdem noch aber mit der Wollust und Süße der Leidenschaft. Sie wurde ihm aber zu lästig. Sie konnte überall und zu jeder Zeit auftauchen. Oder zu den ungeeignetesten Zeitpunkten anrufen. Sie verlangte außerdem, dass sie sich öfter treffen sollten. Und vor allem verlangte sie, dass er von seiner Familie aufbrechen und mit ihr zusammenziehen sollte.

Auf die Dauer hielt ihre Beziehung nicht. Da er nicht daran dachte, seine Familie zu verlassen, hatte er dem ein Ende setzen müssen. Massenweise Tränen und Bitten war die Folge gewesen. Aber auch allmählich Anschuldigungen und Drohungen.

„Du glaubst, du kannst mich fallen lassen wie eine heiße Kartoffel, aber ich werde es dir zeigen."

„Was wirst du mir zeigen? Du kannst mir nicht auf diese Weise drohen. Ich habe dir gar nichts versprochen. Nimm es von der positiven Seite. Eine kurze Beziehung, an der wir beide Freude hatten.“

„Du Scheißkerl. Dir werde ich es zeigen. Du wirst es noch bereuen. Verlass dich drauf! Es wird dir noch das Rückgrat brechen! Ganz und gar!“

*

„Brauchst du nicht auch noch etwas zu essen, Reinhold?“

Die Kassiererin nickte in Richtung Reinhold Karlssons Einkaufswagen, in dem zwei Sechserverpackungen Bier, eine Tube Kaviar und ein paar Kartoffeln lagen. Reinholds Gesichtsausdruck wurde noch düsterer und zuerst sah es danach aus, als ob er in Wut ausbrechen würde. Doch nichts dergleichen geschah. Er beruhigte sich, als er das freundliche Lächeln der Kassiererin sah.

„Kein Grund zur Beunruhigung. Ich habe genug zu essen zu Hause. Das hier hole ich nur um den Vorrat zu ergänzen, so zu sagen.“

Er lächelte etwas unsicher.

„Has du heute Morgen ferngesehen, Lena?“

„Nein, habe ich nicht. Ich schlafe so lange ich kann. Dann esse ich ein schnelles Frühstück und mache mich auf den Weg hierher.“

„Schade. Morgens kommen oft interessante Programme. Nachrichten und verschiedene Gespräche im Wechsel. Heute Morgen sah ich ein Interview mit einem Rechtsanwalt. Und obwohl alle wissen, dass sein Mandant schuldig ist, sitzt der verfluchte Wichtigtuer da und brabbelt: ‚Niemand kann hier in Schweden ohne Gerichtsverhandlung verurteilt werden. Wir leben im einem Rechtsstaat ...‘“

Einzelne Seufzer und Räusperungen waren aus der Schlange zu hören, und Lena unterbrach ihn: „Ich glaube, wir reden ein anderes Mal darüber, Reinhold. Ich bin alleine hier und die Schlange wird immer länger."

Reinhold murmelte etwas und legte seine Waren in die Tasche. Er erwiderte Lenas Lächeln nicht. Ging immer noch vor sich hinmurmelnd weg. Draußen an der frischen Luft überkam ihn erneut der Durst. Seine Kehle war wie zugeschnürt. Eine Bank in einem Gebüsch übte eine unwiderstehliche Anziehungskraft auf ihn aus.

Er ließ sich mit einem Seufzer auf die Bank nieder, wühlte in der Tasche nach dem Bier und riss die Verpackung auf. Mit einem Zischen öffnete er die Dose und trank schnell einige Schlucke. Dann rülpste er vergnügt und blinzelte seine Tränen weg. Einige Sonnenstrahlen fanden zu ihm, und er drehte ihnen sein Gesicht zu.

Wie gerne hätte er hier nicht in aller Ruhe sitzen wollen. Er wünschte, sein Inneres wäre genauso spiegelblank und ruhig wie der See an dem er früher öfters geangelt hatte. Das war aber unmöglich. Starke Winde wühlten den Sand vom Boden auf, und die Wellen gingen unruhig in die Höhe.

„Hier sitzt du und trinkst Bier, Reinhold. Has du ein paar Tröpfchen übrig für einen durstigen armen Schlucker?"

Reinhold hatte die zwei Männer, die plötzlich an der Bank standen, nicht bemerkt. Ohne eine Antwort abzuwarten setzten sie sich hin. Reinhold wühlte erneut in der Tasche und fischte eine Dose heraus.

„Diese Dose könnt ihr euch teilen. Ich habe nur so viel, dass es gerade noch für mich reicht. Es kommen noch mehr Tage.

Und ich kann es mir erst in paar Tagen leisten, noch mal
Bier zu kaufen.“

„Astrein.“

Die Dose ging mit einem Zischen auf. Dann einige Schlucke gefolgt von zufriedenen „Aahs“. Die Stille dauerte nicht
lange.

„Habt ihr heute Morgen ferngesehen?“

Reinhold stellte seine Frage zögernd.

„Selbstverständlich. Der SC hat zur Abwechslung einige
sehr schöne Tore geschossen. Sonst stolpern sie meistens die
Bälle ins Tor. Wenn sie überhaupt welche schießen, versteht
sich.“

„Nein, ich dachte nicht an die Tore. Vor dem Sport war ein
Gespräch mit irgendeinem Scheißrechtsanwalt, der mehr
oder weniger versprach, dass er es schaffen würde, einen
Schuldigen freigesprochen zu bekommen.“

„Das ist doch wohl nicht seltsam. Anwälte sind nun mal so.
Clever und gerissen.“

„Genau. Jemand sollte sie rechtzeitig stoppen. Es gibt
Exemplare von ihnen auch hier in der Stadt. Sie laufen hier
herum zufrieden mit sich selbst, obwohl sie das Leben anderer Menschen zerstört haben.“

„Du scheinst schon einen Anwaltsfimmel zu haben. Immer
brabbelst du über sie. Was willst du tun? Einen Krieg gegen
sie anfangen?“

„Vielleicht. Es gibt viel, was man tun könnte.“

Reinhold hustete und lachte heiser.

„Man kann viel tun, wie gesagt. Man kann ihnen die Hölle
heiß machen, falls man in Form ist. Vielleicht nicht allen.
Aber man könnte sich ein Exemplar aussuchen.“

8

„Möchten Sie jetzt bestellen?"

Eva-Maria zuckte zusammen. Sie tastete nach ihrer Brille und setzte sie auf die Nase. Dann warf sie einen Blick auf die Speisekarte und wandte sich an die Kellnerin.

„Ich warte noch ein bisschen. Ich erwarte gleich jemanden und es ist nicht schön, wenn man aus dem Takt gerät."

Die beiden Frauen kicherten über Eva-Marias unfreiwilligen Witz, und die Kellnerin zischte ab zwischen den Tischen. Eva-Maria trank einen Schluck Wasser und fischte eine Mappe aus ihrer Tasche heraus. Etwas Nützliches konnte sie immerhin tun, während sie wartete. Sie schlug die Mappe auf und begann zu lesen. Es stellte sich bald heraus, dass die Mappe genauso in der Tasche hätte bleiben können. Ihr Konzentrationsvermögen ließ sehr zu wünschen übrig.

Die Mittagsverabredungen mit Wilhelm fingen an zur Gewohnheit zu werden. Eine ganz und gar nicht unangenehme Gewohnheit. Sie hatten sich jetzt näher kennen gelernt, und Eva-Maria konnte schwer diese Treffen entbehren. Zum ersten Mal seit vielen Jahren wurde sie wie eine Frau behandelt. Es handelte sich nicht nur um praktische Dinge oder Arbeit. Wilhelm nahm sie mit weg vom Alltag. Ihre Gespräche waren zu einer Mischung von Entdeckerfreude und behutsamem Verständnis geworden.

Schlechtes Gewissen Svante gegenüber? Eigentlich nicht, aber natürlich war es eine Form von Untreue. So viel von sich selbst im Gespräch zu geben konnte genauso als Betrug angesehen werden, als wenn sie es verschwitzt miteinander im Bett getrieben hätten.

Doch wo würde es hinführen? Das wusste sie nicht und im Moment wollte sie es auch nicht wissen. Sie hatte ein bisschen Angst. Angst vor dem Unbekannten. Vor dem was jenseits des Alltags lag. Angst vor dem Umstürzlerischen. Vor dem was so lange verborgen und weggesteckt gelegen hatte.

Bei ihrem ersten Treffen war sie auf ihrer Hut gewesen. Aber sehr bald hatte sie verstanden, dass Wilhelm ein ausgezeichneter Zuhörer war. Vorsichtig und tastend hatte sie ihre Erzählung angefangen, aber nachdem sie nach und nach sein Engagement bemerkt hatte, beschrieb sie immer lebhafter alles, was passiert war. Er hatte Fragen gestellt und wollte auch manches näher untersuchen. Zum ersten Mal seit langem hatte Eva-Maria das Gefühl, dass alles sich vielleicht zum Besten wenden könnte.

Ab dann hatten sie sich öfter mittags getroffen. Und nicht immer hatte es sich um Vandalisierung, Terror und Ohnmacht gehandelt. Da war auch noch etwas anderes gewesen. Etwas, wofür sie noch keine Worte gefunden hatten.

Plötzlich spürte sie, wie jemand vorsichtig ihre Schulter anfasste. Sie zuckte zusammen und sah in ein intensiv blaues Augenpaar, umgeben von Lachfalten und braungebranntem Teint. „Hier bist du ja. Fleißig wie immer."

*

„Du brauchst mich doch nicht zum Kaffee einzuladen. Es ist doch meine Aufgabe zu helfen." „Ja, aber du bekamst mehr heraus als ich mir hätte träumen lassen. Ich muss noch mehr übers Internet lernen."

Viveka Klinge und Rose-Marie Palgander saßen in der Cafeteria der Stadtbibliothek. Viveka mit einer Tasse Tee und einem belegten Brot, während Rose-Marie sich für Kaffee mit einem klebrigen Stück Kuchen entschieden hatte.

Die Einrichtung war hell und luftig. Die Cafeteria lag direkt im Anschluss an die Bücherhalle, und man konnte dort sitzen und die Bibliotheksbesucher betrachten. Die kleinen viereckigen Tische in der Cafeteria hatten blauweiße Tischdecken, ein Muster, das sich in den Stuhlsitzen wiederfand. Direkt im Anschluss waren Zeitungen und Zeitschriften ausgelegt, und die Besucher konnten also sowohl für ihr leibliches als auch für ihr geistiges Wohl etwas tun. Die Bibliothek war ein vorbildliches Beispiel wie man praktischen Nutzen mit ästhetischen Werten vereinen konnte. Die Belohnung blieb auch nicht aus: Große Mengen der Einwohner Örtunas besuchten ihre Bibliothek.

Rose-Marie konnte mit Recht stolz auf das Gebäude und dessen Inhalt sein, da sie dort als Bibliothekarin beschäftigt war. Sie arbeitete dort seit mehreren Jahren und war eine bekannte Persönlichkeit bei den Besuchern. Meistens trug sie weite Röcke mit dazugehöriger Bluse und eine Strickjacke in intensiven Farben. Die dunklen Haare, die getönt wurden um die grauen Einsprengsel fernzuhalten hatten rote Strähnen.

Sie lächelte oft und gern und war allgemein als freundlich und hilfsbereit bekannt. Aber wer viel mit ihr zu tun hatte, konnte einen verbitterten Zug um ihren Mund entdecken. In jedem einzelnen Fall wusste sie am besten Bescheid, und falls jemand darauf bestand, eine andere Meinung zu vertreten, verdunkelte sich ihr Blick, und ihr Lächeln wurde straffer oder verschwand ganz und gar. Ihre Welt war exakt viereckig, und alles, was sich nur einen Zentimeter außerhalb befand, wurde von ihr als falsch abqualifiziert.

Ihre Welt bestand aus Dingen und Vorkommnissen, die sie verstand und die allgemein akzeptiert waren. Alles andere war ihrer Meinung nach ungesund und zweifelhaft. Sie war eine durch und durch tüchtige Bibliothekarin, jedoch ohne sich auf einem bestimmten Gebiet spezialisiert zu haben. Ihr besonderes Interesse lag auf der rein menschlichen Ebene. Sie wollte so zu sagen alles über ihre Besucher wissen. Und in der Hinsicht war sie unschlagbar. Ihre Kenntnisse über die Besucher der Bibliothek und die Einwohner der Stadt im Allgemeinen waren beeindruckend und das Ergebnis langjährigen Herumschnüffelns. Sie war ganz einfach die eigene kleine Klatschquelle der Stadt.

Jetzt hatte sie Viveka geholfen, Auskunft aus dem Internet zu erhalten und war als Dank dafür zu einer Tasse Kaffee in der Cafeteria eingeladen worden.

„Ich war schlicht und einfach hängen geblieben. Dank dir wird mir jetzt manches klar. Manchmal kommt man beim Übersetzen einfach nicht weiter."

„Ja, ich könnte es nicht. Und vor allem könnte ich nicht alleine sitzen. Ich muss Leute um mich herum haben. Fühlst du dich nicht einsam?"

„Ganz und gar nicht. Tagsüber arbeite ich diszipliniert. Ich habe in etwa dieselben Arbeitszeiten wie du, stelle ich mir vor. In meiner Freizeit habe ich jede Menge zu tun. Den Garten zum Beispiel."

„Ich bin wohl viel zu sehr an Menschen interessiert um so isoliert zu arbeiten."

„Ja, das bist du ja anscheinend."

Rose-Marie sah Viveka hastig an aber entdeckte nichts hinter der freundlichen Fassade. Sie blieben eine Weile ruhig sitzen, beide in Gedanken vertieft. Rose-Marie ließ ihren Blick neugierig im Lokal umherwandern. Ließ ihn auf einem einfach gekleideten Mann mit mitgenommenem Gesichtsausdruck ruhen, der gerade über einer Zeitung gebückt saß. Rose-Marie beugte sich zu Viveka hinüber und zeigte diskret auf ihn.

„Erkennst du ihn?"

Viveka schüttelte den Kopf und hoffte dass ihre Geste so verstanden werden würde, dass sie nicht an Tratsch interessiert war. Doch auf Rose-Marie, die jetzt Blut geleckt hatte, war es vergeudete Mühe.

„Er heißt Reinhold Karlsson und sein Schicksal ist wirklich tragisch."

„Ach so."

Viveka bemühte sich um einen gleichgültigen Ton.

„Er verlor seine Frau bei einem schrecklichen Unfall. Sie wurde von einem wahnsinnigen Autofahrer angefahren und getötet. Alkohol war wohl auch mit im Spiel. Das hat ihm das Rückgrat gebrochen."

„Ja, das ist ja nicht schwer zu verstehen."

„Das einzige Problem ist nicht, dass er Witwer wurde. Es gab ihm anscheinend den Rest, dass der Täter eine so milde Strafe bekam. Und jetzt geht es stetig bergab mit ihm, dem armen Schwein. Und daran ist unter anderem deine Nachbarin Schuld."

„Meine Nachbarin?"

„Genau. Eva-Maria. Eva-Maria Törmheden. Sie hat damals den betrunkenen Autofahrer verteidigt. Und es ist kein Geheimnis, dass Reinhold ihr nie verzeihen kann. Und er hat sie anscheinend auch bedroht."

„Wäre es nicht zweckmäßiger, dass er sich an den Täter heranmachen würde. Wenn er nun partout sich über jemanden mit Drohungen oder anderen Maßnahmen hermachen muss. Eva-Maria hielt sich wohl nur an die Spielregeln."

„Ja doch. Dass lässt sich leicht sagen. Der betrunkene Autofahrer wurde beruflich schnell versetzt. Er ist anscheinend jetzt in den USA. Die Spielregeln? Mag sein. Aber so sieht es Reinhold nicht. Eva-Maria ist der Gegenstand seines Hasses und seiner Rachegefühle."

*

„Ich war nicht ganz so fleißig wie es den Anschein hatte. Ich saß hauptsächlich in Gedanken."

„Hoffentlich dachtest du an etwas Angenehmes."

„Ja, in der Tat."

Eva-Maria konnte es nicht verhindern, dass sie schwach errötete. Das bemerkte jedoch Wilhelm nicht. Jedenfalls ließ er es sich nicht anmerken.

„Hast du schon bestellt?"

„Nein, ich wartete auf dich."

Sie einigten sich auf ein Fischgericht, die Wahl der Getränke fiel jedoch bei jedem anders aus. Eva-Maria bestellte ein Mineralwasser, Wilhelm ein Leichtbier. Nachdem die Bestellung geregelt war, fingen sie beide an, durcheinander zu reden. Beide fingen an zu kichern, und Wilhelm machte eine Geste mit dem Arm.

„Bitte schön, du zuerst!"

Eva-Maria atmete tief auf.

„Doch, wie gesagt. Meine Gedanken waren angenehm. Ich dachte daran ... dass ich mich jetzt geborgener fühle. Jetzt da ich mit dir geredet habe und ich das Gefühl habe dass mir geholfen werden kann."

„Ich habe nun aber wirklich nicht viel getan. Aber nichts Neues ist doch vorgefallen, seit wir uns das erste Mal sahen, oder? Das ist immerhin etwas."

„Nein, nichts Neues ist passiert. Aber ich zaudere jeden Morgen, wenn ich die Tür aufmache. Und jedes Mal, wenn ich von der Arbeit nach Hause komme. Ist etwas Neues passiert? Hat der Verrückte erneut zugeschlagen?"

„Das muss schrecklich sein. Aber vielleicht ist alles vorbei. Hoffentlich. Aber wir werden schon den Scheißkerl festnageln."

Er schwieg und hielt Eva-Marias Blick fest. Lachte unsicher auf.

„Andererseits hoffe ich, dass es lange dauert. Nein, das meine ich natürlich nicht. Was ich meine ist, dass ich unsere Mittagstreffen sehr schätze. Und ... ich will, dass wir uns weitertreffen."

„Das will ich auch."

Eva-Marias Antwort fiel schnell. Sehr schnell. Ohne Zögern. Das Schweigen lag erwartungsvoll zwischen ihnen. Der geladene Augenblick nahm ein Ende, als das Essen herangetragen wurde. Die Worte wurden nie ausgesprochen, aber sie waren noch da. Vielversprechend. Spannungsgeladen. Wie so oft war das Unausgesprochene fesselnder und verlockender als das Ausgesprochene.

Sie widmeten sich für eine Weile dem Essen, bis Wilhelm das Gespräch wiederaufnahm. „Jetzt habe ich jedenfalls mit

Jeanette Adler gesprochen, wie ich sagte. Ich weiß, dass es lange gedauert hat. Aber teils ist sie verreist gewesen und teils hat sie extrem viel zu tun gehabt."

„Jeanette Adler? Sie ist doch die Kriminalchefin, oder?"

„Genau. Seit einigen Jahren. Dir ist vielleicht der Name in sportlichen Zusammenhängen bekannt? Sie war früher ein Marathonstar. Ja, sie ist immer noch gut, auch wenn ihre Arbeit sie daran hindert, an der Spitze zu bleiben."

Eva-Maria antwortete nicht. Möglicherweise verspürte sie ein mäßiges Interesse für Jeanettes Karriere als Läuferin.

„Jedenfalls sah sie das Vorgefallene als ernst an. Sie fragte natürlich, ob du ausgesprochene Feinde hättest."

„Was hast du geantwortet? Halb Örtuna?"

„Nein, aber als Rechtsanwalt kann man der Wut anderer Leute ausgesetzt werden. Das ist nicht seltsam. Ich erzählte ihr von diesem ... Rickard Karlsson oder wie er heißt."

„Reinhold Karlsson. Ja, er rief ein paar Mal an, tobte und schrie. Aber ich hielt es für leere Worte. Eine bodenlose Verzweiflung schien ihn getrieben zu haben."

„Doch, das ist schon möglich, aber er wirkt gelinde gesagt unausgeglichen. Und Jeanette meinte, man sollte sich ihn genauer anschauen. Er trinkt anscheinend ziemlich viel, und diese Tatsache im Verein mit gewissen Rachegefühlen kann etwas ausgelöst haben. Laut Jeanette kommt so etwas nicht selten vor, sie hat auch versprochen, dass man ihn im Auge behält."

„Jeanette meint und laut Jeanette", er konnte kaum aufhören über diese Jeanette zu reden. Und hatte seine Stimme nicht einen bestimmten Unterton von Wärme, wenn er ihren Namen erwähnte? Ein Hauch von etwas Unbestimmbarem durchfuhr sie. Ein fremdes und ganz und gar nicht angenehmes Gefühl. Sie lachte auf.

„Jeanette Adler scheint engagiert zu sein. Du hast offensichtlich eine glückliche Hand mit ihr."

„Glückliche Hand? So sehe ich es wohl nicht direkt. Wir arbeiten gut zusammen und sie stuft diese Vorfälle als ernst ein. Und mit der Brandstiftung ist ja nicht zu spaßen."

„Handelt es sich um eine formale Polizeiangelegenheit jetzt?"

„Nein, nicht offiziell. Dazu kommt es erst, nachdem du es formal bei der Polizei angezeigt hast. Aber die Polizei weiß von eurem Fall und behält Reinhold Karlsson im Auge."

„Das ist ja ein beruhigendes Gefühl."

„Was deine Überlegungen, ob Svante eventuell Feinde hat, betrifft, meint Jeanette und übrigens auch ich, dass es deine Aufgabe ist, das herauszufinden. Mach doch ein paar Recherchen oder sprich ihn direkt darauf an."

Eva-Maria nickte. Ihre Gedanken waren weit weg und Wilhelm musste sie in die Realität zurückrufen.

„Nein, jetzt legen wir diese Angelegenheit für heute ad acta. Jetzt reden wir über etwas Erfreulicheres. Über uns zum Beispiel ..."

9

Reinhold Karlsson brachte die Zeitung ins Regal zurück. Er nahm keine neue sondern ließ sich auf einen Stuhl nieder und schaute um sich herum. Sein Blick blieb an Viveka und Rose-Marie hängen.

„Und da sitzt diese Scheißklatschbase. Die alles über alle wissen will. Nicht so sehr aus eigenem Interesse. Oh, nein. Sie will den Tratsch nur an andere weitertragen. Wie so ´ne verfluchte Tratschzentrale. Meine armen Nachbarn fragt sie ständig aus. Lässt sie nie in Ruhe, wenn sie hier in der Bibliothek auftauchen. Will unbedingt das Neueste über Reinhold Karlsson erfahren.

Säuft er? Verliert er allmählich den festen Halt? Braucht er Hilfe? Die Nachbarn sind es leid und versuchen ihr immer aus dem Weg zu gehen.

Sie hält sich für wichtig, wenn sie hier herumläuft wie irgendein gottverdammter Feldwebel. Sie glaubt sie besitzt die ganze verfluchte Bibliothek. Und dann noch das selbstgefällige Grinsen auf ihrem Gesicht.

Und mit wem sitzt sie da am Tisch? Sie sieht ja gar nicht übel aus. Das heißt wenn sie sich ein bisschen besser anziehen würde. Jetzt sieht sie ja eher aus wie eine Vogelscheuche. Ihr Gesicht kommt mir irgendwie bekannt vor. Es ist doch nicht etwa ... mal sehen ... oh doch. Das ist die Freundin der kleinen Eva-Maria. Freundin und Freundin ... auf jeden Fall Nachbarin.

Was haben die beiden gemeinsam? Außer Mist über andere zu reden? Wahrscheinlich irgendeinen feministischen Quatsch. Alle Männer sind Scheiße. Sie halten nur unsere eigene Entwicklung auf. Nein, sie sollen ruhig weiterhin

Fußball und Hockey angaffen, damit wir uns zu ganzen und vollkommenen Menschen weiterentwickeln können.

Diesen Scheiß hatte Harriet wahrhaftig nicht mitgemacht. Sie wusste, was Sache ist und brauchte nicht in irgendeiner blöden Bibliothek herumzusitzen und mit anderen Weibern zu gackern. Henrietta hatte zwar manchmal versucht, sowohl sich selbst als auch Harriet als wichtig hinzustellen. ‚Papa, du bist ein richtiger Macho. Weißt du das?'

Aber sie wusste nichts. Eigentlich gar nichts. Nicht einen Deut über seine und Harriets Beziehung. Wie sie es unter sich ausgemacht hatten. Von dem was zwischen ihnen war wusste kein anderer etwas. Das äußere konnte jeder sehen, aber die inneren Bande kannten nur sie beide. Und es war alles so ..."

Er lehnte den Kopf in die Hände und schluchzte. Erinnerte sich sehr schnell daran, wo er sich befand und richtete den Kopf auf. Er merkte, wie Rose-Marie ihn aufmerksam betrachtete. Einige Sekunden zögerte er. Dann zog er ihr eine hässliche Grimasse.

Oh, nein. Er lächelte schief. Du brauchst nicht bei meinen Nachbarn herumzuschnüffeln. Reinhold braucht Hilfe. Er braucht Hilfe, Harriet zurückzubekommen. Hilfe um seine innere Stille und Ruhe wiederzubekommen. Und diese Ruhe würde sich nicht finden, bevor er sich hatte rächen können.

*

„Haltet das Karussell ich will aussteigen." Svante Törnheden blieb im Auto sitzen, bevor er sich dazu aufraffen konnte loszufahren. Er atmete ein paar Mal tief auf. Die Zeit reichte nicht mehr. Es kam immer mehr hinzu. Und es schien kein Ende zu nehmen.

Nach dem Unterricht hatten ein paar Studenten ihn unbedingt sprechen wollen. Er hatte auf seinen eng gestrickten Stundenplan hingewiesen, aber ihnen war so sehr daran gelegen, dass er nachgegeben hatte. Sie hatten einige interessante Ideen zur Sprache gebracht, und das Ergebnis war, dass sie sich verabredet hatten, sich erneut zu sehen.

Danach war er zum Regionalfunk gehetzt, um einen Programmabschnitt über ein paar neu erschienene Bücher zu machen. Natürlich unnötig, da er so viel um die Ohren hatte. Aber gleichzeitig eine wichtige Gelegenheit auszuspannen.

Im Eiltempo zurück zur Hochschule für eine Besprechung mit den Lehrerkollegen. Die Stimmung war aggressiv und irritiert gewesen. Vieles blieb ungeklärt. Manche fühlten sich benachteiligt. Zwistigkeiten und Kompromisse. Und alles in einem einzigen Durcheinander.

Nach der Besprechung war er schnell zum Ombudsmann der Hochschule gegangen. Einige Computerarbeitsplätze sollten eingerichtet werden.

Svante startete das Auto und fuhr los. Eigentlich hätte er noch ein paar Stunden in der Hochschule bleiben müssen um zu arbeiten. Aber er hatte Eva-Maria versprochen das Fußballspiel anzuschauen. „Du gehst zu so vielen Fußballspielen, dass du fast nie Zeit hast, deinen Sohn spielen zu sehen."

Eva-Maria war in letzter Zeit weniger gereizt gewesen. Diese Angelegenheit mit dem Fußballspiel war eher eine Ausnahme gewesen. Außerdem war ihre Behauptung falsch. Und das spürte sie sicher auch. Er hatte Jonas sehr oft spielen sehen. Es war ihr sicher gelungen dies zu verdrängen, da sie zurzeit so viele andere Probleme hatte.

Sonst ließ sie ihn jetzt meistens in Ruhe. Kümmerte sich nicht so sehr darum, was er tat und dergleichen. Etwas ungewöhnlich für Eva-Maria, aber sie hatte wohl alle Hände voll zu tun mit ihren eigenen Angelegenheiten. Was es nun auch sein mochte.

Keine Vorfälle hatten in letzter Zeit stattgefunden. Natürlich wirkte dies beruhigend auf Eva-Maria. Vielleicht war alles vorbei. Ein äußerst unangenehmer Abschnitt, der hoffentlich nicht wiederkehren würde. Gewiss würden sie immer sich darüber Gedanken machen, wer dahinter gesteckt hatte. Und warum. Aber vorbei ist vorbei.

Offenbar hatte Eva-Maria Tag und Nacht daran gedacht. Hatte es niemals abschütteln können. Jetzt wirkte sie sogar ein bisschen geistesabwesend. Etwas abgeschirmt. Sie, die fast immer mit etwas beschäftigt gewesen war, konnte jetzt auf der Couch sitzen mit dem Blick weit weg in der Ferne. Abwesend in einer Weise, die er nie früher bemerkt hatte. Sogar bei ihren immer seltener gewordenen Umarmungen.

Zuerst schien es, als ob sie gar nicht bei der Sache wäre. Nach einer Weile wachte sie auf und ritt ihn entschlossen und resolut. Und mit einem kleinen Lächeln, das er nicht ganz verstand.

Ein paar heftige Hupsignale ließen ihn zusammenzucken. Er hob den Kopf und merkte, wie ein paar Autofahrer ihm mit geballten Fäusten drohten. Ein Kreisverkehr. Woher kam er? War er schon immer hier? Er kicherte. Nein, jetzt musste er sich zusammenreißen. Er musste in seinen Gedanken weit weg gewesen sein. Gleichzeitig ärgerte es ihn, dass er so unaufmerksam gewesen war, weil er sich immer darum bemühte, ein geschickter Autofahrer zu sein. Eva-Maria musste sich ständig anhören, wie überlegen er ihr als Autofahrer war.

Der größte Vorteil damit, dass der Terror anscheinend aufgehört hatte, war nicht dass Eva-Maria ruhiger geworden war. Nein, jetzt musste er nicht mit Ann-Charlotte Kontakt aufnehmen. Wenn sie dahinter gesteckt und es jetzt aufgehört hatte, blieb wohl alles beim Alten.

Es gab keinen Grund, alles aufzuwühlen. Vielleicht würde alles dann neu entfachen und alles verschlimmern. Und er hatte absolut keine Lust, Kontakt mit Ann-Charlotte aufzunehmen.

Als er Richtung Sportplatz einbog, sah er dass das Spiel kurz vor dem Anpfiff stand.

*

Ein Glück, dass sie das Auto in die Stadt genommen hatte, sonst hätte sie dort ein Glas Wein genommen und den ganzen Tratsch weggespült. Es wurde ihr einfach zu viel. Rasch verwahrte Viveka ihre Einkäufe in die verschiedenen Schränke. Danach fischte sie eine Flasche Weißwein aus dem Kühlschrank, goss sich ein Glas ein und ließ sich in einen Sessel nieder.

Rose-Marie. Rose-Marie Palgander. Genauso tüchtig wie sie in ihrem Beruf war, genauso schrecklich war sie mit ihrem Tratsch. Sie nagelte einen fest mit ihrem Redeschwall. Und die ganze Zeit stocherte sie herum um noch mehr herauszubekommen. Um neue Gesprächsstoffe herauszubekommen. Sie schwelgte in Eva-Marias Situation. Dummerweise hatte Viveka bei einer Gelegenheit den Terror, dem

Eva-Maria und ihre Familie ausgesetzt waren, erwähnt. Und jetzt hatte Rose-Marie Einzelheiten wissen wollen.

„Ich weiß nicht … ich weiß nicht über alles, was passiert ist, Bescheid."

„Natürlich weißt du. Du bist doch deren nächste Nachbarin. Und Eva-Maria unterhält sich wohl mit dir."

„Ja doch, aber nicht unbedingt über alles. Und ich weiß nicht … ich hätte diese Sache nicht erwähnen sollen."

„Was denn? Sie haben doch sicher die Angelegenheit bei der Polizei angezeigt?"

„Ja, ich denke schon. Doch ich weiß nichts Bestimmtes."

„Natürlich haben sie es angezeigt. Sie kennt doch das Rechtswesen. Aber so kann es kommen, wenn man so eine Streberin ist."

„Streberin? Redest du über Eva-Maria?"

„Ja, klar."

„Ich kann sie nicht als Streberin sehen. Und übrigens ist es doch nicht sicher, dass es gerade gegen sie gerichtet ist. Es gibt doch noch mehr Familienmitglieder. Und ich glaube du verkennst Eva-Maria. Sie ist in Ordnung."

„Sie erscheint mir sehr strikt."

„Das ist sie nicht. Aber sie ist Belastungen ausgesetzt."

„Das glaube ich sicher. Mit einem solchen Mann."

„Svante. Aber du kennst ihn doch nicht? Oder weißt wer er ist?"

Doch genau das wusste Rose-Marie. Und ihr Wissen trug sie mit Freuden weiter. Und jedenfalls ohne zu zögern. Ihre Kollegin Maria hätte zur Vertretung in der Hochschulbibliothek gearbeitet und wüsste das Meiste über den Tratsch dort.

Oh doch. Eva-Maria war vielleicht sowohl hübsch als auch in Ordnung. Aber das reichte Svante anscheinend nicht. Er nahm in der Tat die Gelegenheit wahr, sobald sie sich bot. Dort, wo andere es bei einem Flirt oder ein paar verstohlenen Zärtlichkeiten beließen, ging Svante aufs Ganze.

Vielleicht war er nicht direkt ein Schürzenjäger. Nein, es verhielt sich eher so, dass sowohl Studentinnen als auch Kolleginnen die treibende Kraft waren. Und er konnte verdammt schwer nein sagen.

Meistens schien es sich wohl um gelegentliche Seitensprünge im Zusammenhang mit verschiedenen Feiern gehandelt zu haben. Bedeutend schlimmer war die lange, leidenschaftliche Beziehung zu einer Frau, die nur für kurze Zeit eine Anstellung an der Hochschule gehabt hatte, gewesen. Jetzt war es aus und vorbei, und sie schien für immer die Hochschule verlassen zu haben, aber man hatte viel darüber geredet, während die Beziehung noch lief.

Viveka trank ihr Weinglas aus und stand auf um in die Küche zu gehen und sich etwas zu essen zu machen. An dem Spiegel blieb sie stehen und betrachtete sich selbst eingehend. Trotz der intensiven Farben ihres langen Rocks und ihrer Bluse sah sie vergrämt aus. Was ihr Privatleben anging, war sie immer verschwiegen gewesen. Die meisten in ihrer Umgebung wussten in etwa das, was Eva-Maria wusste. Dass sie Witwe war. Sie wollte es auch so. Wollte ihr Leben nicht zur Schau stellen.

Ihr wurde übel, und sie ging schnell weg vom Spiegel. Warum hatte sie sich Rose-Marie damals unglücklicherweise anvertraut? Rose-Marie von allen denkbaren Menschen. Einer wandelnden Tratschmaschine. Die immer alles, was sie wusste, weitergeben musste. Als ob es gefährlich sei, etwas für sich zu behalten.

Viveka war damals schwach gewesen. Hatte für einen Moment ihre Maske fallen lassen. Sie hatte wenigstens ein Mal jemanden gebraucht, mit dem sie reden konnte. Sie hatte es nicht geschafft, alles für sich zu behalten.

Aber Rose-Marie! Wenn sie das gewusst hätte, was sie heute wusste, hätte sie es niemals geschehen lassen. Nie!

*

Svante schlug die Autotüre zu und ging auf den Platz zu. Spähte vergebens nach Jonas. Konnte nicht seinen charakteristischen Stil entdecken. Eine Art federnden Geh- und Laufstil.

Als er sich dem Rasen näherte, konnte Svante feststellen, dass Jonas sich nicht auf dem Spielfeld befand. Wie alle Eltern von Kindern, die aktiv Sport treiben, wurde er jetzt verärgert, als er entdeckte, dass sein eigener Junge beiseite gestellt worden war.

Sein erster Gedanke war umzudrehen und davonzufahren. Zurück zur Hochschule, wo die Arbeitsaufgaben haufenweise auf ihn warteten. Gleichzeitig hatte er das unbestimmte Gefühl, dass Jonas ihn brauchen könnte. Vielleicht war er traurig. Vielleicht war er verletzt. Nun ja. Jetzt müsste er selbst es mit der Ruhe nehmen. Nicht vor den Augen der anderen Jugendlichen und Eltern jemandem eine Szene machen. Außerdem könnte er ja Jonas Chancen für die Zukunft verderben.

Er näherte sich der Ersatzspielerbank. Seltsam, dass Jonas hier sitzen musste. Er war immer der Auffassung gewesen, dass Jonas einer der Tonangebenden in dieser Mannschaft war. Was war passiert? Hatte er sich mit den Trainern überworfen?

Auf der Bank saßen die fünf Ersatzspieler in ihren rotweißen Trainingsjacken. Svante blieb stehen. Kein Jonas. Er war nicht unter den fünf auf der Bank.

Svante schaute verwirrt die beiden Trainer des Örtuna SC an. Nicke Alftberg war im höchsten Grade aktiv, ging der Linie entlang und trieb seine Spieler an. Der andere Trainer, Georg Nilsson, stand neben der Ersatzspielerbank mit gekreuzten Armen.

„Jojje, Jojje, hallo!"

Georg Nilsson sah sich um und entdeckte Svante.

„Hallo, Svante Törnheden. Kommst du das Spiel anschauen, obwohl dein Junge nicht dabei ist?"

„Nicht dabei ... Was ... Warum? Sag nicht, dass er gefeuert ist."

„Nein, nein. Wie ist es eigentlich mit der Verständigung zu Hause bei der Familie Törnheden? Jonas hat doch Schmerzen in dem einen Knie. Er hat mehrere Wochen nicht trainiert oder gespielt."

Svantes Gesichtsausdruck entlarvte ihn. Die Bestürzung war in seinem Gesicht eingemeißelt, während seine Worte etwas anderes sagten.

„Ach ja, natürlich. Er hat ja Knieschmerzen. Aber wir haben nicht viel darüber geredet. Und dann hatte ich dieses Spiel in meinem Terminkalender stehen. Ich fuhr weg ohne zu überlegen. Blöd. So kommt es, wenn man zu viel um die Ohren hat. Aber jetzt muss ich zur Arbeit fahren und zusehen, dass ich etwas Nützliches tun kann."

Svante plauderte weiter. Die einleitenden Töne der Schicksalssymphonie auf seinem Handy bewahrten ihn vor weiterem sinnlosem Gebabbel. Er nickte Georg Nilsson zu und holte sein Handy heraus.

„Ja, Svante."

„Hallo, ich bin es, Eva-Maria. Du musst nach Hause kommen, Svante! Es ist ... es ist wieder passiert. Komm nach Hause! Jetzt!"

10

Die wenigen Kilometer zwischen Örtuna und Hedviken verflogen in rasendem Tempo. Gleichzeitig flatterten seine Gedanken wie aufgescheuchte Vögel in einem Käfig. Es war also wieder passiert. Gerade, als er dachte, dass es vorbei war.

Zurück zum Ausgangspunkt also. Er fluchte. Dann musste er wohl doch Kontakt mit Ann-Charlotte aufnehmen, obwohl er sich bisher davor gescheut hatte.

Eva-Maria hatte sich aufgeregt angehört. Sie hatte am Telefon nichts sagen wollen. Was passiert war. Nur dass es schrecklich sei. Jetzt würde alles natürlich wie früher werden. Eva-Maria würde reizbar, irritiert und misstrauisch sein.

Das Allerschlimmste versuchte er zu verdrängen. Doch es nützte nichts. Wie ein Ball, den man versucht unter die Wasseroberfläche zu tunken, tauchte es wieder auf. Was war mit Jonas los? Warum hatte er nicht gesagt, dass er Schmerzen im Knie hatte sondern tat so als ob er spielen wollte? Die Clique, mit der er verkehrte, war natürlich an allem Schuld. Keiner von ihnen spielte natürlich Fußball, und dann schleppten sie Jonas mit auf Gott weiß was für zwielichtige Abenteuer.

Er ging herunter mit der Geschwindigkeit, als er ins Villenviertel fuhr. Die allgemeine Meinung war, dass Hedviken ein idyllisches Gebiet war. Zum größten Teil bestand es aus älteren freistehenden Einfamilienhäusern mit großen aufgewachsenen Gärten. Die ältesten waren aus den 1930er und 1940er Jahren, und später war nach und nach dazugebaut worden. In den letzten Jahren waren ein paar Straßen mit Reihenhäusern behutsam und umweltbewusst dem Gebiet angepasst worden.

Das gelbe Holzhaus der Familie Törnheden war etwa zwanzig Jahre alt, und die Arbeit, das Haus in Ordnung zu halten, fiel beiden schwer, auch wenn Eva-Maria die meiste Arbeit ausführen musste. Als er sich jetzt dem Haus näherte, bemerkte er nicht, dass das Haus gepflegt und frisch gestrichen aussah. Nein. Sein Blick fiel unwiderruflich auf die großen Paletten an der Garageneinfahrt.

Er fuhr langsam in Richtung Garage, während er zu erspähen versuchte, was auf ihrem Grundstück gestapelt worden war. Die dicke Kunststoffhülle machte es ganz unmöglich den Inhalt zu sehen.

Svante war kaum aus dem Auto ausgestiegen, als Eva-Maria gerannt kam. Es schien so, als ob sie ihn abgepasst hätte. Und das war vielleicht auch der Fall. Svante zuckte zusammen, als sie sich näherte. Sie sah erledigt aus. Die Sommersprossen leuchteten in dem blassen Gesicht, und ihre Augen trugen Spuren von Tränen.

„Was ist denn das hier?"

Svante zeigte auf die Paletten. Er krächzte seine Frage hinaus. Räusperte sich ein paar Mal.

Die Tränen liefen langsam Eva-Marias Wangen hinunter.

„Es sind ... es sind Windeln. Windeln! Hörst du? Irgendein Scheißkerl hat alle diese Windeln in meinem Namen bestellt."

*

Wilhelm Ambjörnsson suchte unter den Mappen auf dem Schreibtisch. Fand die richtige und warf einen Blick auf die

Uhr. Noch hatte er ein bisschen Zeit. Er würde es noch schaffen eine Tasse Kaffee zu trinken. Gleichzeitig spürte er, dass er fit genug war. Das Telefongespräch soeben hatte ihn aufgemuntert.

Er sollte nicht froh sein. Es war unangenehm und erschreckend, dass es erneut passiert war. Eva-Maria hatte sich anfangs total gebrochen angehört. Aber sie hatte sich beruhigt, nachdem sie eine Weile miteinander geredet hatten.

Doch das Wichtigste war, dass sie ihn angerufen hatte. Direkt nachdem es passiert war. Sie brauchte ihn. Sie hatte Vertrauen zu ihm. Aber was würde dann passieren? Wenn alles aufgeklärt und der Täter unschädlich gemacht worden war? Dann hatte sie eigentlich keinen Grund, Kontakt mit ihm aufzunehmen. Würden sie sich dann nicht mehr sehen? Würde alles abebben?

Dies durfte absolut nicht geschehen. Die Mittagstreffen mit Eva-Maria waren Lichtblicke in seinem arbeitsreichen Dasein. Anfangs war es anders gewesen. Er war äußerst widerwillig und skeptisch gewesen, als Pia Törner ihn gebeten hatte, Eva-Maria zu helfen.

Pia zuliebe hatte er sich einverstanden erklärt. Ein Gespräch konnte er wohl immer aushalten. Damit er selbst sich ein Bild davon machen konnte, was für ein hysterisches Weib Eva-Maria war.

Wie er sich getäuscht hatte. Wie falsch er sie eingeschätzt hatte. Sie war ganz anders als alle anderen Frauen, die er kannte. Sie besaß eine Tiefe und einen Ernst an die er nicht gewöhnt war und auf die er nicht vorbereitet gewesen war. Er fing an, die Mittagstreffen herbeizusehnen. Spürte, dass er sie nicht entbehren wollte.

Was in Zukunft passieren würde, ahnte er nicht. Natürlich hegte er Hoffnungen, aber er war gar nicht sicher, dass sie in Erfüllung gehen würden. Auf jeden Fall wollte er Schluss machen mit allen oberflächlichen Beziehungen und Bettgesellinnen. Dessen war er sich jedenfalls sicher. Jetzt war ihm endlich eine Frau begegnet, die er in der Tiefe kennen lernen wollte.

*

Wer oberflächlich Eva-Maria und Svante in ihrem Garten betrachtete, konnte leicht der Auffassung sein, dass es sich um ein erfolgreiches Paar handelte, das einen gelungenen Großeinkauf begutachtete. Svante in dunkelbraunem Cordanzug mit der Krawatte lose gebunden und dem beigen Hemd am Hals aufgeknöpft. Eva-Maria in Jeans und weißem T-Shirt mit blauer Strickjacke darüber.

Wer allerdings näher auf sie zuging, konnte leicht sehen, dass Glück nicht das Erste war, woran man dachte, wenn man sie sah. Sie standen wie vor den Kopf gestoßen und schauten sich hilflos gegenseitig an. Das Gespräch war dürftig und kam stoßweise.

„Was ist denn das hier? Was für ein verfluchter Irrer ..."

„Wir müssen etwas tun ..."

„Ja, das müssen wir vielleicht ..."

Im selben Augenblick spritzte der Kies vor der Hecke auf. Jonas bremste sein Fahrrad und ließ sich durch das Tor gleiten. Als er die Paletten mit den Windeln gewahr wurde, lachte er.

„Was ist denn das hier?"

„Windeln."

„Sind sie an die falsche Adresse gekommen?"

„Nein. Hier steht deutlich: Eva-Maria Törnheden, Blåmesstigen 9, Hedviken."

„Aber warum ... wer ... worum geht es denn?"

„Keiner von uns hat eine Ahnung. Aber jetzt muss die Polizei das hier in die Hand nehmen."

„Die Polizei?"

„Hast du einen anderen Vorschlag? Du weißt vielleicht etwas."

„Was sollte ich wissen? Ich habe nichts damit zu tun."

„Nein, wahrscheinlich nicht. Übrigens, wie ging das Spiel aus?"

„Weiß nicht. Ich spielte nur in der ersten Halbzeit mit. Dann musste ich in die Bibliothek. Wir arbeiten gerade an einem Projekt über Rumänien. Aber das habe ich wohl erzählt ..."

„Ja, ich glaube schon."

Svante hörte sich unsicher an. Eva-Maria lächelte. Svante versuchte nicht darüber nachzudenken, was ihr Lächeln zu bedeuten hatte sondern fuhr fort.

„Was sagt Nicke Alftberg dazu, dass du nur eine Halbzeit spielen konntest?"

„Ja, was sollte er sagen? Er predigt ja immer, dass die Schule so wichtig ist. Außerdem hatte er die Möglichkeit ein bisschen mit der Mannschaft zu experimentieren. Und es war kein wichtiges Spiel."

„O.K., ich verstehe. Oder vielleicht doch nicht. Wie stand es denn, als du aufhörtest?"

„0-0."

Jonas widmete sich der Fahrradschaltung. Sie schien es dringend nötig zu haben, durchgecheckt zu werden.

„0-0. So stand es auch als ich ging."

Jonas zuckte zusammen, und Eva-Maria warf Svante einen hastigen Blick zu.

„Was treibst du eigentlich, Jonas? Warum lügst du mir mitten ins Gesicht? Ich war doch bei diesem blöden Spiel. Du warst doch nicht einmal da. Knieschmerzen, sagten sie."

„Das hatte ich auch."

„Warum sagst du das denn nicht? Anstatt zu lügen und dich durchzumogeln."

Jonas Interesse galt jetzt nur noch der Schaltung.

„Pfeif auf das Fahrrad und schau mich an und antworte."

„Es nützt doch nichts. Es gibt doch immer Krach wegen allem. Es ist egal, was man sagt. Ich habe Schmerzen im Knie. Kannst du das kapieren? Spiel doch selber, wenn du es so toll findest."

Jonas schmiss sich aufs Fahrrad und radelte davon bevor jemand reagieren konnte.

*

„Das hast du ja gut hingekriegt."

„Es geht doch nicht darum, etwas gut hinzukriegen. Man muss ja manchmal seine Meinung sagen. Er stand doch hier und log mir, ja uns, direkt ins Gesicht."

„Natürlich. Aber es war ziemlich fies, ihn so an der Nase herumzuführen. Ihn zu provozieren."

„Ihn provozieren. Verfluchter Mist! Es muss nicht provoziert werden. Er lügt. Das ist das Wichtige. Direkt ins Gesicht. Und wenn er in solchen Angelegenheiten lügt, lügt er wohl über alles andere auch."

„Du hast nie daran gedacht, dass es einen Grund geben muss, dass er lügt."

„Grund?"

„Ja, Grund. Er belügt uns wohl nicht, weil es ihm Spaß macht."

„Grund. Ich verstehe genau, was du meinst. Das ist wohl meine Schuld wie immer."

„Keiner ist schuld. Sei doch nicht so kindisch und kleinkariert."

„Ich will nur wissen, was ich falsch gemacht habe. Ich bin doch zur Stelle, sooft ich nur kann.

„Ja, doch. Aber es handelt nicht nur darum, körperlich anwesend zu sein. Du hörst nicht immer zu. Du scheinst manchmal dich in einer anderen Welt zu befinden, auch wenn du anwesend bist. Und alles geschieht immer zu deinen Bedingungen."

„Die große Psychologin hat gesprochen. Seltsam, dass du Rechtsanwältin geworden bist. Du hättest besser Psychologin werden sollen."

„Möglicherweise. Aber du fragtest, was nicht in Ordnung ist. Und ich versuchte zu erklären. Man muss den Kindern zuhören und versuchen, sie zu verstehen."

„Und das tust du. Du interessierst dich doch nur für deine Arbeit ..."

„Hallo, ich störe vielleicht?"

Viveka Klinges blasses Gesicht tauchte oberhalb der Hecke auf.

„Oh, nein, gar nicht."

„Ich kann später zurückkommen. Aber was um Himmels willen ist das da?"

Viveka nickte in Richtung Windeln.

„Komm herein, ich erzähle es dir. Wir waren doch hier fertig, nicht wahr, Svante?"

„Ganz und gar fertig. Es gibt nichts hinzuzufügen."

Und Svante ging mit raschen Schritten ins Haus.

*

Shit. Shit und nochmals Shit. Jetzt hatte er sich etwas eingebrockt. Und das nicht zu knapp.

Jonas bremste das Fahrrad und versuchte sein Atmen auf normales Niveau herunterzukriegen. Er war außer Atem, weil er aufgeregt war aber auch weil er von zu Hause in höchster Geschwindigkeit weggeradelt war.

Scheiße. Warum musste der Alte ausgerechnet heute zum Fußballspiel kommen? Wenn er nur gewusst hätte. Dann hätte er es ja deichseln können. Aber jetzt war wohl der Alte komplett wahnsinnig. Und wo würde das hinführen? Überwachung Tag und Nacht, natürlich. Aber er würde wohl nach einer Weile es leid sein und sich wieder in seine Arbeit und seine eigenen Probleme vertiefen.

Er stellte das Fahrrad ab und ließ sich entmutigt auf eine Bank nieder. Und niemand mit dem er reden konnte. Sara zog sich immer mehr zurück. Sie hielt sich an ihre Freundinnen und schien nichts mit ihm zu tun haben wollen. Sie glaubte, dass er wieder mit Alexander und einer Clique zusammen war. So war es nun nicht, aber sie wollte ihm nicht zuhören. Sie glaubte ihren Freundinnen eher als ihm.

Es schien total hoffnungslos. Natürlich hatte er ein paar Mal mit Alexander geredet, aber sie waren den ganzen Herbst nicht zusammen weggewesen. Aber er könnte genauso gern sich mit Alexander wieder zusammentun, Sara glaubte ihm ja doch nicht. Und er musste Alexander Recht geben, dass es mies war, seine Freunde im Stich zu lassen. Aber er tat es für Sara.

Alexander. Oskar. Dimitri. Waren sie irgendwie in dem, was seiner Familie passiert war, involviert? Natürlich könnte das der Fall sein. Allerdings, Unmengen von Windeln zu bestellen? Er wusste nicht recht. Ja, vielleicht Alexander. Er war der einzige, der sich so etwas ausdenken könnte. Andererseits wollte er sofort ein Ergebnis sehen, wenn er etwas tat.

Ein sonderlicher Grund, ihn zu fragen bestand ja auch nicht. Er würde weder ja noch nein antworten sondern nur grinsen.

Jonas stand auf und setzte sich aufs Fahrrad. Er könnte sie genauso gut aufsuchen. Sie hielten sich wohl wie immer im Wäldchen hinter der Statoil-Tankstelle auf. Er würde dahinfahren und nachsehen.

11

Eva-Maria glitt durch das blauschimmernde Wasser. Mit ihrer Schwimmbrille sah sie alles vollkommen klar. Die karierten Bodenkacheln mit ein paar dunklen Flecken und einem klarblauen Haarband.

Sie richtete sich schnell auf und jetzt sah sie alles wie im Nebel. Sie beeilte sich die Schwimmbrille abzunehmen. Es erinnerte sie stark an ihr eigenes Leben zurzeit. Unklar und verschwommen.

Früher hatte sie nie so viel gegrübelt. Alles war selbstverständlich gewesen. Die Kinder und Svante. Natürlich war es manchmal anstrengend gewesen, aber die Familie war immer als fester Punkt ihres Daseins da gewesen. Jetzt aber schien es so, als ob sie sich auf einem Morast befand. Sie wusste zurzeit nie, was passieren konnte.

Sie hangelte sich hoch aus dem Schwimmbecken und ging mit sportlichen Schritten auf die Dampfsauna zu. Sie sah im Augenwinkel, dass einige Männer ihr nachschauten. Noch war sie attraktiv, noch konnte sie es mit anderen Frauen aufnehmen. Aber wie lange noch?

Jetzt fühlte sie sich fit und frisch nach dem Schwimmen. Wie anders hatte sie sich nicht vorher gefühlt. Als sie an ihrem Schreibtisch gesessen hatte, war sie wie in ihrer eigenen Müdigkeit eingekapselt gewesen. Die Glieder waren fast gelähmt gewesen und sie hätte im Sitzen am Tisch einschlafen können. Die Müdigkeit nahm von Tag zu Tag zu, und sie geriet fast in Panik, wenn sie daran dachte, wie lange es noch bis zum Urlaub dauern würde.

In der Dampfsauna ließ sie sich auf die Bank nieder und ließ den Dampf ihre steifen Glieder aufweichen. Als sie in ihrer Jugend stapelweise Liebesromane verschlang, stand manchmal über die Heldin, dass sie „ein Opfer widersprüchlicher Gefühle" sei. Damals hatte sie nicht ganz den Sinn dieses Satzes verstanden. Umso verständlicher erschien er ihr heute.

Sie, Eva-Maria Törnheden, war wirklich ein Opfer widersprüchlicher Gefühle. Dinge geschahen rund um sie herum und in ihrem Inneren, ohne dass sie sie richtig verstand. Jemand oder vielleicht auch mehrere Menschen wollten ihrer Familie etwas Böses. Und sie verstand nicht warum.

Mittendrin fühlte sie sich einsam. Obwohl so gut wie immer Menschen um sie herum waren. Svante war da und doch nicht. Er saß ihr gegenüber am Küchentisch. Saß neben ihr auf der Fernseh-Couch genauso wie er neben ihr im Doppelbett lag. Nahe und doch entfernt.

So etwas war schon früher passiert. Dass sie ihn nicht ganz hatte erreichen können. Sie redeten miteinander aber meistens über ihre Arbeit und andere praktische Dinge. Niemals über Gefühle oder solche Dinge, die in die Tiefe gingen.

Manchmal hatte sie Svante kritisiert. Sie hatte gedacht, dass er vielleicht anderswo gefühlsmäßig involviert sei. Mit einer anderen Frau. Sie hatte niemals gefragt. Nie untersucht, ob dies der Fall sei. Und wenn, wer es dann war. Und übrigens war er ja immer zurückgekehrt oder richtiger: Er war immer da gewesen.

Diesmal trug jedoch nicht Svante allein die Schuld. Sie war selbst ins Schwanken geraten. „Ein Opfer widersprüchlicher Gefühle." Sie empfand eine fast schmerzhafte Sehnsucht, wenn sie an die Mittagstreffen mit Wilhelm dachte. Sie hätte ganz und gar nichts dagegen, wenn sie sich täglich treffen würden.

Immer öfter saß sie da und träumte vor sich hin. Sah Wilhelm vor sich. Die blonden widerspenstigen Haare und die intensiven Augen. Genauso blau wie das Wasser in dem sie gerade geschwommen war. Selbstsicher und geborgen, aber gleichzeitig empfindsam und suchend.

Nunmehr dachte sie fast jede Stunde und jede Minute an ihn. Sie hatte auch sein Interesse gemerkt, aber sie tat nichts, um ihm entgegenzukommen. Sie wollte und wollte doch nicht. „Ein Opfer widersprüchlicher Gefühle." Eine alles umstürzende Leidenschaft konnte sie jetzt im Hinblick auf all die anderen Schwierigkeiten am wenigsten gebrauchen.

Sie musste versuchen zu widerstehen.

*

„Nein, beruhigt euch doch bitte und redet nicht ständig alle durcheinander. Es ist doch ganz unmöglich zu hören, was ihr sagt."

Gleichzeitig als Camilla Jansson ihre Stimme erhöhte und versuchte streng zu sein, konnte sie nicht umhin innerlich zu lächeln. Was für ein Engagement. Welche Glut. Sie dachte an einige ihrer Kollegen und Kolleginnen, die ältere Kinder unterrichteten. Sie klagten ständig über Gleichgültigkeit und Lustlosigkeit.

Wann fand die Veränderung statt? Wann hörten die Kinder auf sich zu engagieren und zu interessieren um stattdessen mit abwesendem Blick herumzuhängen? Und warum ließ die Schule so etwas geschehen? Jahraus, jahrein, Jahrgangsstufe für Jahrgangsstufe.

Die Zweitklässler in der Schule von Hedviken waren dabei, die Projektarbeit des Halbjahres zu planen. Oder Forschungsaufgabe wie die offizielle Bezeichnung hieß. Hier handelte es sich um eine Arbeit über die Umwelt, und die Vorschläge hagelten regelrecht über Camilla. Die Schwierigkeit lag darin, unter den Vorschlägen und Einfällen auszusondern, ohne dass jemand gekränkt oder verletzt wurde. Noch einmal musste Camilla ihre Stimme erhöhen:

„Was sagte ich gerade? Einer nach dem anderen. Und hebt bitte die Hand, dann können wir der Reihe nach gehen. Ich sage es nicht noch einmal. Wenn ihr nicht auf mich hören wollt, lassen wir alles sein."

Der Geräuschpegel sank tatsächlich und stattdessen sah man mehrere Hände eifrig winken. Camilla Jansson gehörte eigentlich zu den Lehrpersonen, die gar keine Probleme im Klassenzimmer hatten. Sie war bei den meisten Schülern beliebt und respektiert. Viele sahen in ihr auch eine Art Idol. Als Star in der erfolgreichen Handballmannschaft von Örtuna Sportclub und mit gelegentlichen Aufträgen bei der schwedischen Nationalhandballmannschaft war sie allen Sportinteressierten ein Vorbild.

Auch für die nicht Sportinteressierten war Camilla jemand zu der man aufblicken konnte. Sie war jemand. Und sie war meistens fröhlich und freundlich und sah außerdem gut aus.

Jetzt fragte sie die Schüler nach und nach ab und schrieb alle Vorschläge an die Tafel.

„Und dann müssen wir ins Internet gehen. Und surfen."

Der Vorschlag kam von Hugo. Kurz geschnittene, blonde Haare und blaue intensive Augen.

Einige Mädchen schmollten sofort.

„Typisch. Ihr Jungs müsst immer am Computer hängen. Können wir das nicht wenigstens diesmal weglassen?"

„Es gibt doch massenweise gute Websites, die wir gebrauchen können. Nicht wahr?"

Camilla antwortete:

„Ja, das ist möglich. Ich kenne mich da nicht so gut aus. Aber natürlich werden wir es ausprobieren. Aber Studienbesuche sind auch wichtig. Habt ihr Vorschläge, wohin wir gehen können?"

„Das Umweltamt in Örtuna."

Lisa, ein Mädchen mit feuerroten Haaren und einem hässlichen Pullover in grellen Farben brachte den Vorschlag.

„Und wie viel Spaß macht denn das?"

„Es soll wohl nicht nur Spaß machen. Wir müssen doch auch was tun."

„Nur weil dein Alter dort arbeitet ..."

„Gar nicht deshalb. Aber häng du an deinem Computer ..."

„Fangt doch nicht an euch zu streiten! Dass ihr auch nicht in Ruhe diskutieren könnt ohne euch zu verkrachen. Wir werden Auskunft suchen sowohl im Netz als auch Studienbesuche in Örtuna machen. Im Umweltamt, in der Bibliothek ..."

Camilla hörte auf zu reden, als es an der Tür klopfte und Marianne Selander hereintrat. Sie war im Schulsekretariat beschäftigt und hatte einen Zettel in der Hand.

„Es tut mir leid, dass ich den lebhaften Meinungsaustausch störe, aber ich muss Emma sprechen. Emma Törnheden."

Emma zuckte in ihrer Bank zusammen. Wurde knallrot im Gesicht und stand so heftig auf, dass ihr Stuhl umfiel. Ohne ihn aufzurichten stolperte sie auf Marianne Selander zu. Ängstlich. Voll unangenehmer Gedanken. War etwas passiert? Der Mama? Dem Papa? Dem Jonas?

Marianne lächelte sie an.

„Sei doch nicht so erschrocken, Emma. Es ist nichts Schlimmes, das versichere ich. Deine Mutter rief an. Sie wollte dich doch nach der Schule abholen. Leider hat sie sich verspätet. Es tat ihr sehr leid. Aber sie wollte, dass ihr euch in Örtunas großem Einkaufszentrum Örköp, du weißt schon, trefft. Du kannst mit dem Bus dahinfahren. Du wüsstest wie das geht, sagte sie. Geld bekommst du von mir. So machten wir es aus. Ist das in Ordnung?"

Emma nickte. Erleichtert aber gleichzeitig etwas verwundert.

*

Was für eine Verwandlung. Von der müden und gestressten Frau, die vor knapp einer Stunde ins Hallenbad ankam, war jetzt nichts mehr zu merken. Gerade als Eva-Maria auf die Straße hinauskam, brach die Sonne durch und verstärkte ihr Wohlbefinden. Ihre Unruhe und ihre umherirrenden Gedanken waren jetzt in den Hintergrund geraten, und sie versuchte alles positiv zu sehen.

Sie hatte noch Zeit eine gute Stunde zu arbeiten, und sie wusste genau, was sie anpacken wollte. Seit etwa einer Woche lag ein Schreiben auf ihrem Schreibtisch. Das heißt ein ungeschriebenes. Es hatte ihr bis jetzt an Kraft und Eingabe gefehlt, sich damit zu befassen, aber in diesem Moment spürte sie plötzlich, dass sie es schaffen würde.

Danach war es Zeit, Emma abzuholen. Diese Tage, an denen sie früher nach Hause gehen konnte und Emma und sie ein paar Stunden alleine miteinander hatten, waren zu

Goldkörnchen in ihrem Dasein geworden. Ja, anscheinend auch in Emmas, so wie sie es beurteilen konnte.

Sie ging mit neu erwachtem Lebensmut auf die Kanzlei zu. Fühlte sich mit einemmal stark und unüberwindlich. Sie konnte sich eines Lächelns nicht enthalten. Sogar ihre etwas schuldbeladene Verliebtheit geriet in ein anderes Licht. Nichts war passiert, und sie wusste nicht, was passieren würde. Sie hatte keine Lust, eine in der Reihe von Wilhelms Frauen zu werden. Aber sie konnte es sich ohne weiteres erlauben, verliebt zu sein. „Das bin ich mir wirklich wert, und daran nimmt niemand Schaden."

Die Mittagessen mit Wilhelm wollte sie absolut nicht missen. Schritt für Schritt lernte sie ihn kennen. Und fand zu ihrem Erstaunen und ihrer Freude einen empfindsamen und suchenden Mann.

Ein bisschen Sorgen machten ihr seine Frauengeschichten. Pia Törner und sie hatten darüber gelegentlich Witze gemacht. Nunmehr fand Eva-Maria nicht, dass es ein Grund zum Witze machen war, und sie mied sorgfältig das Thema.

Bei einem Mittagstreffen vor einiger Zeit hatte plötzlich eine elegante und attraktive Frau an ihrem Tisch gestanden. Braungebrannt und alles andere als diskret geschminkt. Rote Flecke von unten bis zum Hals verrieten, dass sie aufgeregt war. Sie trug erstklassige Designerkleidung mit einer geschmackvollen Farbenzusammensetzung.

Wilhelm hatte mit dem Rücken zur Frau gesessen. Er hatte Eva-Maria gerade etwas Lustiges erzählt und sie hatten beide gelacht. Im Augenwinkel hatte Eva-Maria die Frau auf ihren Tisch zugehen sehen, aber Wilhelm hatte nichts bemerkt. Plötzlich stand sie neben ihnen.

„Ach ja. Hier sitzt du und redest und lachst. Und amüsierst dich mit neuen Frauen."

Wilhelm drehte sich um.

„Nein, hallo, Marie-Louise. Du schleichst hier herum?"

„Ich schleiche nicht, das will ich nur festhalten. Aber du verleugnest dich nicht. Neue Einsätze. Neue Frauen."

Sie lächelte Eva-Maria maliziös an.

„Ich hoffe Sie wissen, worauf Sie sich einlassen. Aber Ihnen gefällt es vielleicht eine von vielen zu sein ..."

„Marie-Louise! Blamiere dich bitte jetzt nicht, um Gottes Willen! Wir reden später miteinander..."

„Nein, das machen wir ganz und gar nicht. Ich habe dir nichts zu sagen. Merk dir das. Ich habe genug von deinen fadenscheinigen Ausreden und Lügen. Du bist ein großes Arschloch, und ich will, dass jeder das weiß."

Es war äußerst peinlich gewesen. Alle im Restaurant hatten zugehört. Einige hatten gelacht. Einige hatten so ausgesehen, als ob sie sich weit weg wünschten. So verhielt es sich also mit Eva-Maria und Wilhelm. Nachdem die Frau weg war, hatte er nicht viele Worte gesprochen. Keine Erklärungen, was an und für sich auch nicht nötig war. Sie hatten sich getrennt, und Eva-Maria war in einem Vakuum zurückgelassen worden. Sie hatte nicht gewusst, wie sie sich verhalten und reagieren sollte. Sie hätte einen Menschen zum Reden gebraucht.

Nach ein paar Stunden hatte Wilhelm angerufen. Ohne Umschweife hatte er erzählt. Über seine Beziehung zu Marie-Louise Svanstedt. Sie war leidenschaftlich aber kurz gewesen. Sie war zu ihrem Mann zurückgekehrt, hatte aber anscheinend Wilhelm nie vergessen können. Ihre Gefühle waren noch da. Vielleicht noch stärker als zuvor. Leidenschaftlich und ungezügelt. Und er war nicht zum ersten Mal Gegenstand ihrer Eifersucht gewesen.

Er seinerseits betrachtete alles als aus und vorbei. Er hatte andere Interessen jetzt. Starke Interessen.

Das Letzte sagte er mit Nachdruck. Sogar mehrmals. Und Eva-Maria hörte zu.

12

Der Bus näherte sich dem großen Einkaufszentrum, und Emma machte sich fertig zum Aussteigen. So etwas passierte wirklich nicht jeden Tag. Als die Mitteilung kam, war Emma erstaunt gewesen. Mama war immer bemüht, pünktlich zu sein. Und wenn sie ihr gesagt hatte, dass sie sie abholen wollte, kam sie auch. Sie verspätete sich selten. Etwas wirklich Wichtiges musste an ihrer Arbeitsstelle passiert sein.

Es war ein seltsames Gefühl gewesen, das Klassenzimmer zu verlassen und Marianne Selander zu sprechen. Hinterher waren die meisten neugierig gewesen und hatten gefragt, was los war. Und dann war alles beim alten geblieben. Die Mädchen in der Clique um Magdalena hatten sich zurückgezogen und getuschelt. Das war nichts, was ihnen wichtig erschien, gewesen. Nur die Mutter der langweiligen Emma, die angerufen hatte und irgendein blödes Treffen ausgemacht hatte.

Und die Jungs waren natürlich genau so blöd wie immer gewesen. Hatten sich um sie gedrängt und gefragt. Und dann hatten sie sie geärgert. Am schlimmsten war wie immer Hugo gewesen. Er hatte sie nicht nur geärgert. Er hatte sie auch noch geschubst.

„Muss deine Alte in der Schule anrufen und dich kontrollieren? Dass du alles richtig machst? Wie lieb! Ruft sie oft an? Was hat sie gefragt? Ob du heute Morgen frische Schlüpfer angezogen hast?"

Warum musste er immer so sein? Sie ärgern und sich so albern benehmen. Und er schubste sie immer fester. Trotzdem hatte sie gar keine Angst vor ihm. Ganz und gar nicht. Er hatte so liebe Augen. Augen die sie oft verfolgten.

*

Eva-Maria parkte das Auto so an der Schule, dass sie den Eingang voll überblicken konnte. Noch hatte sie ein bisschen Zeit, bis Emma und die anderen Kinder zum Tor hinausstürzen würden. Sie reckte sich, unverschämt zufrieden mit sich selbst. Genau wie sie es sich vorgenommen hatte, hatte sie ihr Schreiben fertig bekommen. Das, was ihr vorher fast unüberwindlich erschien, war jetzt rasch von der Hand gegangen und in weniger als einer Stunde war sie fertig geworden.

Sie hatte konzentriert gearbeitet. Etwa so wie früher. Bevor alles anfing und das Leben ins Schwanken geriet. Und bevor ihre ganze Kraft dazu verbraucht wurde, um über das Geschehne nachzugrübeln. Und wer dahinter steckte. Und ihre Fokussierung auf die Arbeit war auch dadurch nicht besser geworden, dass sie oft sitzen blieb und an Wilhelm dachte.

Zum ersten Mal seit langem führte sie wieder ein Dasein als Frau. Sie existierte jetzt und hier. Nach vorne zu denken war vollkommen unmöglich. Das Jetzt nahm ihr irgendwie die Kraft.

Diese Erfahrung war ihr neu. Normalerweise sah sie immer nach vorne und machte Pläne. Für sich aber auch für die Familie. Immer war sie diejenige, die etwas ausdachte und Pläne machte. Svante und die Kinder fanden sich damit ab und schienen zufrieden mit dem Lauf der Dinge.

Aber jetzt schaffte sie es nicht. Sie schaffte es nicht nach vorne zu denken und zu planen. Sie lebte voll und ganz im Nu und konnte sich unmöglich zu etwas anderem zusammennehmen. Ab und zu war alles ein einziges Durcheinander. Manchmal sehnte sie sich halb verrückt nach den Treffen mit Wilhelm. Und vielleicht nach noch etwas. Ihn anfassen, ihn streicheln zu können.

Doch Svante war immer noch da. Er war der Vater ihrer Kinder und ihr Ehemann. Sie konnte kaum ihre ganze Familie opfern, weil sie sich nach etwas anderem sehnte. Oder doch?

Das Tor ging plötzlich auf und die Kinder quollen hinaus unter lautem Geschrei. Zuerst die Jungs. Sie hatten nicht einmal die Zeit gehabt sich richtig anzuziehen, sondern trugen Jacken und Taschen in den Händen. Danach kamen die Mädchen. In Gruppen und wesentlich ruhiger.

Eva-Maria lächelte. Die Mädchen sahen aus wie Kopien junger Frauen. Enge Hosen, die weit unten am Po hingen und kurze Pullover, die den Bauch frei ließen. Warum hatten sie es so verzweifelt eilig erwachsen zu werden? Lebensstil und verschiedene Verhaltensmuster wurden schnell von den Kindern übernommen. Und während sie noch spielten und sich wie Kinder verhielten arrangierte man Minidiscos und Partys für sie.

Die Kinder gingen in alle Richtungen auseinander. Eva-Maria stieg aus dem Auto um besser sehen zu können. Spähte nach Emmas braunem Pullover und ihrer leuchtend roten Jacke. Einige von den Jungs wirbelten vorbei. Sie ließen einen Fußball immer wieder zwischen sich aufspringen, und Eva-Maria schnappte auf, dass bald irgendwo ein Spiel stattfinden würde.

Jetzt waren viele Mädchen draußen auf dem Schulhof, aber sie konnte immer noch nicht Emma entdecken. Einige von den Mädchen gingen an ihr vorbei. Sie grüßte und bekam mehrmals ein zögerndes „Hallo" zur Antwort. Sie sahen sie an, als ob etwas nicht in Ordnung wäre.

Was war passiert? Und warum kam Emma nicht? Hatte sie etwas angestellt und war bei der Lehrerin geblieben? Noch eine kleine Gruppe näherte sich. Dort war Lisa mit ihren leuchtend roten Haaren. Ein schrecklicher Pullover, konnte sie gerade noch denken. Einem oder mehreren Familienmitgliedern fehlte es offenbar ganz und gar an Farbsinn und Geschmack. „Hallo, Lisa."
"Hallo."
Lisa antwortete zögernd.
„Wo ist Emma geblieben? Musste sie nachsitzen?"

*

Im Bus Richtung Örtuna saß Emma wie auf heißen Kohlen. Der Bus bewegte sich im Schneckentempo nach vorne, und Emma verstand bald, dass sie nicht rechtzeitig zu dem Treffen mit ihrer Mama kommen würde. Der Busfahrer hatte geduldig durchs Mikrophon erklärt:
„Entschuldigunck Vorrspätunck! Es läuft ein bisschen langsam, was? Wir haben Straßenarbeit und kleines Unfall hier vorne. Nicht viel zu machen, leider. Nur die Geduld herausholen."

Endlich waren sie da. Emma musste die große Straße, die etwas weiter vorne als Landstraße weiterlief, überqueren. Die Autos strömten vorbei ohne von ihr Notiz zu nehmen. Als schließlich ein Lieferwagen mit Unmengen von Werbetexten hielt, zögerte Emma trotzdem. Im Verkehrsunterricht in der Schule hatte sie gelernt, dass oft noch mehr Autos kommen könnten, die nur überholten ohne anzuhalten.

Allmählich standen doch zwei Autos nebeneinander vor den Zebrastreifen, und der eine Fahrer winkte Emma hinüber. Anfangs freundlich und nachher doch etwas ungeduldiger, weil sie immer noch zögerte.

Zum Schluss lief sie hinüber und sah die vielen, grellen Schilder des Einkaufszentrums vor sich. Rote, grüne, blaue, ja fast alle Farben. Emma brauchte nicht die Schilder zu lesen. Sie kannte sie trotzdem. LINDEX. INTERSPORT. H&M.

Das seltsame war, dass alles überall gleich aussah. Im Urlaub waren sie einige Male in Einkaufzentren an verschieden Orten gewesen. Überall das Gleiche. Die gleichen Schilder, die gleichen Läden.

Erstaunt betrachtete Emma den überfüllten Parkplatz. Zwar standen immer viele Autos hier, doch das hier war der Gipfel. Weit und breit kein freier Parkplatz. Stattdessen hatte man überall geparkt.

Etwas Besonderes war anscheinend im Gange. Emma blieb stehen und buchstabierte sich durch das große Transparent, das über dem Gehweg hing.

WILLKOMMEN 10 JAHRE ÖRKÖP

Ach ja. Ein Jubiläum mit jeder Menge Sonderangeboten. So etwas lockte immer Leute heran. Ob Mama das wusste? Sie fühlte sich wahrhaftig nicht zu Stellen hingezogen, wo große Mengen Leute sich drängten. Normalerweise mied sie sie.

Emma warf einen Blick auf die Uhr. Sie war ordentlich verspätet aber hoffte, dass Mama Verständnis haben würde. Diesmal war Emma selbst nicht schuld. Natürlich konnte sie manchmal mit der Zeit schludern. Die Zeit vergessen, wenn sie mit etwas beschäftigt war, was Spaß machte. Aber heute war sie unschuldig. Sie lächelte, als sie an den Busfahrer dachte. Obwohl er durch die Verspätung gestresst gewesen war, war es ihm trotzdem gelungen gut gelaunt zu bleiben. Sobald sie Mama sah, würde sie auf sie zugehen und wie der Busfahrer rufen: „Entschuldigunck Vorrspätunck." Dann würde sie alles erklären und sie würden zusammen lachen.

Am Eingang drängten sich große Menschenmassen, aber ihre Mama konnte sie nicht entdecken. Ihre Laune sank, und sie verspürte ein Flattern im Bauch.

Was würde jetzt passieren? Warum konnte sie nicht warten? Wie sollte sie sie unter allen Leuten finden können? Sie blieb unentschlossen stehen. Durch die Türen strömten rechts und links von ihr Menschen ein und aus, und sie musste sich anstrengen, um nicht vom Menschenstrom mitgerissen zu werden. Das Flattern im Bauch überging in regelrechte Bauchschmerzen. Was könnte sie jetzt noch machen?

*

Sobald Eva-Maria verstand, was passiert war, rannte sie zum Sekretariat. Sie versuchte Lisa und den anderen Mädchen gegenüber sich nichts anmerken zu lassen. Aber ihr erstaunter Ausruf hatte die Mädchen nicht täuschen können. Sie begriffen schnell, dass Eva-Maria nie angerufen hatte.

Gleichzeitig als die Mädchen aufgeregt zu gackern anfingen, erreichte Eva-Maria das Sekretariat. Sie klopfte an und drückte die Türklinke. Geschlossen.

Scheiße! Wo waren alle Leute? Auf gut Glück fing sie an, einen Korridor entlang zu rennen. Merkte gleich, dass sie auf dem Weg zu Emmas Klassenzimmer war. Ganz unten im Korridor sah sie zwei Leute, die sich unterhielten. Sie lachten und schienen sich gut zu amüsieren. Wie konnten sie? Ohne an Emma zu denken?

Als sie sich näherte, sah Eva-Maria, dass die eine von den beiden Camilla Jansson, Emmas Klassenlehrerein, war. Sie ging mit der Geschwindigkeit zum normalen Gehtempo herunter. Sie fühlte sich erleichtert, jemanden zu sehen, die sie kannte.

Eva-Maria und Camilla erblickten sich etwa gleichzeitig.

„Frau Törnheden. Was machen Sie denn hier?"

„Ist Emma hier irgendwo?"

„Emma? Sie sollte sich doch mit Ihnen treffen ..."

„Nein. Ich meine, ich wollte sie hier abholen, wie jeden Donnerstag."

„Ja, aber Sie ... Sie riefen doch an ..."

„Ich habe nicht angerufen."

„Aber riefen Sie nicht im Sekretariat an?"

„Nein, das habe ich doch schon gesagt."

Camilla war wie vor den Kopf gestoßen. Ihr Mund öffnete sich und schloss sich, ohne dass andere Laute als ein Fauchen zu hören waren. Zum Schluss nahm sie sich zusammen.

„Aber Marianne Selander kam doch ins Klassenzimmer und erzählte, dass Sie angerufen hätten und ... wollten, dass Emma den Bus zum Örköp nimmt, damit Sie sich dort mit ihr treffen könnten. Sie bekam sogar Busgeld von Marianne Selander."

Sie schwieg. Hilflos starrte sie Eva-Maria an. Griff ihre Hand. Eva-Maria schauderte es, als ob ein kalter Wind durch den Korridor gezogen wäre. Die beiden Frauen sahen sich entsetzt an.

13

Es nützte nichts draußen zu warten. Emma entschloss sich ins Einkaufszentrum hineinzugehen und nachzuschauen, ob Mama möglicherweise dort war.

Die Türen gingen mit einem Zischen vor ihr auf, und sie ging in den langen Gang, der durch das ganze Gebäude lief, hinein. Wenn draußen viele Leute gewesen waren, war es nichts gegen die Menschenmenge hier drinnen. Emma schreckte zurück. Überall sah sie Rücken und sonst nichts.

Draußen im Gang standen jede Menge Stände und alle Geschäfte verkauften auch außerhalb der eigenen Läden. Die Leute blieben stehen und schauten die Waren an, was verursachte, dass man gar nicht mehr weiterkam.

Emma arbeitete sich im Zickzack nach vorne. Mal nahm sie ein paar Schritte nach links. Stopp! Mal ein paar Schritte nach rechts. Stopp! Langsam brach ihr der Schweiß aus. Sie wusste nicht, wohin sie gehen sollte, und manchmal erschien es ihr fast, als ob sie eingekeilt zwischen allen Menschen wäre.

Weiter vorne war Musik zu hören. Vielleicht stand Mama da und hörte zu. Emma wusste eigentlich nicht, warum sie so dachte. Vielleicht spürte sie, dass sie ein Ziel brauchte. Irgendwo, wo sie einfach hingehen konnte. Nicht nur hin und hergeschubst werden wie ein Handschuh.

Als sie sich entschieden hatte, wohin sie gehen wollte, ging es leichter. Wenigstens eine Weile. Je näher sie der Musik kam, desto zäher lief es. Möglicherweise hätte man ja denken können, dass die Erwachsenen ihr ein bisschen geholfen hätten. Sie durchgelassen hätten. Aber nein. Sie waren selbst ganz davon besessen voranzukommen. Um preiswert einkaufen zu können.

Die Schweißperlen auf ihrer Stirn vermehrten sich. Es kribbelte im ganzen Körper. Als ob sie einen ganzen Ameisenhaufen bei sich hätte. Die Kehle schnürte sich immer mehr zusammen. Der Hals tat ihr weh.

Jetzt kam sie nicht weiter. Weder vorwärts noch rückwärts. Sie stand gerade da. Verschwitzt und mit zugeschnürter Kehle. Die Ameisen kribbelten ihr über den ganzen Körper. Die Tränen, die sie versucht hatte zurückzuhalten, konnten nicht länger gestoppt werden. Sie wimmerte laut, ohne dass jemand sich darum kümmerte. Sie steckte den Fingerknöchel in den Mund und biss zu um nicht laut zu weinen.

„Emma!"

Emma drehte sich um. Sah niemanden aber erkannte die Stimme.

„Hier, Emma. Bist du alleine? Aber was machst du hier unter all den Leuten?"

Endlich sah Emma. In rostroten Jeans und kurzer schwarzer Cordjacke und mit den langen Haaren zu einem zusammengedrehten Knoten aufgesteckt stand sie da. Viveka.

Mit einem Wimmern verschwand Emma in Vivekas Arme.

*

Ohne zu überlegen war Eva-Maria weggelaufen. Hatte sich ins Auto geschmissen und war losgebraust. Sie fuhr schnell und rücksichtslos. Hatte nur einen Gedanken im Kopf. So schnell wie möglich Örköp zu erreichen.

Bald musste sie jedoch mit der Geschwindigkeit heruntergehen. Dieselbe Straßenarbeit, die verursacht hatte, dass

Emmas Bus Verspätung hatte, ließ nun Eva-Maria mehr oder weniger kriechend sich vorwärts bewegen.

Die Panik hatte sie beinahe völlig im Griff. Eva-Maria ließ das Fenster herunter und atmete tief auf. Sie durfte absolut nicht die Fassung verlieren. Sie musste cool bleiben. Noch ein paar tiefe Atemzüge.

Alles würde mit einem Chaos enden, wenn sie nicht einen klaren Kopf bewahren konnte. Sie war einfach von der Schule weggerannt. Ohne zu kontrollieren. Ohne zu fragen, was Marianne Selander dazu veranlasst hatte zu glauben, dass sie angerufen hätte.

Sie trommelte mit den Fingern gegen das Steuerrad und sah ununterbrochen nach der Uhr. Die Gedanken irrten umher. Was war das hier nur? Es musste mit allem, was ihnen zugestoßen war, zusammenhängen. Es konnte unmöglich ein Zufall sein. Alles war die ganze Zeit immer mehr eskaliert. War immer schlimmer geworden. Anfangs handelte es sich um einen kleinen Schaden. Ärgerlich aber doch zu ertragen. Dann immer ernstere Sachen. Und jetzt. Ganz etwas anderes.

Eva-Maria schluckte ein paar Mal. Versuchte die heranschleichende Übelkeit zu meistern. Was für ein Teufel hatte sich an sie herangemacht? Der sie kaputt zu machen versuchte. Und jetzt hatte er auch noch ein kleines Kind in seine krankhaften Handlungen mit hineingezogen.

Svante. Er wusste nicht, was passiert war. Sie sah erneut nach der Uhr. Vielleicht hatte er jetzt Unterricht. Darauf konnte sie keine Rücksicht nehmen. Er musste es erfahren. Sonst würde sie es hinterher zu spüren bekommen. Er würde mir ihr schimpfen und sie kritisieren. Und das mit Recht, wenn sie nicht von sich hören ließ.

Sie mussten sich dieses Problem teilen. Sie war bis jetzt zu einsam gewesen. Jetzt schaffte sie es nicht mehr. Svante musste aus seinem Schneckenhaus herauskommen und sich engagieren. Sich nicht distanzieren.

Vielleicht bildete sie es sich nur ein. Seine Abwesenheit beruhte möglicherweise darauf, dass er darüber nachgrübelte, wer dahinter stecken könnte. Ob jemand in seiner Umgebung der Schuldige war. Ob er jemanden derart erniedrigt und verletzt hätte, dass er auf diese Weise versuchte, sich zu rächen.

Nein. Sie durfte jetzt nicht spekulieren. Dazu war die Zeit zu knapp.

Sie musste versuchen, ihn zu erreichen. So schnell wie möglich. Und während sie vorsichtig das Auto nach vorne lotste, grub sie das Handy aus ihrer Tasche heraus.

Gerade als sie Svantes Nummer wählen wollte klingelte das Handy.

*

„Möchte jemand noch Kaffee?"

Jerker Andersson sah fragend Lina Bradeus und Eskil Bergh an. Sie schüttelten beide den Kopf, aber Jerker stand trotzdem auf. Nahm seine Tasse und ging zur Kaffeemaschine. Zögerte eine Weile, bevor er die Tasse zur Hälfte auffüllte. Zurück an seinem Platz ließ er sich mit einem lauten Plumps auf den Stuhl nieder.

Jerker war dicklich um nicht zu sagen aufgeschwemmt. Die Backen waren schlapp geworden und die dicken Lippen verstärkten den Eindruck, dass er ein Mann war, dem Bewegung und Fitness Fremdwörter waren. Die blonden Haa-

110

re, die mit Scheitel und einer altmodischen Welle gekämmt waren, wurden von Tag zu Tag lichter. Die blauen Jeans saßen eng über die Oberschenkel, und über dem Gürtel quoll der Bauch wie ein wohlgefüllter Sack heraus.

„Ja, eine Verbesserung ist ja gerade nicht zustande gekommen."

Seine Behauptung hatte einen beinahe flehenden Ton. Lina zuckte die Schultern und sah Eskil an. Wartete irgendwie dessen Reaktion ab. Sie saß etwas gebückt am Tisch. Sie war lang und ein bisschen mollig und musste sich irgendwie am Tisch zusammenfalten. Ihre lebhaften Augen mit einem grünlichen Anstrich bewegten sich gespannt zwischen Jerker und Eskil hin und her.

Ihr Mund war groß und ihre Zähne kräftig. Ihre Nase war jedoch im Vergleich zum Mund auffällig klein. Ihr ganzer Körper war ein bisschen welpenhaft und sie unterstrich immer das, was sie gesagt hatte, mit lebhaften Gesten.

Es war offensichtlich, dass sie Eskil Berghs Reaktion auf Jerkers Behauptung abwartete. Eskil spielte zerstreut mit seinem Kugelschreiber, während er seine Kommilitonen mit einem Schmunzeln betrachtete. Als ob er nicht ganz dazugehörte. Als ob er über ihnen stünde. Wie immer war er äußerst gut angezogen. An diesem Tag hatte er einen sorgfältig gebügelten Anzug an. Über dem blendend weißen Hemd trug er einen dunkelgrauen Pullover mit V-Ausschnitt. Im Unterschied zu seinen stärkeren Kommilitonen war er schlank und zierlich gebaut. Die schwarzen Haare waren sorgfältig gekämmt und er hatte anscheinend viel Zeit darin investiert, seinen Schnauzbart getrimmt zu halten.

Jerker und Lina warteten jetzt auf das richtige Gutachten. Warteten darauf, dass Eskil Jerker Recht geben würde. Dass sie gemeinsam sich weiterhin über ihre Betreuer Lise-Lotte Andreasson und Svante Törnheden beschweren und sie ebenfalls kritisieren sollten.

Umso überraschender kam die Antwort:

„Noch ist nicht viel Zeit vergangen. Wir müssen Geduld haben."

„Geduld?"

Lina schüttelte den Kopf so schnell, dass der Kochtopfschnitt in Unordnung geriet.

„Ja, genau Geduld. Wir müssen davon ausgehen, dass sie ihre Beziehung zu uns verbessern wollen. Und wir sollten uns nicht die ganze Zeit beschweren."

Lina und Jerker sahen Eskil an. Sie fragten sich, ob er sich über sie lustig machen wollte.

„Weißt du etwas, was wir nicht wissen?"

„Massig. Nein, ich machte nur Spaß. Das glaube ich nicht."

„Ich finde, Svante sieht ein bisschen gestresst aus. Hast du ihn dir vorgeknöpft?"

Jerker grinste Eskil an, der etwas spitzfindig lächelte.

„Nicht dass ich wüsste. Aber unser lieber Svante hat jetzt ein bisschen viel um die Ohren. Auf der privaten Ebene, also. Er muss sich über vieles Gedanken machen. Und das zehrt an seinen Kräften."

Eskil lächelte maliziös. Die beiden anderen wechselten erneut Blicke. Unsicher. Verzweifelt. Eskil sah hastig auf die Uhr.

„Die Zeit vergeht, meine Freunde. Ich habe eine Verabredung, und ich muss mich auf die Socken machen, so zu sagen. Ich nehme an, ihr habt noch etwas, worüber ihr herziehen wollt. Sonst wäre es ja nicht fehl am Platze, wenn ihr auch ein bisschen arbeiten würdet."

„Willst du denn nicht arbeiten? Du scheinst exaltiert, als ob du auf dem Weg zu einem Rendez-vous wärest."

„Rendez-vous!"

Eskil lachte laut.

„Oh, nein. Ich will mich mit Lise-Lotte treffen."

„Lise-Lotte? Andreasson?"

Die Ausrufe kamen etwa gleichzeitig von Jerker und Lina.

„Ja, ich kenne nur eine Lise-Lotte. So häufig kommt dieser Name ja nicht vor ..."

„Was wollt ihr ... ich meine ... Lise-Lotte ... und du. Und wir?"

Eskil lachte nochmals. Nicht gerade herzlich. Er verstellte seine Stimme.

„Und wir? Was und wir? Wir haben zufällig ein gemeinsames Projekt, aber wir schreiben in der Tat drei verschiedene Arbeiten. Vergesst das nicht! Und ich nehme mir das Recht meine Arbeit ohne dass ihr dabei seid zu besprechen. Diese Musketierschaft geht mir tatsächlich manchmal auf den Wecker."

Lina und Jerker blieben still sitzen, während Eskil aufstand und seine Sachen zusammensuchte.

„Nein, wisst ihr. Ihr seht aus wie zwei Kinder, die eine Tüte Bonbons verloren haben. Geht hin und tut das Gleiche! Macht euch an Svante heran und macht mit ihm einen Termin aus! Wenn er nicht will, müsst ihr ihn wohl unter Druck setzen. Dann gibt er klein bei. Er nämlich ist ein richtiges Weichei."

*

„Ja, hallo, hier Eva-Maria."

„Ist da Eva-Maria? Ich kann schlecht hören."

„Ja, ich bin es."

„Hier Viveka. Ich will dir nur erzählen, dass Emma hier bei mir ist. Wir sind auf dem Weg nach Hause. Irgendwo muss ein Missverständnis entstanden sein. Sie behauptet, ihr solltet euch hier treffen. Aber hier waren so viele Leute, und ich glaube die Kleine bekam Angst. Aber jetzt ist alles in Ordnung. Ich fahre direkt nach Hause. Wir sehen uns dort. Hallo Eva-Maria! Hörst du mich?"

Eva-Maria konnte nicht antworten. Sie hatte das Auto zur Seite gefahren und saß über das Steuerrad gebückt. Sie zitterte am ganzen Körper, und die Tränen liefen die Wangen hinunter.

14

Torsten Björk nahm seine Kopien und faltete die Zeitung, aus der er kopiert hatte, zusammen. Die junge Bibliotheksassistentin an der Theke betrachtete ihn. Nicht direkt eingehend aber doch so sehr, dass Torsten es merkte. Ach ja. Dann würden sie wieder beim Kaffee tratschen.

„Dieser verrückte alte Knacker mit den Zeitungen war heute schon wieder hier. Zum_Kopieren." Seinetwegen konnten sie gerne reden. Das machte ihm nichts aus. Ganz und gar nichts. Sie hatten ohnehin keine Ahnung, womit er beschäftigt war. Sie sahen, dass er einige Zeitungen durchblätterte und danach einen oder ein paar Artikel kopierte. Aber was er kopierte, darüber konnten sie nur Vermutungen anstellen. Sie hatten keine Ahnung.

Und eigentlich wusste er nicht warum er immer noch weitermachte. Aber er konnte es nicht lassen. Es war wie ein Gift in seinem Körper, gegen das er sich nicht wehren konnte.

Anfangs hatte er nur Artikel über verrückte oder absurde Ereignisse und Begebenheiten in der Gesellschaft ausgeschnitten. Und davon gab es jede Menge. Das Problem war nur das Wichtigste aus dem Material auszusondern.

Einmal hatte er auch den Gedanken gehabt, alles irgendwie zu veröffentlichen. Darüber wie und wo er es veröffentlichen sollte, hatte er keine Ahnung. Aber es war sein Plan gewesen, und außerdem eine der Treibkräfte seiner Arbeit.

Allmählich änderte er die Richtung. Er konzentrierte sich jetzt eher auf Material über Politiker und andere Machthaber in der Gesellschaft. Immer noch kam ein umfassendes Material zusammen. Manche Politiker gingen wie ein roter Faden durch den Stoff. Sie konnten kaum den Mund aufmachen ohne ins Fettnäpfchen zu treten. Eine Belastung für die eigene Partei aber eine Goldgrube für ihn. Wenn sie sich genug blamiert hatten, wurden sie für gewöhnlich in eine andere hohe Position in der Gesellschaft abgeschoben.

Jetzt saß er da mit einem Riesenmaterial, von dem er nicht wusste, was er damit anfangen sollte. Er besaß nicht die Kraft, sich aufzuraffen und alles in Buchform herauszugeben. Außerdem konnte er sich das auch nicht leisten. Das Internet war eine Möglichkeit, das verstand er. Aber er wusste nicht, wie er es anpacken sollte.

Er musste abwarten. Aber er sah klar und deutlich ein, dass seine fixe Idee dabei war, ihm über den Kopf zu wachsen. Und eigentlich wollte er aufhören. Aus dem Zwang herauskommen, immer lesen und zusammensuchen zu müssen. Vermutlich würde er eine enorme Erleichterung verspüren, wenn er es nur fertig brächte aufzuhören. Und in seinem Leben gab es auch noch andere Zwangsgedanken, die er versuchen müsste loszuwerden.

*

In einer Stunde hatte sich Eva-Maria ganz und gar verändert. Angst und Verzweiflung waren durch Entschlossenheit ersetzt worden. Niemals würde sie den bodenlosen Schrecken, den sie verspürt hatte, als sie verstand, dass jemand Emma weggelockt hatte, vergessen. Sie hätte alles versprechen können, um sie zurückzubekommen. Immer wieder hatte sie sich selbst gegenüber wiederholt:

„Nichts darf ihr passieren. Mein geliebtes kleines Mädchen. Ich will die beste aller Mütter werden. Perfekt. Immer für sie da sein. Und mich nicht mehr verlieben und mich von den

Gefühlen mitreißen lassen. Nur die Familie soll gelten. Wenn ich nur meine kleine Emma heil zurückbekomme."

Und dann Vivekas Gespräch. Viveka hatte mit ihrer Ruhe und Geborgenheit die ganzen Sperren aufgerissen. Die Tränen flossen. Die Erleichterung war unbeschreiblich. Als ob jemand einen Steinblock, unter dem sie gelegen hatte, weggehoben hätte.

Nachdem sie nach Hause gekommen war, kehrte ihre Tatkraft wieder. Sie rief die Polizei an und gab nicht eher auf, bis sie Jeanette Adler sprechen durfte. Jeanette schwieg, während Eva-Maria erzählte.

„Ich komme so schnell ich kann. Ich habe ein bisschen viel um mich herum, aber innerhalb einer Stunde kann ich sicher da sein. Die Sache ist äußerst ernst. Jetzt müssen wir handeln."

Kurz danach war Emma nach Hause gekommen. Sie hatte Eva-Maria umarmt und ein bisschen geschluchzt aber war ziemlich schnell auf die Toilette verschwunden. Eva-Maria hatte sich auch in Vivekas Arme gestürzt.

„Es war so schrecklich, Viveka. So fürchterlich. Ich dachte Emma wäre etwas passiert. Dass ich sie verloren hätte."

Langsam hatte sie Viveka über den Kopf und den Rücken gestreichelt.

„Jetzt ist es vorbei, Eva-Maria. Sei nur ruhig. Es ist vorbei."

Aber war es wirklich vorbei? War dies der Höhepunkt? Oder war es der Anfang einer Eskalation? Bei der nicht nur Sachen zerstört wurden, sondern auch Menschen zu Schaden kommen könnten. Und diese Menschen waren ihre eigene Familie.

*

Torsten Björk fühlte sich wohl in der Bibliothek. Hier war sein Material. Zugänglich und umsonst. Die Lokale waren hell und freundlich und es waren immer viele Besucher da. Und das war auch einer der Gründe, dass er sich oft in der Bibliothek aufhielt.

Seit die Verhältnisse an seinem Arbeitsplatz beinahe unerträglich geworden waren, und seine Ehe zu einer Parodie auf Gemeinschaft und Zusammengehörigkeit geworden war, hatte seine Lust, Menschen um sich zu haben, zugenommen. Er liebte es dazusitzen und verschiedene Menschen zu beobachten und über sie zu fantasieren. Über ihr Leben, ihre Träume, ihr Lebensziel.

Und hier konnte man wirklich alle Sorten Menschen finden. Diejenigen, die auf verschiedenen Ebenen studierten und Auskunft und Matrial für ihr Studium brauchten. Da waren auch solche, die die Möglichkeiten der Bibliothek zum Erlebnis und zur Entspannung ausnutzten.
 Und dann auch noch die anderen. Alle Einzelgänger. Alle Sonderlinge. Die nicht immer in die heutige hart aufgedrehte Gesellschaft passten. Und die Schwierigkeiten hatten, sich in einer Gesellschaft, die immer kühler und menschenfeindlicher geworden war, zurechtzufinden. Menschen, die zu kurz kamen, wenn der Egoismus im Mittelpunkt stand und es darauf ankam, so viel wie möglich an sich zu raffen und sich selbst Vorteile zu verschaffen.

Torsten konnte die meisten ziemlich gut beurteilen. Da war der Mann, der an seinem Lebenswerk, *dem* Roman, schrieb. Der aber eigentlich es nie weiter brachte als die

Bleistifte zu spitzen und sie säuberlich in einer genau bestimmten Folge aufzureihen.

Und da war auch die Frau, die immer wieder ein neues Buch vom Regal holte. Saß danach ein paar Minuten da, bevor es an der Zeit war, es zurückzustellen und ein anderes Buch zu holen. Und ein paar Minuten später wieder dasselbe. So konnte es stundenlang weitergehen.

 Womit war sie eigentlich beschäftigt?

Mit Inventur? Oder suchte sie nach dem Buch ihres Lebens? Oder suchte sie nach etwas in den Büchern?

Die große Menge an jungen Mädchen in der Bibliothek veranlasste natürlich, dass eine bestimmte Sorte Männer kamen. Torsten konnte sie mit dem Blick verfolgen, wenn sie im Lokal herumschlichen und junge, knusprige Mädchenkörper begutachteten. Mit Vorliebe hielten sie sich an solchen Regalen auf, wo sie ziemlich ungestört Schlüpferränder und BH-Träger betrachten konnten.

Und siehe da, da kam Ihre Hoheit Rose-Marie Palgander. Der Feldwebel der Bibliothek. Ihre Pumps knallten im Takt auf dem Fußboden und der weite Rock schwang hin und her, als sie nach vorne rauschte. Sie hatte alles, was in der Bibliothek geschah, voll im Griff. Glaubte sie wenigstens.

In der Tat war es genau umgekehrt. Als sie mit einem selbstsicheren Lächeln auf ihren Lippen voranmarschierte, sah sie aus als ob ihr die ganze Bibliothek gehörte. Sie liebte es, durch die Bücherhalle zu gehen und die Chefin zu spielen.

Sie dachte, dass sie alles wusste und sah. Doch das stimmte ganz und gar nicht. Sie sah nicht, wenn ein paar Jungs sich einige CDs zulegten. Sie sah nicht, wenn die letzte Nummer einer Computerzeitschrift diskret in eine Tasche geschmuggelt wurde. Auch fiel ihr nicht auf, wenn jemand mit ein paar raschen Schnitten den Abschnitt über Afghanistan in der Nationalenzyklopädie ausschnitt.

Und vor allem sah sie nicht die Spanner, die ein bisschen abwartend sich im Lokal bewegten. Und wenn sie sie gesehen hätte, hätte sie sich nicht einmal in ihrer wildesten Fantasie vorstellen können, was im Gange war. Ihr eigenes Leben war beschränkt und abgegrenzt. Darin lag alles, was von Wert war. Das, was außerhalb existierte verstand sie nicht, und somit war es nichts mit dem man rechnen könnte. Es war nichts wert.

Rose-Marie ging an Torsten vorbei und nickte gnädig. In ihren Augen war er natürlich ein zurückgezogener und ruhiger Mann. Jemand mit einem etwas ausgefallenen Hobby. Jemand der viel Zeit damit verbrachte, Zeitungen zu lesen und daraus zu kopieren. Harmlos und brav.

Wenn sie nur wüsste. Nach Einbruch der Dunkelheit konnte er seinen Instinkten nicht widerstehen. Wenn sie nur ahnen könnte, wie er widerstandslos sein Zuhause verließ und sich nach draußen begab. Nach draußen in die Dunkelheit zu dem, was er beinahe nicht einmal sich selbst gegenüber gestehen wollte.

15

„Was ist denn da unten los? Wer ist denn der da, der wie ein Filmstar aussieht?

Sara sah fragend Jonas an. Sie saßen in Jonas Zimmer. Sara war gerade gekommen. Sie hatten beschlossen in aller Ruhe darüber zu reden, wie ihre Beziehung sich entwickelt hatte. Und wie ihre Liebe sich durch die Reihe von Streitigkeiten und Vorwürfen verändert hatte.

Als Sara zu Jonas nach Hause gekommen war, hatte sie eine Frau und einen Mann, die sie nie früher gesehen hatte, angetroffen. Außerdem hatten Eva-Maria und Emma ganz verstört ausgesehen.

Jonas seufzte.

„Es sind Bullen. Ja, der Filmstar ist wohl Staatsanwalt, aber Jeanette Adler ist Bulle.“

„Ich wusste doch, dass es sich um eine bekannte Persönlichkeit handelt. Ich meinte, ich hätte sie erkannt. Aus dem Fernsehen und aus Zeitungen. Sie war doch Schwedens beste Läuferin vor ein paar Jahren. Aber was ist passiert? Erzähl mal!“

Und Jonas erzählte. Von Emmas schrecklichem Nachmittag. Davon dass jemand sie weggelockt hatte. Und davon wie sie im Einkaufszentrum unter allen Leuten total von Panik ergriffen worden war.

„Aber wer kann sich so etwas Perverses ausdenken? Es muss ein Verrückter sein.“

„Ja. Das hier ist das Schlimmste. Aber jede Menge andere Dinge sind auch vorgefallen.“

„Du erzähltest von dem Feuer und von dem Dreck im Briefkasten. Ist noch etwas vorgefallen?“

Erneut erzählte Jonas. Von dem Terror und den Verfolgungen, denen seine Familie ausgesetzt worden war. Und dass alle anfangs gedacht hätten, es handele sich um Dummjungenstreiche, aber dass alles eskalierte und immer schlimmer wurde.

Er erzählte von der Nervosität und der Unsicherheit, die nunmehr immer in der Familie herrschte. Und dass es immer öfter in Streitereien zwischen den verschiedenen Familienmitgliedern ausartete. Als ob irgendeine Fäule langsam aber sicher dabei war alle Bande zwischen ihnen kaputtzumachen. Und Zutrauen und Vertrauen zu zerstören.

„Aber warum hast du mir nichts erzählt?"

„Das habe ich wohl."

„Ein bisschen, ja. Aber nicht all das, was du jetzt erzählt hast. Du hast doch meistens nur Andeutungen gemacht. Dass es Probleme gegeben hat und so weiter."

„Es war alles so ... so peinlich."

„Peinlich. Das ist doch des Guten zu viel. Wenn man zusammen ist, soll man wohl einander unterstützen, wenn es Schwierigkeiten gibt. Aber es verhält sich doch nicht so dass ..."

Sara hörte auf zu reden und starrte Jonas an.

„Du glaubst, dass Alexander und seine Schoßhündchen dahinter stecken, oder?"

Jonas zuckte zusammen.

„Das tue ich wohl nicht."

„Oh, doch. Das merkt man. Alexander hat dich irgendwie unter Druck gesetzt. Und deshalb bist du mit ihm und den anderen zusammen. Obwohl ich es nicht will."

Jonas schwieg und Sara fuhr fort:

„Du hältst zu Alexander und seiner Clique, weil du denkst, dass sie euch all dies eingebrockt haben."

„Nein. Du bist doch nicht ... nicht ... ganz dicht. Wenn ich das glaubte, wäre es doch genau umgekehrt. Dann wollte ich wohl nicht mit ihnen zusammensein. Früher ... anfangs dachte ich ein paar Mal daran, aber ich glaube ... ich weiß, dass sie es nicht sind. Dahinter steckt zu viel Planung. Sie machen alles eher spontan."

Sara sah ihn ausdruckslos an. Zuckte dann die Schultern. „O.K. Du ziehst es vor, dich nicht zu äußern ..."

„Nein. Das tue ich nicht. Hörst du nicht. Aber du verstehst nicht. Ich will mit dir zusammensein. Aber ich brauche die anderen Jungs auch. Das eine schließt nicht das andere aus. Das musst du verstehen."

*

Svante warf einen Blick auf die Uhr. Scheiße! Fast den ganzen Tag war er mit seinem Zeitplan im Rückstand gewesen. Es hatte schon vormittags angefangen, als zwei Studentinnen dageblieben waren um etwas nach dem Unterricht zu besprechen. Sie hatten sich Zeit genommen, und eigentlich war ihr Anliegen nur Mumpitz gewesen. Nun ja, er war selber Schuld. Er hatte sie schnell durchschaut, aber eine Art Eitelkeit hatte ihn trotzdem zurückgehalten.

Er lernte es nie. Es war leicht sich einen Zeitplan auszudenken, aber er machte immer wieder dieselben Fehler. In seinen Zeitplänen gab es nie Marginale. Sobald jemand außerhalb des Zeitplans etwas von ihm wollte, brach alles zusammen.

Und viele suchten ihn auf. Und er konnte schwer nein sagen. So etwas lag nicht in seiner Natur. Er mochte Menschen und war außerdem ungeheuer neugierig. Auf alles und alle. Das war seine Art, das Leben zu bejahen. Natürlich hatte er viel zu viel um die Ohren um alles, was er auf sich genommen hatte, zu schaffen. Das bekam er oft von Menschen in seiner Umgebung zu hören. Ganz besonders von Eva-Maria.

Ach ja, Eva-Maria. Sie hatte sich gelinde gesagt aufgeregt angehört, als sie anrief. Er müsste so schnell wie möglich nach Hause kommen. Etwas Schreckliches sei passiert. Nein, sie könnte nicht jetzt erzählen. Nicht am Telefon. Sie schaffte es einfach nicht. Dann hatte sie aufgelegt, und ihm blieb nichts anderes übrig als direkt nach Hause zu fahren.

Hoffentlich war es nicht weiter eskaliert. Das, was bis jetzt passiert war, reichte voll und ganz. Aber Eva-Maria hatte sich wirklich erschüttert angehört. Noch mehr als je zuvor. Und wahrscheinlich würde sie sich daran erinnern, dass er später ein Fußballspiel in Örtuna sehen wollte.
Egal wie viel er zu tun hatte, versuchte er immer zu den Heimspielen hinzugehen, wenn Örtuna SC spielte. Wenn er zeitlich zurechtkam und es nicht allzu weit weg war, fuhr er auch hin, wenn Örtuna auswärts spielte.
Vor allem Claes sah zu, dass die alte Clique sich traf und gemeinsam zu Fußballspielen ging und hinterher einen kippte. Dies war besonders wichtig seit Claes allein gelassen worden war, weil seine Ellen ihre bis dahin latente lesbische Seite entdeckt hatte. Jetzt lebte sie mit einer Lehrerin zusammen und hatte wegen ihres Verhaltens in ihrem Umfeld Respekt erfahren. Aber von machen Seiten natürlich auch Verachtung.

Aber Claes war nunmehr ein gebrochener Mann und irrte ohne festen Halt im Leben umher.

Claes würde sehr enttäuscht sein, wenn Svante heute Abend nicht käme. Und er wollte wirklich. Den ganzen stressigen Tag hatte er sich auf die Begegnung zwischen der Heimmannschaft und der zusammengekauften Starmannschaft aus Solna gefreut.

Aber jetzt war es vielleicht fraglich. Was sollte nun werden? Etwas war offenbar passiert und Svante hatte sofort an neue Zerstörungen gedacht. Neue Schäden. Neue Furcht.

Und seine Gedanken kehrten dahin zurück, wo sie so oft in letzter Zeit gewesen waren. Wollte man ihm etwas? Und in dem Fall warum? Und wer?

Er hatte seine Ahnungen, und er wusste, was er zu tun hatte. Er musste Ann-Charlotte anrufen. Oder noch besser ein Treffen zustande bekommen. Sich erkundigen, wie es ihr ging. Ob sie ihn immer noch so sehr hasste, dass sie zu all dem, was passiert war, imstande war.

Die drei Doktoranden liebten ihn wahrhaftig auch nicht. Doch das war eine Sache für sich. Deshalb eine ganze Familie zu terrorisieren schien ihm ein bisschen weit hergeholt. Zu weit. Obwohl, dieser Eskil schien an und für sich zu allerhand imstande zu sein. Und was schlimmer war, er steuerte die anderen ganz und gar. Manchmal schien es ihm, als könnte Eskil die anderen dazu bringen praktisch alles zu machen. Wie dem auch sei: Er musste die drei ein bisschen genauer im Auge behalten. Die drei Musketiere.

*

Während einer schrecklichen Stunde war Eva-Marias Leben ein völliges Chaos gewesen. Die Gedanken daran, was Emma hätte passieren können, hatten sich wie spitze Pfeile in ihren Kopf gebohrt. Andere Gedanken, dass alles nur ein Missverständnis oder ein dummer Scherz gewesen war, hatte sie auch gehegt, doch sie waren von unangenehmen Szenarien brutal verdrängt worden.

Es war eine der schlimmsten Stunden in Eva-Marias Leben gewesen. Als sie den Bescheid, dass Emma wohlbehalten war, erhalten hatte, hatten alle Schleusen sich geöffnet. Die Tränen waren geflossen und sie war völlig ausgelaugt gewesen. Als wenn sie eine körperliche Hochleistung vollbracht hätte.

Sie wollte nur Emma umarmen. Anfangs war ihr alles andere egal. Allmählich holte die Wirklichkeit Eva-Maria ein. Was war passiert? Wer hatte sie auf diese infernalische Weise weggelockt? Warum? Warum?

Die Fragen schwirrten in ihr herum wie Wespen um ein Glas Saft. Als Jeanette Adler und Wilhelm Ambjörnsson aufgetaucht waren, überspülte sie die Erleichterung zum zweiten Mal in kurzer Zeit. Und sie ließ los und ließ sie übernehmen.

Dann hatte Emma mit eigenen Worten erzählen dürfen. Angst? Nein, nicht viel. Ja, ein bisschen. Aber bestimmt nicht viel.

Eva-Maria hatte nichts gesagt. Aber ganz stimmte das, was Emma erzählt hatte, nicht. Als sie nach Hause kam, war sie direkt zur Toilette gegangen und war lange dort geblieben. Nachher hatte Eva-Maria die vollgepinkelten Schlüpfer weit unten im Wäschekorb gefunden. Und allmählich hatte Emma von einem Brennen im Unterleib erzählt.

Eva-Maria fühlte sich erstaunlich ruhig jetzt, als Jeanette und Wilhelm da waren. Wilhelm suchte immerzu ihren Blick und hielt ihn so lange fest wie er nur konnte.

Es störte sie, dass sie zusammen gekommen waren. Störte sie sehr. Zwar waren sie in verschiedenen Autos gekommen aber doch zusammen. Vielleicht war Wilhelm bei Jeanette gewesen, als Eva-Maria anrief. „Ich habe gerade jetzt ein bisschen viel um mich herum, aber innerhalb einer Stunde kann ich sicher da sein."

So hatte sie gesagt. „Ein bisschen viel um mich herum." Was hatte sie um sich herum gehabt? Wilhelms Arme vielleicht? Nein, jetzt musste sie aufhören. Ihre Fantasien schlugen immer seltsamere Blüten. Das ging sie nichts an. Auch wenn die beiden sich gegenseitig kaputt vögelten war das nicht ihre Angelegenheit.

„Ja, dann fangen wir also an!"

Jeanettes Stimme riss sie abrupt aus ihren Gedanken heraus.

„Ich fahre zu der Schulsekretärin nach Hause. Wie war noch ihr Name?"

„Marianne Selander."

„Ja, richtig. Sie wissen nicht zufällig, wo sie wohnt?"

„Nein, aber sie müsste doch im Telefonbuch stehen."

„Ja, oder im Schulkatalog."

Emma unterbrach Eva-Maria und lief rasch nach oben. In Minutenschnelle war sie zurück mit einem Katalog in der Hand. Sie reichte Jeanette den Katalog, die schnell nach vorne zur Seite mit dem Verwaltungspersonal blätterte.

„Hier haben wir sie. Sieh mal einer an. Slottsgatan 14 in Örtuna. Dann mache ich mich auf die Socken dahin. Es eskaliert immer mehr. Willst du mit in die Stadt?"

Sie wandte sich an Wilhelm, gleichzeitig als sie sich von Emma und Eva-Maria verabschiedete. Wilhelm nickte und kam nach. Die Umarmung zwischen ihm und Eva-Maria dauerte lange. Das konnten auch Jonas und Sara feststellen, als sie die Treppe herunterkamen. Jonas sah Sara unbeholfen an. Gleichzeitig konnte man ein Auto vor dem Haus bremsen hören.
Svante war zu Hause.

16

Noch ein Kleiner kann wohl nicht schaden. Und aller guten Dinge sind drei. Und übrigens, wer hat beschlossen, dass man gerade zwei Schnäpse zum Essen trinken soll. Niemand.

Reinhold Karlsson stellte sich die Fragen und beantwortete sie auch selbst. Wie üblich befand sich niemand anders in seiner kleinen Küche. Mit einer gewissen Mühe kam er auf die Füße und ging die wenigen Schritte zum Kühlschrank um die kalte Schnapsflasche zu holen.

Auf dem Weg zurück machte er ein paar ordentliche Fehltritte und ein neutraler Beobachter hätte sicher festgestellt, dass Reinhold seine Tagesration intus hatte. Jetzt war unglücklicherweise kein neutraler Beobachter anwesend. Der Einzige, der sich in der Küche und übrigens in der ganzen Wohnung befand, war er selbst. Und seine Einstellung zu noch einem Schnaps war so klar wie der Inhalt der Flasche.

Er füllte das kleine Schnapsglas bis zum Rand und stellte die Flasche auf den Tisch. Für den Fall dass ... Unnötig noch mal zum Kühlschrank zu rennen falls noch ein Schnaps fällig sein würde. Doch das sollte natürlich nicht der Fall sein...

Es gelang ihm auch ein halbes Glas Bier aus der Dose zu quetschen. Er betrachtete das Gericht auf dem Teller vor sich. Es hätte wohl kaum als Illustration in einem Gourmetbuch dienen können. Doch ihm war es gut genug. Reste von Eigelb und rote Beete vermischten sich mit Fleischstückchen und Kartoffelwürfeln.

Er schob die Speisereste auf die Gabel und schluckte alles auf einmal. Der Schnaps folgte gleich hinterher und alles wurde mit einem Schluck Bier abgerundet. Das Wohlbefinden umwickelte ihn wie eine warme Decke. Seine Gedanken waren zur Ruhe gekommen. Kein Grübeln, keine angsterfüllten Ausflüge in Gedankenbahnen, die meistens in ein Chaos ausarteten.

Gerade jetzt dachte er an nichts Besonderes und das war sehr angenehm. Vielleicht könnte er noch ein bisschen fernsehen. Wenn etwas Sehenswertes kam natürlich. Und das war alles andere als sicher. Er war alle Programme, in denen mehr oder weniger bekloppte Jugendliche zusammengepfercht wurden um dann zu versuchen sich gegenseitig zu erniedrigen und herauszuwerfen, ganz und gar leid. Nein, ein schöner Film wäre das Richtige, und dann könnte man sich vielleicht einen kleinen Whisky Soda genehmigen.

Das Telefon klingelte. Aufdringliche Signale. Scheiße! Wer rief gerade jetzt an? Er hatte es sich doch so gemütlich gemacht! Er kippte den Rest des Schnapses und stapfte mühsam zum Telefon. Seine Stimme klang ärgerlicher als beabsichtigt.

„Ja, Karlsson."

„Bist du es, Papa?"

„Wer zum Donner noch mal sollte es sonst sein?"

„Hier ist Henrietta."

„Ja, das höre ich wohl."

„Wie geht es dir, Papa?"

Gut bis du anriefst, hatte er Lust zu antworten. Aber er riss sich zusammen und jammerte hinaus:

„Nun ja, nicht so gut."

„Nicht? Was fehlt dir denn?"

„Fehlt und fehlt. Das begreifst du wohl selbst. Ich fühle mich einsam und beschissen. Hier läuft man den ganzen Tag herum und trifft kein Schwein."

„Ja, ich verstehe ...“

„Nein, das verstehst du nicht. Du hast keine Ahnung wie leer und leblos eine Wohnung werden kann.“

„Oh, doch. Aber du musst dich darum bemühen, ein paar Leute zu treffen.“

„Ein paar Leute treffen. Das lässt sich leicht sagen. Alle haben ja genug mit ihrem eigenen Kram. Das müsstest wohl du am besten wissen. Du hast doch niemals Zeit hierher zu kommen.“

„Aber jetzt bist du ungerecht. Ich habe dich mehrmals besucht. Hast du das vergessen? Übrigens kannst doch du uns besuchen. Das wollen auch Kenneth und die Kinder.“

Das hätte gerade noch gefehlt. Lieber würde er sterben. Der Gedanke an den selbstgefälligen und wichtigtuerischen Kenneth ließ ihn schaudern. Und dann noch die beiden Enkelkinder, das eine verwöhnter als das andere. Nein. Pfui Deibel! Laut sagte er:

„Ich reise ja nicht so gerne. Das weißt du.“

„Es hört sich an, als ob es sich um eine Weltreise handelte. Es sind in der Tat nur 200 Kilometer. Es wäre ein Unterschied, wenn Johan dich gebeten hätte.“

„Ja, das Risiko ist wohl nicht besonders groß. Er meldet sich ja nie.“

„Tust du das denn?“

„Was denn?“

„Meldest du dich bei Johan?“

„Verflucht noch mal, ich kann doch nicht alle naselang in London anrufen. Das kann ich mir nicht leisten. Er dagegen scheint ja ganz gutes Geld zu verdienen. Aber das geht wohl weg für all die gottverdammten Klubs, in denen er sich mit seinen ominösen Freunden herumtreibt. Für mich hat er ja nie Zeit."

„Aber bestimmt. Nur er meint, dass ... er meint, dass du immer wieder dasselbe Thema aufgreifst."

„Ich dasselbe Thema aufgreife?"

„Genau. Du fängst immer wieder von dieser Rechtsanwältin an. Was gewesen ist, ist gewesen. Es ist beschissen, aber du musst da durch, ja wir alle müssen weiterleben."

„Das lässt sich leicht sagen. Du brauchst sie nicht zu sehen. Hier in der Stadt läuft sie herum und macht sich wichtig. Selbstgefällig und sicher."

„Aber bitte. Lass nun diese Frau in Ruhe. Sie machte nur ihre Arbeit."

„Machte ihre Arbeit. Das lässt sich hören. Sie berücksichtigte nicht, dass es sich um Menschen aus Fleisch und Blut handelte. Sie wollte wohl irgendeinen Vorgesetzten beeindrucken. Nein. Sie weiß nicht einen Deut vom Leben. Wie Menschen, die betroffen sind, es fühlen. Das müsste sie am eigenen Leibe erfahren. Erfahren wie es ist zerknirscht zu sein. Schwach und ängstlich zu sein. Und verlassen."

*

Svante und Wilhelm begegneten sich in der Tür. Grüßten und betrachteten sich eingehend gegenseitig wie zwei Boxer vor einem Wettkampf. Inzwischen ließ Eva-Maria ihren Blick zwischen den Gemälden der Familie wandern, als sähe sie sie zum ersten Mal überhaupt.

Wilhelm verschwand hinaus zu seinem Auto, während Svante rasch über die Geschehnisse des Nachmittags informiert wurde. Er ließ sich bestürzt in einen Sessel nieder und schien für eine Weile ganz weg zu sein. Als Emma ins Zimmer kam hielt er sie lange im Arm. Er räusperte sich:

„Das hier ist schlicht und einfach zu viel. Haben Sie einige Tipps?"

Er hatte sich an Jeanette gewandt.

„Nicht direkt. Aber ich bin jetzt unterwegs zu Marianne Selander, der Sekretärin. Sie weiß vielleicht etwas, was einen Lichtblick auf das Geschehene werfen kann."

Svante nickte.

„Ich sprach mit ein paar Nachbarn am Wochenende. Sie behaupteten, dass ein Spanner sich hier in der Gegend herumtreibt. Wissen Sie etwas darüber?"

„Ja. Wir haben ein paar Anzeigen bekommen. Aber solche Sachen sind problematisch. Man muss den Täter so zu sagen in flagranti erwischen."

„Ach so. Nun ja, dann verstehe ich, dass es problematisch wird. Sie sind ja nie hier..."

„Wie bei allen anderen Dingen handelt es sich darum Prioritäten zu setzen. Es gibt vieles..."

„Ja, so sagen Sie ja immer. Aber hier ist eine Familie, die von jeder Menge Scheiß betroffen worden ist. Und hier treibt sich ein Spanner herum."

„Sie meinen, er könnte etwas gesehen haben?"

Svante sah Jeanette erstaunt an.

„Nein. Was ich meine ist, dass Sie da Ihren Täter haben. Sie sollen ihn schlicht und ergreifend festnehmen, damit dieser ganze Mist ein Ende nimmt."

Jeanette schüttelte ihre blonden Haare.

„Nein, das kann ich Ihnen versichern, der ist nicht unser Mann. Spanner, wie Sie sagen, sind Leute, die herumschleichen. Sie wollen absolut keine Aufmerksamkeit erregen. Sie gehen nicht in Gärten und demolieren. Dann könnte ja jemand sie sehen und hören. Und dann ist alles hin. Sie wollen nur in aller Ruhe gucken."

„Ich glaube trotzdem, dass es einen Versuch wert ist."

„Wir haben nicht die Mittel dazu. Aber Sie müssen mir glauben. Ich weiß genug über solche Typen. Sie machen nichts kaputt, und sie würden nie auf die Idee kommen, ein Kind zu entführen. Es ist ganz und gar ausgeschlossen."

„Es muss einfach sein, Polizist zu sein. Alle Verbrecher und Banditen benehmen sich nach einer Schablone, die Sie geschaffen haben. Das Leben verläuft aber nicht immer in Schienen. Nicht einmal für Polizisten."

17

Jeanette Adler fuhr ihr Auto in ruhigem Tempo ohne zu hetzen. Sie hatte sich vergewissert, dass Marianne Selander zu Hause war und war jetzt dahin unterwegs. Das Gespräch brauchte sie nicht sehr genau vorzubereiten. Es handelte sich um eine reine Routinearbeit.

Ihre Gedanken waren bei der Familie Törnheden geblieben. Schon auf Anhieb hatte ihr Eva-Maria gut gefallen. Eine warmherzige, lebendige Frau. Und nicht nur ihr allein gefiel sie. Der liebe alte Wilhelm schien ganz Feuer und Flamme. An und für sich nichts Ungewöhnliches, aber diesmal schien es richtig ernst zu sein. In seinem Blick war nicht pure Lust zu finden, das war sicher.

Die Stimmung hatte sich merkbar verändert, als der Ehemann heimkam. Ein unheimlich anstrengender Mensch, der sofort viel Platz für sich in Anspruch genommen hatte. Und vor allem hatte er seiner Frau die Luft genommen. Es war offensichtlich, dass er gewöhnt war im Mittelpunkt zu stehen. Schon von Anfang an redete er viel, und irgendwie handelte es sich die ganze Zeit mehr um ihn als um Emma.

Natürlich wusste er auch alles. Das tut dieser Typ von Mann immer. Vor allem glaubte er, polizeiliche Arbeit beherrschen zu können. Egal was für Einwände Jeanette gemacht hatte, er wusste alles besser und gab nicht nach.

Svante war ganz und gar überzeugt, dass der Spanner in der Nachbarschaft der Schuldige war. Jeanettes Ansichten machten nichts zur Sache. Erst als sie behauptet hatte, dass er bei der Polizei Dienst machen sollte, hatte er einen kleinen Rückzieher gemacht. Er hatte leise gemurmelt:

„Eh. Es handelt sich doch nur um ein bisschen gesunden Menschenverstand."

Eva-Maria hatte eine untergeordnete Rolle eingenommen, als Svante eingedonnert gekommen war. Nicht so viel gesagt während seines Redeflusses. Nur ab und zu einzelne Sätze eingeschoben. Und vergebens ein paar Mal versucht Jeanettes Ausbildung und Fähigkeiten hervorzuheben.

Man brauchte kein großer Psychologe zu sein um zu verstehen, dass das Verhältnis zwischen den Eheleuten außerordentlich gespannt war. Im Laufe des Gesprächs wurden Eva-Maria und Svante zum Hauptthema. Ihre Beziehung zueinander und ihre Probleme. Und Emma wurde mehr oder weniger vergessen.

*

Es wurde ganz still, als Jeanette Adler das Haus der Törnhedens verlassen hatte. Svante und Eva-Maria sahen sich lange an, bevor Svante zum Schluss ausrief:
„Ach ja, und was zum Teufel machen wir jetzt?"
„Als erstes finde ich du solltest zu Emma hochgehen. Sie braucht dich. Mehr denn je."
„Ja natürlich. Aber ich dachte an uns. Was sollen wir verflucht noch mal machen? Wir müssen versuchen, dass das hier alles ein Ende nimmt."
„Das finde ich auch. Aber Emma ist gerade jetzt wichtiger. Wenn Kinder auf diese Art und Weise betroffen werden, muss man alles andere beiseiteschieben. Und trösten und unterstützen. Das ist das Einzige, was zählt."
„Ja, aber wir müssen dieser Sache auf den Grund gehen. Wirklich überlegen, ob jemand uns etwas will."
„Aber das haben wir doch getan. Jedes Mal, wenn irgendetwas passiert ist. Und wir sind zu keinem Schluss ge-

kommen. Und wenn du nichts Neues anzuführen hast, finde ich, dass du zu Emma hinaufgehen solltest."

„Ich glaube, die kleine Psychologin kommt wieder zum Vorschein. Du verleugnest dich nicht. Sobald etwas passiert, weißt du immer alles am besten. Was man tun muss und so weiter. Und wer Trost braucht und wer reden muss."

„Ich bin auf jeden Fall lieber Psychologin als Polizistin. Es war geradezu pathetisch dir zuzuhören, als du versuchtest der Kriminalbeamtin ihren Beruf zu erklären."

„Das war sicher nötig. Unsere Polizei ist zu passiv. Der Meinung sind viele."

„Ach so. Beurteilt ihr an der Hochschule die Polizei und ihre Arbeit? Oder hat sogar der große Denker Claes die Lage analysiert? Ja, er steht ja mit beiden Füßen auf der Erde. Und ist fest verankert in der Gesellschaft."

„Claes ist in Ordnung. Er braucht sich vielleicht nur aussprechen. Kannst du dich nicht seiner annehmen? Du bist ja so eine ausgezeichnete Psychologin."

„Das könnte dir so passen. Oh, nein. Unser Freund Claes ist jenseits von jeder Hilfe. Aber als Gesprächspartner über die Arbeit der Polizei taugt er sicher hervorragend."

„Ich habe mich nicht in die Arbeit der Polizei eingemischt. Was ich meine ist nur, dass wenn ein Spanner hier in der Nachbarschaft herumschleicht, dann muss man zusehen, dass er hinter Schloss und Riegel kommt."

„Ja, das hast du schon gesagt. Aber jetzt handelt es sich um Emma wie gesagt."

„Weißt du, dass du dich immer wiederholst? Du kaust immer wieder dasselbe durch. Ich weiß, dass ich in deinen Augen nichts tauge."

„Das ... das habe ich nie gesagt."

Eva-Maria sah verwirrt aus.

„Oh, doch. Und das merkt man an deinem ganzen Verhalten mir gegenüber. Ich gehe hinauf zu Emma. Dann kannst du inzwischen nachdenken. Darüber nachdenken, wer hinter dieser Misere steckt. Nachdenken über alle faulen Eier, denen du hilfst der Strafe der Gesellschaft zu entkommen."

*

Allmählich gerieten die Gedanken an die Familie Törnheden und ihre Probleme in den Hintergrund und Jeanettes eigener Kummer wurde vorrangig. Das kommende Wochenende würde sie arbeiten müssen. Es gab jede Menge zu tun und sie musste massenweise Schreibarbeit nachholen. Und dann blieb ihr wohl nichts anderes übrig als darauf zu warten, dass irgendein Mist am Wochenende passieren würde. Ein Gewaltverbrechen oder etwas Ähnliches. Das war oft der Fall.

Bis jetzt hatte sie nichts zu Hause erzählt. Das würde natürlich Missstimmungen hervorrufen. Carl-Ewert gab ihr immer das Gefühl, dass sie unzulänglich sei. Dass man etwas anderes machen sollte als das, was man geplant hatte.

Er war unheimlich stolz gewesen, als sie Kriminalchefin geworden war. Und das war er sicher immer noch. Aber er konnte schwer ihre Arbeitszeiten akzeptieren. Oder richtiger gesagt den Arbeitseinsatz, der verlangt wurde, damit sie überhaupt ihre Arbeit schaffen würde. Es war hart Chef bei der Polizei und noch härter Chefin zu sein.

Es ging ihm nicht in den Kopf, dass man auch etwas opfern musste, wenn man eine Spitzenposition mit hohem Gehalt haben wollte. Aber die eigentliche Ursache war wohl, dass er ihr altes Leben vermisste. Das Leben, das größtenteils aus Training und Wettkämpfen bestanden hatte. Natürlich hatte sie damals auch gearbeitet, aber das Laufen war der hauptsächliche Inhalt ihres Lebens gewesen.

Anstrengendes, fast unmenschlich hartes Training. Entbehrungen. Verzicht. Psychischer Aufbau. Und dann der Höhepunkt. Die Wettkämpfe. Sowohl schön als auch schrecklich. Schön wenn alles gelang. Wenn monatelange, harte Arbeit in hervorragende Wettkämpfe resultierte, bei denen alles wie geschmiert lief. Und das Lob und die Glückwünsche nach den Siegen.

Aber auch schrecklich, wenn jeder Schritt schwer wie Blei und der Körper wie ein unhandlicher Sack war, von dem sie am liebsten nichts wissen wollte. Aber sie war diejenige, die sich abrackert hatte. Ihr Körper hatte sich geschlagen geben müssen. Sie hatte auf vieles verzichten müssen. Carl-Ewert hatte ihr nur zur Seite gestanden. Natürlich. Er hatte sie unterstützt. Hatte ihr beim Training geholfen, war sie überall hingefahren und war immer für sie da gewesen. Trotzdem war es nicht ganz in Ordnung gewesen. Es schien so, als ob er kein eigenes Leben gehabt hätte. Er hatte sein ganzes Leben an ihre Läuferkarriere gehaftet.

Sein ganzes Leben hatte sich um das Laufen gedreht. Er hatte alles, was er erwischen konnte gelesen, hatte im Internet gesurft und mit allen Sachverständigen, die er erreichen konnte, geredet. Gleichzeitig als Carl-Ewert alles über das Laufen und dessen Geheimnisse verschlang, spürte sie, dass ihr alles zu viel wurde. Es wuchs ihr schlicht und einfach über den Kopf.

An ihrer Arbeitsstelle schätzte man sie. Sie war als äußerst fähig angesehen. Eine hervorragende Nachwuchskraft. Sie hätte das Zeug zu einer zukünftigen Chefin in sich. Und plötzlich war alles sehr schnell gegangen. Ein Knie das ihr Schwierigkeiten machte, verursachte, dass sie das Training drastisch hatte reduzieren müssen. Gleichzeitig hatte sie sich stärker beruflich engagiert und dadurch, dass sowohl der Zufall als auch das Glück ihr gewogen gewesen waren, war sie schnell nach oben in der Hierarchie geklettert um schließlich an der absoluten Spitze zu landen.

Sie machte weiter mit dem Training und mit den Wettkämpfen, doch auf einer bedeutend niedrigen Ebene. Carl-Ewert musste dies akzeptieren, auch wenn es ihm schwer fiel. Und noch heute konnte er die bizarrsten Kommentare anbringen:

„Du, nächstes Jahr ist die WM in Spanien. Du könntest schnell in Form kommen und dich qualifizieren. Du müsstest nur ...“

„Aber Carl-Ewert! Ich habe aufgehört. Für immer. Geht das dir nicht in den Kopf? Ich habe eine Spitzenposition bei der Polizei, die hohe Anforderungen an mich stellt. Weder will noch kann ich mir die Zeit nehmen mich für die WM zu qualifizieren. Ich bin ganz und gar damit zufrieden auf dieser Ebene zu trainieren und an Wettkämpfen teilzunehmen. Und wenn du das nicht bist, kann ich dir nicht helfen.“

Bedeutete sie ihm wirklich etwas? In der Tiefe? Zählten nur die verdammten Wettkämpfe? Wie beurteilte er sie eigentlich als Frau?

Vielleicht konnte sie Carl-Ewert dazu überreden, eine Reise mit ihr zu machen. Eine Reise, bei der sie nicht an Wettkämpfen teilnahm. So eine Reise hatten sie nie gemeinsam unternommen. Natürlich waren sie gemeinsam weg-

gewesen, aber immer im Zusammenhang mit einem Wettkampf.

Nein, eine Reise bei der sie jede Menge Zeit füreinander
haben würden. Richtig miteinander reden. In die Tiefe gehen in die innersten Verstecke der Seele.

Nun war, Gott bewahre, Carl-Ewert nicht ein Mann der
tiefsinnigen Gespräche. Er konnte zwar ununterbrochen
reden, aber es war nur festzustellen, dass es sich eher um
Allgemeines als um Gefühle handelte.

Sie konnte nichts dafür, dass ihr Wilhelm Ambjörnsson
einfiel. Seine Ruhe, sein intensiver Blick. Mit ihm war es
sicher wesentlich leichter über Gefühle zu reden.

So, jetzt war sie anscheinend da. Slottsgatan 14. Jeanette
Adler seufzte tief, als sie den dunkelblauen SAAB in eine
Parklücke hineinzwängte. Jetzt musste sie sich zusammen-
reißen. Zurück in die Berufsrolle. Weg mit den Gedanken an
Carl-Ewert. Und weg mit den Gedanken an Wilhelm und
seine forschenden blauen Augen. Jetzt ging es um Marianne
Selander.

18

Svante sah auf das Ziffernblatt der Autouhr. Er war spät dran und er war sich dessen bewusst. Er hatte Claes angerufen und gesagt, dass er sich verspäten würde. Und natürlich war Claes sauer geworden.

Toll. Jetzt waren alle sauer. Claes. Eva-Maria. Und Emma. Die Lust zum Fußballspiel zu gehen war fast verschwunden. Viel zu viel war passiert. Sein Kopf war wie ein Bienenkorb voller verwirrter Gedanken.

Zu behaupten, dass das Gespräch mit Emma nicht erfolgreich verlaufen war, war stark untertrieben. Es hatte sich übrigens kaum um ein Gespräch gehandelt. Eher um einen Monolog von Svantes Seite. Emmas Antworten waren einsilbig gewesen. Manchmal hatte sie gar nicht geantwortet. Nur genickt oder den Kopf geschüttelt. Sie hatte überhaupt nicht über das Vorgefallene reden wollen. Als er ihr ein Handy versprochen hatte, damit sie ihn oder Eva-Maria immer erreichen konnte, hatte sie ihn nur angeschaut und gesagt:

„Es ist schon O.K."

Vielleicht hatte sie den Streit zwischen ihm und Eva-Maria gehört. Sie hätte aus dem oberen Stockwerk zuhören können. Die Stimmlage war gelinde gesagt hochgeschraubt gewesen und es war sicher ein Leichtes gewesen, ihre Meinungsverschiedenheiten zu hören.

Irgendwie hetzte Eva-Maria die Kinder oft gegen ihn auf. So kam es ihm wenigstens vor. Nicht dass sie ihnen direkt etwas über ihn sagte. Nein, aber etwas Wahres war auf jeden Fall dran. Bei den Streitigkeiten. Das konnte Jonas und Emma nicht entgehen. Wie sie ihn ständig beschuldigte. Wegen etwas beschuldigte, was er nicht ganz auf sich nehmen konnte. Nicht ganz verstehen konnte. Dass er nicht genügend zuhörte.

Er verstand nicht, sondern bemühte sich so gut er konnte. Aber natürlich musste er zugeben, dass er oft gestresst und abgehetzt war. Dass das Handy viel zu oft klingelte und dass die Gespräche zu lang wurden. Aber dass er deshalb sich nicht um seine Kinder kümmern würde, den Schuh zog er sich nicht an. Dass er nicht über alles, was mit Jonas und Sara zu tun hatte, Bescheid wusste, war wohl nicht weiterhin seltsam. Jonas erzählte selbst nie etwas. Aber Eva-Marias Meinung nach, wäre es Svantes Pflicht gewesen mit Jonas darüber zu reden.

Herrgott noch mal! Ein Junge in dem Alter möchte wohl ein paar Geheimnisse haben. Und vor allem wollte er wohl sein Liebesleben für sich haben. Er konnte doch nicht immer mit allem zum Papi angerannt kommen. Manchmal konnte Eva-Maria entsetzlich naiv sein.
Abgesehen von den Gelegenheiten, bei denen Eva-Maria Svante verbal attackierte buk sie ziemlich kleine Brötchen, was eigentlich nicht zu ihr passte. Sie hatte sich verändert. Etwas war anders an ihr. Irgendwie schien sie manchmal schuldbewusst. Aber selbstverständlich grübelte sie auch darüber nach, wer hinter dem ganzen Terror, dem sie ausgesetzt waren, steckte.

Manchmal konnte sie sitzen bleiben und einfach nur vor sich hinstarren. Sie war sonst immer beschäftigt gewesen und fast immer hatte sie verschiedene Pläne für die Familie gehabt. Jetzt schien es, als ob die ganzen Ereignisse ihr das Rückgrat gebrochen hätten. Als ob sie nicht mehr genug Kraft hätte.

Ab und zu fragte er sich, ob sie eine Affäre hätte. Sie konnte gleichzeitig sowohl froh als auch traurig sein. Dass Männer sich in sie verlieben konnten, erschien ihm nicht seltsam. Sie war jetzt fast noch attraktiver als in ihrer Jugend. Sie hatte eine Reife erlangt, die ihrer Persönlichkeit eine neue Dimension verschaffen hatte.

Aber dass sie selbst sich verlieben könnte, fiel ihm schwerer zu glauben. Sie war so furchtbar diszipliniert und effektiv. Es passte nicht zu ihrer Persönlichkeit sich zu verlieben. Einfach alles Alltägliche zu vergessen und die Familie an zweite Stelle zu setzen.

Er schüttelte den Kopf, kicherte ein bisschen. Merkte wie albern und beschränkt seine Gedanken waren. Wenn die Liebe wirklich zuschlug, spielte wohl die Persönlichkeit keine Rolle. Jeder konnte betroffen werden. Oder war gerade er besonders anfällig? Es fiel ihm nachweislich besonders leicht ins Straucheln zu geraten. Er konnte schwer widerstehen, wenn sich die Gelegenheit bot.

Und jetzt musste er dafür büßen. Er seufzte schwer. Er wusste genau, was er zu tun hatte. Er musste das Telefongespräch, das er so lange vor sich hingeschoben hatte, hinter sich bringen. Vielleicht viel zu lange. Aber jetzt musste er. Er musste versuchen herauszufinden, ob Ann-Charlotte hinter dem steckte, was seiner Familie passiert war.

*

„Eva-Maria Törnheden."
"Hallo, Frau Törnheden. Hier ist Jeanette Adler."
„Ach ja, hallo."
„Wie geht es Ihnen jetzt? Ist mit Emma alles in Ordnung?"

„Oh, doch. Sie sagt nicht viel."

„Und Ihr ... Mann?"

Eva-Maria atmete tief auf, ehe sie antwortete:

„Sie müssen entschuldigen. Das sieht meinem Mann nicht ähnlich. Er ist wahnsinnig aufgedreht. Er hat zurzeit einfach zu viel um die Ohren."

„Es ist ganz O.K. Es ist keine Seltenheit, dass Leute versuchen, uns unsere Arbeit beizubringen."

„Ja, aber er ist normalerweise nicht so anstrengend."

„Sie haben ja beide die letzte Zeit unter Druck gestanden. Alles hat ja seine Grenzen."

Eva-Maria schluchzte.

"Ja, es ist schrecklich gewesen. Es ist immer noch schrecklich. Wie ein Albtraum aus dem man nicht erwachen kann."

„Leider habe ich nicht viel anzubringen."

Eva-Maria antwortete nicht. Hörte nur gespannt zu, was Jeanette erzählte.

„Marianne Selander machte einen sehr zuverlässigen Eindruck. Wenigstens anfangs. Aber nach einer Weile erschien sie mir eher verwirrt. Kennen Sie sie?"

„Nein, eigentlich nicht. Ich habe sie nur ein paar Mal gesehen. Sie scheint mir sympathisch."

„Natürlich ist sie sympathisch. Aber etwas stimmte nicht mit ihr. Und es dauerte eine Weile, bis ich dahinter kam, was mit ihr los ist."

„Ja?"

„Sie hört ein bisschen schlecht. Das konnte ich aus ihr herauslocken nach einer Weile. Irgendwie schämte sie sich deshalb. Außerdem war es ihr peinlich, dass sie das Radio angehabt hatte. Sie hörte irgendein Rundfunkprogramm, während sie arbeitete."

„Ach ja. Ich glaube, ich fange an zu begreifen."

„Mm. Nach vielem hin und her musste sie zugeben, dass sie eigentlich nicht entscheiden konnte, ob ein Mann oder eine Frau angerufen hatte."

„Aber sie dachte doch, dass ich es war."

„Ja. Und sie denkt immer noch, dass es eine Frau war. Aber als ich sie zur Rede stellte, gab sie zu, dass es genauso ein Mann, der seine Stimme verstellt hatte, hätte sein können."

„Das ist ja aufschlussreich. Es heißt mit anderen Worten, dass wir gar keinen Anhaltspunkt haben."

„Nein, es ist Mist. Zurzeit ist kein Lichtschimmer zu erwarten. Als ob wir steckengeblieben sind. Wir tappen so zu sagen im Dunklen."

„Und was passiert jetzt?"

„Tja, wir können in der Tat nicht viel tun. Wir müssen versuchen, Sie zu beobachten, aber ich muss hier von Anfang an ehrlich sein. Wir haben nicht viele Möglichkeiten. Aber wir tun was wir können."

„O.K."

„Aber Sie müssen selbst wachsam sein. Wenn etwas anders erscheint. Wenn etwas passiert, was nicht alltäglich ist."

„O.K."

Eva-Maria wiederholte sich. Ihre Mundhöhle war ganz trocken. Am liebsten hätte sie schreien wollen. Laut und lange.

„Und noch eine Bitte."

„Ja."

„Versuchen Sie Ihren lieben Ehemann vom Verbrecherjagen abzuhalten."

Eva-Maria empfand es als befreiend lachen zu können.

19

Svante Törnheden hatte erwartet, dass das Gespräch mit Ann-Charlotte sowohl anstrengend als auch peinlich werden könnte. Und er behielt Recht.

Keine Freude war in Ann-Charlottes Stimme zu vernehmen gewesen, als er sie endlich erreicht hatte. Zuerst war sie erstaunt gewesen, dann sauer und desinteressiert.

Svante hatte gezögert. Wenn sie wirklich hinter dem, was passiert war, gesteckt hatte, hätte sie sich wirklich so gleichgültig angehört? Svante hatte sich vorgestellt, dass sie ganz außer sich vor Eifersucht und Demütigung sein würde. Man konnte sich nur schwer vorstellen, dass diese gleichgültige Frau eine solch starke Treibkraft gehabt hätte, dass sie das ganze Durcheinander, das jetzt in seiner Familie herrschte, verursacht haben sollte.

Seit Emma weggelockt worden war, waren einige Tage vergangen. Natürlich hatte er vorgehabt, sofort anzurufen, aber so war es nicht gekommen. Er hatte viel zu tun gehabt. Das hatte er zwar immer, das war nichts Neues. Hier handelte es sich eher um das Phänomen, dass man das, was einem unangenehm erscheint, gerne vor sich hinschiebt. Immer war etwas zu tun, und plötzlich war ein Tag vergangen. Und gleich noch einer.

Allmählich hatte er keine Ausrede mehr gehabt, und er hatte Kontakt mit ihr aufgenommen. Und war dann auf diese eisige Kälte gestoßen.

„Ich verstehe nicht ganz. Wenn du etwas so ungeheuer Wichtiges zu sagen hast, kannst du es wohl jetzt tun. Am Telefon."

„Nein ..., es ... es lässt sich nicht so leicht am Telefon sagen."

„Nicht so leicht? Worum handelt es sich eigentlich?"

„Vielleicht will ich dich auch noch sehen."

Er hatte einen zärtlichen Ton angelegt, bekam aber zur Antwort nur eisige Kälte.

„Aber ich will dich nicht sehen. Ist das so schwer zu verstehen?"

Allmählich war es Svante gelungen, Ann-Charlotte zu einem gemeinsamen Mittagessen zu überreden. Es hatte anfangs unmöglich erschienen, aber als er ein ungehülltes Interesse für ihre neue Arbeit gezeigt hatte, hatte sie nachgegeben. Sie könnte mehr bei einem gemeinsamen Essen erzählen.

„Der Mensch ist immer derselbe", hatte Svante vor sich hingemurmelt. „Wenn man nur über sich selbst reden durfte, konnte man alles durchgehen lassen."

*

Wie oft sie durch die Wohnung gegangen war und sich mit ihren Blumen beschäftigt hatte, wusste Eva-Maria nicht. Sie war allein zu Hause und hatte sich darauf gefreut, wie immer ein bisschen im Haushalt zu arbeiten und sich dann mit einem ganz neuen Kriminalroman hinzusetzen.

Aber es funktionierte gar nicht. Als sie zehn Seiten gelesen hatte und nichts mitbekommen hatte oder sich an nichts hatte erinnern können, legte sie seufzend den Roman weg. Vielleicht rief ein spannender Kriminalroman nicht denselben Reiz hervor, wenn man selbst mitten in einem Drama steckte. Ein Drama, von dem Eva-Maria nichts verstand und von dem sie auch nicht wusste, wie es enden würde.

Sonst wusste sie fast nichts Schöneres als sich in eine Couchecke mit einem guten Buch zu kuscheln. Aber über die Unruhe, das Unglück und das Chaos anderer Menschen zu lesen ließ sich nur machen, wenn man selbst in Harmonie lebte. In der Welt des Kriminalromans siegt meistens das Gute. Das bringt Ordnung in das Durcheinander und lässt den Leser in der Schuldfrage in die Tiefe gehen ohne in irgendeiner Weise selbst schuldig zu sein.

Nein, ihre Gedanken schwirrten umher wie wirbelnde Herbstblätter, legten sich für einen kurzen Augenblick zur Ruhe um kurz danach weiterzutänzeln. Mal bewegten sich ihre Gedanken um das Geschehene, mal dachte sie an ihre Liebsten. Jonas, der offenbar jede Menge eigene Probleme hatte. Mit Sara. Mit Freunden. Mit Gefühlen und Loyalität.

Und dann Svante. Der immer mehr zu tun bekam. Oder richtiger: Der immer mehr auf sich nahm. Und der immer gehetzt und gestresst bis zum Gehtnichtmehr schien. Wovon? Von wem?

Und die kleine Emma. Die so verletzlich und wehrlos war. Wer wollte ihr schaden? Eva-Maria würde es sich selbst nie verzeihen, falls ihr etwas zustoßen würde. Nie, nie in ihrem ganzen Leben würde sie die schreckliche Stunde, als sie noch nicht wusste wo Emma sich befand, vergessen.

Zusammen mit Jeanette Adler hatte sie über irgendeine Form von Bewachung gesprochen. Dass Emma einen Begleiter, einen Leibwächter schlicht und einfach haben müsste. Wie in den meisten Fällen in der Gesellschaft handelte es sich um eine Frage der Finanzierung. Kapital war gewiss im Land vorhanden, aber absolut nicht für das private Leben.

Die Abmachung zwischen Jeanette und Eva-Maria ging darauf aus, dass Svante und Eva-Maria sie zur Schule hinbringen und auch nach der Schule abholen sollten. Wenn etwas Außergewöhnliches passierte, würde die Polizei versuchen mit jemandem zur Stelle zu sein.

Das Wichtige war, dass Emma nirgendwo hinging ohne Bescheid zu sagen. Sie sollten immer wissen, wo sie sich aufhielt. Und sie sollte am liebsten nicht alleine, sondern immer mit Freundinnen und Freunden zusammen sein.

Es hatte keine Probleme gegeben, Emma dies klar zu machen und sie anzuhalten sich danach zu richten. Genau wie Eva-Maria hatte sie eine Zeit des Schreckens und Alleingelassenseins im Einkaufszentrum erlebt. Jetzt dauerte es nicht mehr lange, bis Emma zu einem Reiterhof fahren würde. Das würde kurzfristig alle Probleme lösen. Dort würde sie Tag und Nacht von Menschen umgeben sein. Und außer allen Kameraden würden auch erwachsene Betreuer da sein.

Ihre Gedanken fuhren weiterhin Karussell. Blieben ziemlich oft bei einem Staatsanwalt mit blonden Locken und den blauesten Augen Örtunas hängen. Irgendwie tauchte er immer wieder in ihren Gedanken auf.

Aber das Karussell blieb nicht immer dort hängen. Es drehte sich weiter. Viveka. Nachbarin und Freundin. Die letzte Zeit hatte sie wirklich als Eva-Marias Freundin fungiert. Und nicht nur als Nachbarin. Eva-Maria hatte vieles auf Viveka abgeladen. Sie konnte so gut zuhören, und Eva-Maria fühlte sich geborgen, wenn sie Viveka verschiedene Dinge erzählen konnte.

Das, was zurzeit fehlte, damit eine wirklich freundschaftliche Beziehung entstehen konnte, war, dass Viveka mehr über sich selbst erzählte. Jetzt redete hauptsächlich Eva-Maria. Und wenn sie Viveka darauf aufmerksam machte, lächelte Viveka nur und antwortete:

„Du stehst doch mitten im pulsierenden Leben. Um dich herum passiert jede Menge. Ich sitze hier tagelang und übersetze meine Texte. Was könnte ich zu erzählen haben. Ehrlich gesagt, Eva-Maria. In meinem Leben passiert nicht viel. So ist es nun mal. Und das finde ich ganz angenehm."

Gerade jetzt war Viveka außerdem unentbehrlich im chaotischen Leben der Familie Törnheden. Manchmal war es Eva-Maria und Svante unmöglich, Emma hinzubringen und abzuholen. Dann war Viveka zur Stelle. Eva-Marias Dank wehrte sie ab.

„Es freut mich, wenn ich helfen kann. Und wenn ich wegen meiner Übersetzungen keine Zeit habe, sage ich Bescheid. Aber wenn ich ein paar Tage vorher Bescheid weiß, kann ich immer planen. Außerdem machen Emma und ich es uns gemütlich."

Dies bestätigte Emma, als Eva-Maria danach fragte.

„Sie ist schon in Ordnung. Kocht immer etwas Schönes, zum Beispiel. Aber natürlich ist sie auch ein bisschen seltsam ..."

Das Letztere ignorierte Eva-Maria. Emma und ihre Freundinnen fanden die meisten, die nicht Pferde und Reiten als größtes Lebensinteresse hatten im Großen und Ganzen langweilig und seltsam.

Plötzlich packte Eva-Maria das schlechte Gewissen. Sie nahm nie Kontakt mit Viveka auf, außer wenn sie um Hilfe bitten wollte. Entschieden ging sie zum Telefon und wählte Vivekas Nummer.

*

„Das ist doch typisch!

Jerker Andersson schmiss das Buch auf den Tisch. Der Knall ließ sowohl Lina Bradaeus als auch Eskil Bergh zusammenzucken. Um seine Wut richtig zu unterstreichen, haute Jerker mit der Faust noch ein paar Mal auf das Buch.

„Das ist verdammt noch mal der letzte Tropfen. Jetzt muss es genug sein. So viel Arbeit und es ist trotzdem kaum zu sehen.“

Jerker betrachtete auffordernd die anderen. Lina bewegte ihren Arm in einer vagen Geste. „Wir redeten wohl nie darüber. Wir nahmen wohl alles für bare Münze. Aber so etwas kommt vielleicht öfters vor. Was meinst du, Eskil?“

„Dass es öfters vorkommt, dass die Doktoranden die Drecksarbeit machen müssen, während die Betreuer die Ehre davontragen, meinst du? Ich weiß wirklich nicht. Aber ich kann mich bei anderen erkundigen. Das hier ist wohl doch aber des Guten zu viel.“

Er hob das Buch auf und blätterte nach vorne bis zur Titelseite. Unter dem Titel breiteten sich Lise-Lotte Andreassons und Svante Törnhedens Namen aus. Mit Großbuchstaben und fettgedruckt.

„Dies ist wohl das einzige Mal, das sie anwesend gewesen sind. Sowohl bei dem Symposion als auch als das Buch zusammengestellt werden sollte, waren sie meistens abwesend. Wir haben uns mit diesem Buch abgerackert. Und davon ist kaum etwas zu sehen. Das einzige Mal, das wir erwähnt werden, ist bei unseren Aufsätzen. Als Textverfasser. Immerhin toll, dass man uns dort nicht vergessen hat.“

„Ich bin so wütend, dass ich nicht weiß, was ich tun soll. Mein Blutdruck geht in die Höhe. Ich explodiere gleich. Wir sollten sie anzeigen.“

„Ja, wenigstens Svante."

Lina und Jerker sahen Eskil erstaunt an.

„Was willst du damit sagen? Es ist doch nicht nur Svantes Ding."

„Doch, größtenteils schon. Er dominiert total. Schaltet und waltet. Und in allen wichtigen Fragen überfährt er Lise-Lotte. Ganz und gar."

„Du scheinst ja bestens Bescheid zu wissen."

Linas Stimme hörte sich sehr skeptisch an, und auch bei Eskil war eine gewisse Unsicherheit zu notieren.

„Bescheid weiß ich nicht direkt. Ich habe mich öfters mit Lise-Lotte unterhalten. Sie hat es nicht leicht. Das hat sie mir erzählt. Eigentlich will sie uns unterstützen, aber Svante ist stärker. In allen Fragen."

„Nun ja. Aber ich schlage vor, dass wir ein Schreiben aufsetzen, in dem wir die Verhältnisse darlegen. Wie unsere eigene Forschungsarbeit ständig zurückgestellt werden muss, weil etwas anderes getan werden muss. Was angeblich vorrangig ist. Und dass Svante und Lise-Lotte sich ständig neue Aufgaben ausdenken. Und jedenfalls tun sie nichts um uns zu entlasten, damit wir uns unseren Doktorarbeiten widmen können. Im Gegenteil."

„Ein Schreiben. Wohin sollten wir das schicken? Ich glaube nicht, dass wir mit einem Schreiben weiterkommen."

„Ach nein. Was sollen wir deiner Meinung nach tun? Denn etwas müssen wir tun."

„Aber ja. Da hast du Recht. Wir müssen etwas tun. Überlasse es mir. Ich werde es auf meine Art in die Hand nehmen. Und ihr werdet nicht enttäuscht sein."

Eskil lächelte. Und es war kein freundliches Lächeln.

20

Erneut sah Svante auf die Uhr. Stellte fest, dass kaum eine Minute vergangen war, seit er das vorige Mal darauf schaute. Ann-Charlotte hatte sich verspätet. Mehr als eine Viertelstunde. Vielleicht wollte sie trotz allem nicht kommen. Unwillig war in diesem Zusammenhang eher ein verschönernder Ausdruck. Sie wollte sich absolut nicht mit ihm treffen. Zwar hatte sie sich überreden lassen, aber er fühlte sich trotzdem nicht sicher, dass sie kommen würde. Vielleicht hatte sie nur zugesagt, um dem Gespräch ein Ende zu machen.

Er hatte sich definitiv wohler gefühlt in seinem Leben. Starke Bauchschmerzen quälten ihn und bevor er die Hochschule verließ, hatte er ein paar Mal die Toilette aufsuchen müssen.

Svantes Unruhe hatte einen triftigen Grund. Er war immer gewöhnt zu wissen, wie er das, was er zu tun hatte, vorplanen sollte. Vorlesungen, Rezensionen, Buchvorstellungen, Debatten, alles beherrschte er aus dem Effeff. Er zögerte nie und war sich immer dessen sicher, wie er vorgehen müsste.

Aber jetzt. Diese Situation war anders. Er hatte seit der Verabredung darüber nachgegrübelt, wie er das Gespräch beginnen sollte. Er konnte sie wohl kaum direkt auf sein Anliegen ansprechen. Mit ihrem hitzigen Temperament könnte es mit einer Katastrophe enden. Oder auf jeden Fall damit, dass sie wütend das Lokal verließ.

Nein, er musste es vorsichtig aus ihr herausholen. Er musste versuchen ein paar Stichworte anzubringen um ihre Reaktion zu testen. Vielleicht etwas, was sich zugetragen hatte, erzählen.

Die Bestellung von den Windeln zum Beispiel. Er müsste sehen können, ob sie auf eine besondere Art reagierte.

Er unterbrach seine Gedanken. Eine gut angezogene Frau ging gerade durch das Restaurant. Sie ging mit sportlich festen Schritten und war sich ganz und gar dessen bewusst, dass mehrere Männer ihr mit den Blicken folgten. An ihr war etwas Wohlbekanntes. Er wusste nur nicht gerade was. Doch etwas ... Langsam fingen die Zahnräder in seinem Gehirn an zu arbeiten. Es war doch nicht etwa ... Oh, doch. Sieh mal einer an ... Die Frau nahm Kurs direkt auf seinen Tisch. Sie blieb vor ihm stehen. Kein Lächeln, und in ihrer Stimme lag eine eisige Kälte.

„So, da bin ich. Lass mal hören, was so verdammt wichtig ist!"

*

„Noch ein bisschen Tee?"
„Eigentlich sollte ich nicht. Ich habe schon mehrere Tassen getrunken. Aber ich kann nicht widerstehen. Er schmeckt so fantastisch gut."

Viveka und Eva-Maria tranken Tee zusammen zu Hause bei Eva-Maria. Die Rastlosigkeit hatte bei Eva-Maria nachgelassen und Ruhe und Wohlbefinden hatten sich in ihrem Inneren ausgebreitet. Größtenteils lag es daran, dass das Gespräch sich um ganz alltägliche Dinge und Geschehnisse gehandelt hatte. Alles Erschreckende und Bedrohliche war in den Hintergrund geraten und jetzt kam es ihr vor, als ob es beinahe nicht geschehen wäre.

Es war so angenehm und entspannend über das Ungefährliche zu reden. Ein bisschen über die Verdrießlichkeiten des

Alltagslebens zu quatschen. Über den dunklen, traurigen Herbst zu jammern. Aber die traurigen Monate würden auch ein Ende haben. Bald war Weihnachten und ab dann würde sich alles wenden. Es würde immer heller werden und ehe man sich allzu viele düstere Gedanken hatte machen können, würde der Sommer da sein.

Der Sommer könnte viel mit sich bringen. Trug so viele Erwartungen in sich. So viel Hoffnung. So viel Glaube. Und vor allem bedeutete es, dass sowohl Viveka als auch Eva-Maria sich draußen in ihren Gärten aufhalten und unter Beweis stellen könnten, dass sie beide in höchstem Grad den grünen Daumen hatten.

„Hast du daran gedacht, wie du Weihnachten feiern willst?"

Viveka antwortete lachend.

„Nein, das habe ich nicht. Und es sind ja noch ein paar Monate bis dahin. Ich habe absolut nichts dagegen allein zu sein. Es war immer so anstrengend bei meiner Tante und meinem Onkel. Alles sollte nach demselben Schema ablaufen. Und wenn etwas anders kam, wälzten sie das immer wieder. Ich vermisse die beiden, aber nicht die Weihnachten mit ihnen."

„Du weißt doch, dass du gerne zu uns kommen kannst. Wenn du willst, natürlich. Du gehörst ja fast zur Familie."

„Danke. Das ist schön zu wissen. Aber wie gesagt, das Weihnachtsfest ist ja nicht morgen. Es sind ja ein paar Monate bis dahin."

Nach und nach hatten sie alle ungefährlichen Gesprächsthemen abgehandelt und Viveka hatte vorsichtig abgetastet:

„Ich weiß, dass du eine anstrengende Zeit hinter dir hast, Eva-Maria. Und manchmal frage ich mich, bekommst du Unterstützung von Svante?"

Eva-Maria antwortete nicht sofort. Drehte die Tasse langsam zwischen ihren Händen. Seufzte tief bevor sie antwortete:

„Weißt du, Viveka. Zum ersten Mal in unserer Ehe enttäuscht mich Svante. Eigentlich habe ich keinen Grund zur Klage gehabt. Er war immer so viel wie er konnte für mich da. Vor allem, wenn es sich um die Kinder handelte. Aber als alle diese schlimmen Sachen anfingen zu passieren, war er wie verschwunden. In sich selbst hinein. Ich finde nicht, dass ich ihn noch erreichen kann. Und das tut weh. Sehr weh."

„Das verstehe ich. Aber du kannst nicht dir selbst die Schuld geben."

„Nein. Das tue ich wohl auch nicht. Gleichzeitig tut mir Svante leid. Er scheint so viel zu tun zu haben. Mit allem, das er auf sich nimmt. Mit den Kollegen. Den Doktoranden. Den Studenten."

„Mit Frauen?"

Eva-Maria lachte.

"Mit Frauen. Warum drückst du dich so aus?"

„Das war vielleicht ein bisschen unverschämt, aber sich habe manches zu hören bekommen."

„Was hast du gehört, Viveka? Jetzt werde ich neugierig."

„Ich weiß nicht. Ich sollte vielleicht nicht ..."

„Nein, weißt du. Wer A gesagt hat, muss auch B sagen."

„Ja. Es verhält sich so ... dass man ein bisschen über Svante redet. Dass er ... dass man meint, dass er ein richtiger Frauenheld ist."

„Frauenheld! Was für ein Ausdruck. Das hört sich reichlich antiquiert an. Ja, das ist wahr. Svante mag Frauen, aber es ist doch nichts Falsches dran."

„Kommt wohl darauf an, wie es zum Ausdruck kommt."

„Was meinst du denn jetzt? Du scheinst etwas zu wissen, was ich nicht weiß. Wieso? Du sitzt ja meistens zu Hause mit deinen Übersetzungen."

„Ja. Du hast Recht. Ich sitze meistens zu Hause. Wir lassen das weg und reden über etwas anderes."

„Oh, nein. Ich will wissen, was du gehört hast. Und vor allem von wem."

Viveka zögerte. Sah zum Fenster hinaus und drehte sich dann zu Eva-Maria um.

„O.K. Du weißt doch Rose-Marie in der Bibliothek ..."

„Sie kennt doch nicht Svante. Oder?"

„Nein, ich glaube nicht."

„Na also."

„In der Bibliothek fing vor einiger Zeit ein neues Mädchen an. Sie arbeitete früher in der Hochschulbibliothek. Und sie hat über Svante und seine Eskapaden berichtet. Und Rose-Marie war wohl nicht abgeneigt, es weiter zu erzählen, so zu sagen."

„Aber ... aber worum handelt es sich denn?"

Eva-Marias Stimme war um eine Stimmlage gesunken.

„Er ... er hat anscheinend Schwierigkeiten gehabt seine Hände von bestimmten Frauen fernzuhalten."

„Handelt es sich um eine bestimmte Frau?"

Eva-Maria krächzte ihre Frage hinaus. Die Stille, die folgte, war erdrückend. Zum Schluss räusperte sich Viveka und sagte mit leiser Stimme:

„Ja, da war wohl eine an der Hochschule, mit der eine Affäre hatte."

Niemand sagte für eine Weile etwas. Das Einzige, was zu hören war, waren das regelmäßige Ticken der Wanduhr und ein paar knackende Geräusche von der Herdplatte. Zum Schluss brach Eva-Maria das Schweigen. Etwas vorsichtig als ob sie die richtigen Worte nicht finden konnte.

„Das erklärt ja manches. Zum Beispiel, dass er mir manchmal so abwesend vorgekommen ist. Wie in einer anderen Welt."

„Hat er gar nichts gesagt? Über die Hochschule, meine ich. Dass es Anschuldigungen wegen sexueller Belästigung gegen ihn gegeben hat?"

Eva-Maria schüttelte den Kopf. Sie fand keine Worte mehr. Ihr Inneres war ein großes Loch. Die Tränen liefen langsam ihre Wangen hinunter.

„Aber, meine Liebe. Ich dachte, Svante hätte etwas gesagt. Ich dachte, du wusstest. Verzeih mir."

Immer noch keine Antwort von Eva-Maria. Sie wischte die Tränen weg.

„Vermutlich ist nichts aus den Anschuldigungen geworden. An der Hochschule hat man vielleicht alles zum Schweigen gebracht. Er hat wohl dich nicht beunruhigen wollen, gerade jetzt, da ihr so viele andere anstrengende Dinge zu verkraften gehabt habt.

„Nein, aber ... was ... oder ich meine wer ...?"

„Das weiß ich wirklich nicht. Oft ist ja nichts Wahres dran. Irgendein junges Mädchen, das sich schlecht behandelt gefühlt hat und sich auf diese Weise hat rächen wollen. So etwas führt selten irgendwohin."

„Aber ... aber, er hätte doch etwas sagen können. Anstatt nur zu schweigen und sich zurückziehen. So etwas ist unwürdig in einer Beziehung zwischen zwei erwachsenen Menschen. Kein Vertrauen zueinander zu haben."

„Weißt du, Eva-Maria. Ich komme mir ganz mies vor. Ich hätte nichts sagen sollen. Ich dachte, du wusstest. Oder ahntest. Wenigstens einen Teil."

„Sag das bitte nicht, Viveka!"

Eva-Maria hatte ihre Tränen weggewischt und hatte jetzt einen verbissenen Gesichtsausdruck.

„Selbstverständlich solltest du es erzählen. Ich hätte dir niemals verziehen, wenn du nichts gesagt hättest. Jetzt ist es meine Sache, ob ich etwas tun will oder nicht. Aber du sollst kein schlechtes Gewissen haben. Du hast nur das getan, was jede wahre Freundin getan hätte.

*

Die Türklingel summte. Svante zuckte zusammen und sah sich verschlafen um. Schnell erkannte er die wohlbekannten Gegenstände in seinem Arbeitszimmer. Noch ein Signal. Svante drückte schnell den roten Knopf. Er hörte Stimmen vor der Tür. Ahnte welche vor der Tür standen. Nein, gerade jetzt wollte er keine Doktoranden sehen. Er hatte die Nase voll von ihrer ständigen Nörgelei und ihren Anforderungen.

Er war weit weg mit seinen Gedanken gewesen, als es an der Tür klingelte. Oder eigentlich gar nicht. Er war nicht weiter weggewesen als beim Mittagessen vorhin. Ein umwerfendes Erlebnis.

Zuerst hatte er Ann-Charlotte nicht ganz wiedererkannt. Ihr Aussehen hatte sich radikal verändert. Die aschblonden Haare, die sie früher lang und oft aufgesteckt getragen hatte, hatten sich jetzt in eine kurze, aufsässige Mähne mit rotbraunem Farbton gewandelt.

Auch den Kleidungsstil hatte sie auf eine aufsehenerregende Weise verändert. Heute war ihr Kleidungsstil viel kühner mit intensiv leuchtenden Farben. Die Brille war verschwunden und durch Kontaktlinsen ersetzt worden.

Die Veränderungen waren entschieden zum Besseren gemacht worden. Ihm gegenüber saß eine attraktive Frau. Eine Frau mit einer ganz anderen Sicherheit. Aber auch eine Frau, die ihm fremd vorkam. Die bewundernde und hochschätzende Ann-Charlotte war weg. Und somit auch die ganze Schmeichelei ihrerseits. Nur eine kühle Distanz, die er schwer handhaben konnte, war zurückgeblieben. Es war definitiv nicht seine Ann-Charlotte.

Das Mittagessen war schwierig gewesen. Nicht beim besten Willen hätte er es als gelungen bezeichnen können. Anfangs floss das Gespräch recht gut. Ann-Charlotte hatte neulich an einer neuen Arbeitsstelle angefangen. Ihre neue Arbeit schien sie voll auszulasten, und mit lebhaften Gebärden erzählte sie über ihre neue Beschäftigung.

Die Frau gegenüber erschien ihm ganz fremd. Nicht nur ihr Aussehen, sondern auch ihr Gerede und ihre Gesten waren anders. Er hatte sogar Schwierigkeiten gehabt zu begreifen, dass er ein leidenschaftliches Verhältnis mit ihr gehabt hatte. Sich triefend vor Schweiß mit ihr im Bett gewälzt hatte.

Größeres Interesse brachte sie ihm nicht entgegen. Als sie zum Schluss pflichtbewusst ihn fragte, wie es ihm ging, packte er die Gelegenheit beim Schopf. Erzählte in kurzen Zügen von dem Terror, dem er und seine Familie ausgesetzt gewesen waren. Er erzählte nicht alles aber genug, damit sie verstehen sollte, welchem Druck sie ausgesetzt gewesen waren.

„Du, ihr habt es doch wohl bei der Polizei angezeigt?"

„Natürlich. Aber du weißt doch, wie die Polizei ist. Die machen nicht so viel. Klagen nur darüber, dass ihnen nicht genug Mittel zur Verfügung stehen und dergleichen."

Er überlegte, ob er über Emma erzählen sollte aber verzichtete. Ann-Charlotte betrachtete ihn eingehend.

„Habt ihr irgendeinen Verdacht?"

Sie schwieg plötzlich. Ihre Augen wurden größer. Sie atmete ein paar Mal tief auf.

„Na also! Jetzt fange ich an zu kapieren, warum du dich mit mir treffen wolltest. Du wolltest herausfinden, ob ich dahinter stecke. Gib 's zu!"

„Aber nein. Du verstehst doch sicher, dass ich dich nicht verdächtige. Das würde mir niemals einfallen. Es muss sich um eine Art Psychopathen handeln ..."

„Du bist doch ein Scheißkerl. Du hast mich verdächtigt. Du dachtest, dass ich in meiner Verzweiflung zu allem fähig wäre. Du hast mich im Stich gelassen, das ist wahr. Ich war traurig, ja, sogar verzweifelt eine Zeitlang, das ist auch wahr. Aber ziemlich schnell kam ich zu dem Ergebnis, dass du es nicht wert bist, dass man dir nachtrauert. Dass du nur ein feiges Arschloch bist. Übrigens habe ich einen Mann kennen gelernt. Einen richtigen Mann, der mich liebt und mich akzeptiert so wie ich bin und sich nicht mit Geheimniskrämerei beschäftigt. Respekt gehört auch zur Liebe. Respekt vor dem Partner. Merk dir das!"

„Schön, dass du jemanden kennen gelernt hast", krächzte er hinaus.

„Halt die Klappe! Du bist pathetisch und lädst zum Mittagessen ein und versuchst herauszufinden, ob ich in etwas verstrickt bin. Aber eins soll dir gleich klar sein. Ich interessiere mich einen Scheißdreck für dich und deine Probleme. Fahr nach Hause zu deiner hochnäsigen Frau und weine dich bei ihr aus. Von mir bekommst du nichts. Merk dir das, du feige eingebildete Null. Gar nichts!"

21

Lustlos betrachtete Torsten Björk seine Ausschnitte. Er hatte vorgehabt noch eine Weile sitzen zu bleiben. Ein bisschen Rundfunk hören und das, was er angefangen hatte, zu Ende zu führen. Aber das Unruhige, das Rastlose machte sich wieder bemerkbar. Seine Gedanken gingen in andere Richtungen. Es fiel ihm immer schwerer, sich zu konzentrieren. Es kribbelte in seinem ganzen Körper, als hätte jemand lauter kleine Nägelchen dort hineingedrückt.

Langsam und umständlich fing er an, seine ausgebreiteten Gegenstände zusammenzusuchen. Machte die Ordner zu, schob den Stuhl nach hinten und stand auf. Er blieb vor der langen Reihe von Ordnern stehen. Betrachtete sie ohne sie richtig zu sehen.

Er wollte nicht hinaus. Nicht im Dunklen umherwandern mit seinen bitteren Gedanken. Nicht wieder dieses kribbelnde Gefühl im Körper spüren. Nicht im Dunklen in die Gärten hineinschleichen. Nicht dastehen und zusehen.

Nein. Er wollte reden. Nicht nur über seine Situation. Wie es kommen konnte. Nein, nicht nur über das Schwierige. Sondern gerne auch über den Alltag. Über die Freuden und Verdrießlichkeiten des Alltags.

Aus dem unteren Stockwerk war der Fernseher zu hören. Wie immer laut aufgedreht. Vermutlich hatte Ingas-Britts Gehör in letzter Zeit nachgelassen. Das wäre weiterhin nicht seltsam. Es war während der ständig wiederkehrenden Telefongespräche mit den Freundinnen und vor allem mit der Tochter Anna-Lena starkem Verschleiß ausgesetzt.

Ihm schien es fast unbegreiflich, dass es so viele Gesprächsthemen geben konnte. So viel, was hin- und hergedreht werden konnte. Und dass man immer wieder neue Einfallswinkel finden konnte.

Mit den Freundinnen diskutierte sie die Fernsehprogramme. Eingehend und ausführlich. „Hast du gehört, dass ...", „es war doch *zu* lustig als ...". Die Seifenopern wurden genauso eingehend seziert. Als ob sie literarische Meisterwerke wären. Jeder Schritt und jeder Handlungsfaden wurden abgehandelt, und Inga-Britt kannte die Personen in gewissen Seifenopern besser als ihren eigenen Mann.

Es wäre ihm ein Herzenswunsch gewesen, mit Anna-Lena reden zu können. Da es nun nicht mit Inga-Britt klappte. Aber ihm blieb nichts anderes übrig, als festzustellen, dass Anna-Lena die Tochter ihrer Mutter war. Und damit nicht genug. Sie wurde ihrer Mutter von Tag zu Tag immer ähnlicher.

Nach der Scheidung von Henrik hatte Anna-Lena sich förmlich an Inga-Britt angeheftet, die ihrerseits der Betroffenen die Arme ausbreitete. Er war ganz außerhalb gelassen worden, als ob diese Scheidung nur etwas für Frauen wäre. Er hätte auch mit ihr trauern wollen. Und sie trösten.

Nachdem eine gewisse Zeit vergangen war, hatte er angefangen Henrik zu verstehen. Seine Tochter war eine sehr beschränkte und vorurteilsvolle junge Frau.
Alles, was außerhalb ihrer engen Rahmen geriet, verurteilte sie ohne Gnade. Das Meiste wurde somit inakzeptabel, und diese Einstellung wurde eifrig von Inga-Britt unterstützt.

Er erwischte sich damit, Henrik zu bewundern, dem es gelungen war aus diesem Sumpf herauszukommen und ein neues Leben zusammen mit einer hoffentlich lebensbejahenden Frau, die er an seiner Arbeitsstelle kennen gelernt hatte, anzufangen. Aber Henrik zählte nunmehr zu der umfangreichen Schar von Männern, die nur das Eine im Kopf haben.

Die Enkel hatten ihm auch keinen Trost gegeben. Anfangs hatte er dies geglaubt und auch gehofft. Aber nach ein paar Besuchen musste er feststellen, dass verwöhntere und freudlosere Kinder kaum aufzutreiben waren. Genau wie ihre Mutter und ihre Oma ihn aus allem heraushielten, taten sie auch bald dasselbe.

Langsam ging er die Treppe hinunter und blieb in der Türöffnung stehen. Inga-Britt war auf die Couch hochgekrochen und hatte die Beine unter sich hochgezogen. Eine beachtliche körperliche Leistung ihrerseits. Ihre Augen waren am Fernseher festgenagelt, wo einige halbwegs bekannte Leute in einer gekünstelten Quizsendung herumalberten. Sie würdigte ihn keines Blickes. Vielleicht hatte sie nicht gehört, dass er kam. „Was guckst du da?"

Keine Antwort. Sie hörte ganz bestimmt schlechter, und der Fernseher war laut aufgedreht. Er erhöhte die Stimme.
„Was guckst du da?"
„Warum schreist du?"

Mit Mühe drehte sie ihren unbeweglichen Körper in seine Richtung.
„Willst du was Besonderes? Sonst verstehe ich nicht, warum du hier herumstehst und gaffst."
„Ich wollte dich fragen, ob du Lust hast, einen Spaziergang zu machen."
„Spaziergang? Hinausgehen?"
„Ja, das lässt sich am besten draußen machen. Natürlich kann man drinnen spazieren gehen, aber das ist nicht ganz dasselbe."

Ihr Schnauben war Antwort genug. Sie drehte sich erneut an den Fernseher, während sie vor sich hinmurmelte.

„Hinausgehen ... in die Dunkelheit ... dummes Zeug ... typisch Mann ... und übrigens in fünf Minuten fängt der zweite Abschnitt von dieser spannenden englischen Serie an."

Ohne ein Wort zu sagen ging er hinaus zur Kleiderablage. Suchte eine Jacke aus und betrachtete sich im Spiegel. Die Haare waren in letzter Zeit mit immer zunehmender Schnelligkeit spärlicher geworden. Ebenfalls war der Rücken jetzt etwas krummer. Trotzdem sah er nicht direkt alt und müde aus. Müde, übrigens. Wie könnte er müde werden? Er tat ja nichts.

Die gräulichen Augen hinter der Brille glühten immer noch lebhaft, und seine andauernden Spaziergänge verliehen den Wangen ein frisches Aussehen. Die Haut unter dem Kinn war immer noch straff und fest.

Er holte das kleine Rundfunkgerät aus einer Schublade heraus. Setzte die Kopfhörer auf und verschwand im Dunklen.

*

Svante nahm einen Schluck aus seinem Bierglas. Bückte sich dann über die Zeitung und las leise. Nach ein paar Minuten stöhnte er auf.

„Es ist beschissen."

Er sah bittend Eva-Maria an, die an der Spüle mit etwas beschäftigt war. Keine Reaktion. „Hast du heute die Rezension von Mia Leffler gelesen?"

Eva-Maria drehte sich um und schüttelte den Kopf. Immer noch wortlos.

„Hier macht sie sich über einen armen Teufel her, der den Versuch gemacht hat, eine Gesellschaftsschilderung in der Form eines Kriminalromans zu schreiben. Alles ist falsch. Es scheint, als ob sie mit einem Vergrößerungsglas dagesessen hat um alles Mögliche zu finden über das sie sich hermachen kann. Nichts Positives. Alles ist falsch."

„Es ist vielleicht sogar ein schlechter Roman."

„Es handelt sich keineswegs um ein Meisterwerk, aber als Rezensentin braucht man ja nicht in allem Negativem zu schwelgen. Man kann doch auch versuchen, etwas Positives zu finden und das hervorheben. Und das machen auch viele Rezensenten. In dem Fall wird die Rezension zu einer Art Gespräch zwischen dem Autor und dem Rezensenten. Aber so etwas liegt nicht in Mia Lefflers Interesse. Nicht im Geringsten. Ihr ist nur daran gelegen sich selbst hervorzuheben. Darzulegen, wie sie selbst verschiedene gesellschaftliche Fragen sieht. Zeigen wie viel sie kann. Um gleichzeitig den Romanverfasser kaputtzumachen."

Eva-Maria antwortete nicht. Svante sah sie auffordernd an, als ob er einen Dialog zustande bringen wollte.

„Findest du nicht, dass es schlicht und einfach beschissen ist?"

Erneut entstand Stille, bevor Eva-Maria antwortete.

„Ehrlich gesagt, ich bin nicht so engagiert. Das ist doch eher dein Ding. Aber es verhält sich wohl wie in der Gesellschaft im Übrigen. Man will sich selbst vorführen. Zeigen wie gut und wie tüchtig man ist. Und das geschieht oft auf Kosten anderer. Es verhält sich vielleicht schlicht und einfach so, dass sie verschiedene politische Ansichten haben."

„Welche?"

„Diejenigen über die du redest, natürlich."

„Nein, das glaube ich nicht. Mia Leffler hat wohl gar keine politische Anschauung. Hauptsache ist, dass sie anders denkt als all die anderen.“

„Verhält es sich nicht so, dass Mia Leffler dir nicht liegt, weil sie Feministin ist?“

„So etwas Lächerliches habe ich schon lange nicht gehört. Ich habe wohl nichts gegen Feministinnen. An meiner Arbeitsstelle ...“

„Ja, erzähl mal, Svante! Wie verhält es sich mit den Feministinnen an deiner Arbeitsstelle?“

Die Stille in der Küche drängte sich Eva-Maria und Svante auf. Nach einer Minute ergriff Svante wieder die Zeitung, gleichzeitig als er fauchte:

„Äh. Es nützt nichts. Du verstehst sowieso nicht.“

*

Der Sportfunk brachte an diesem Abend nichts Interessantes. Torsten Björk hörte zu sooft er nur konnte. Und das war fast immer. Es gab nicht so viel anderes, was seine Aufmerksamkeit in Anspruch nahm. Meistens fesselten ihn der dramatische Effekt, der plötzliche Umschwung und die gewitzten, redegewandten Reporter. Es war herrlich von der einen Arena zu der anderen hingeworfen zu werden und sowohl Niederlagen als auch tolle Erfolge verfolgen zu können.

Doch heute Abend fehlte es der Sendung an Pep. Der lebendige Sport war begrenzt. Nur einige wenige Fußballspiele wurden heute gespielt, und da die Sendezeit dieselbe war, bestand die Rundfunkübertragung aus vielem Herumkauen und Gequatsche im Studio. Ein paar tiefere Abschnitte mit Analysen und Interviews wären an diesem Abend nicht fehl am Platze gewesen. Die durch die Frauenquote herbeigeholten Moderatorinnen hatten alle Hände voll zu tun, sich selbst zu profilieren und vergaßen hin und wieder sowohl die Zuhörer als auch die laufenden Spiele.

Irritiert schaltete er das Radio ab. Die Stille umfing ihn sofort. Er bibberte leicht. Die Temperatur fiel ziemlich schnell an diesem sternenklaren Abend. Die Dunkelheit um ihn herum war fast so kompakt wie die Stille. Nur an manchen Punkten verbreitete die Beleuchtung einen spärlichen Schimmer.

Mit seinen weichen Schuhen ging er lautlos das kleine Straßenstück entlang. Er mied die direkte Lichtquelle. Er wusste das Meiste von den Leuten, die hier wohnten. Keine Einzelheiten natürlich, aber er wusste sehr wohl, welche Leute in den verschiedenen Häusern wohnten. Und ob man die Jalousien herunterließ oder nicht.

Er war am kleinen Autowendeplatz angekommen. Wenn man nach links abbog, gelangte man an einen kleinen Gehweg. An diesem Weg lagen vier Häuser mit großzügig angelegten Gärten. Diese Häuser konnte man mit dem Auto nur über eine andere Straße als über die die er gekommen war, erreichen.

Er verzog sein Gesicht, als er das Schild DIESER GEHWEG WIRD NICHT GESTREUT las. Es kribbelte leicht in ihm, als er sich den vier Häusern näherte. Hier hatte er alles genau recherchiert. Er wusste genau. Im ersten Haus wohnte das ältere Paar, das so oft verreist war. Vermutlich Pensionäre oder Rentner und oft unterwegs. Seltsamerweise konnten sie sich so ein großes Haus leisten, obwohl sie so oft auf Reisen waren. Dass auch nie eingebrochen worden war,

170

obwohl das Haus oft für längere Zeit leer stand. Außerdem lag es ja auch ein bisschen abseits.

Das Haus nebenan. Er zauderte leicht. Die Zahnärztin Huselius und ihr Mann. Dort war keine Rede von heruntergelassenen Jalousien. Dort hatte er das Meiste gesehen. Oft lief sie zu Hause in Unterwäsche oder ganz nackt herum. Und er konnte sich noch daran erinnern als wäre es gestern gewesen. Vorigen Winter. Wie sie sich auf der Couch im Wohnzimmer geliebt hatten. Sie und ihr Mann. Jedenfalls ging er davon aus, dass es sich um den Ehemann handelte. Torsten hatte ihn nicht sehen können. Das Einzige, was er gesehen hatte war ihr Oberkörper, der frenetisch herauf und herunter hüpfte. Und ihr Gesicht vor Ekstase verzückt.

Die Enttäuschung fegte die Aufregung in ihm weg. Das Haus war durch und durch dunkel. Niemand zu Hause also. Heute Abend also keine Schau. Im Haus nebenan wohnte die langweilige Übersetzerin. Die graue Maus. Meistens las oder arbeitete sie. Immer voll angezogen. Und niemals hatte sie Liebesbesuch gehabt, wenigsten nicht dass er wüsste. Weder von einer Frau noch von einem Mann.

Ein wesentlich gemütlicheres Licht brannte bei den Törnhedens im Haus nebenan. Hier wusste er genau, wie er in den Garten hineinkommen konnte. Ein Loch in der Hecke, das genau die richtige Größe hatte. Lautlos und vorsichtig näherte er sich dem Küchenfenster. Das Gras war nass, und seine Schuhe und der untere Rand seiner Hose waren durchnässt. Aber nichts konnte ihn aufhalten. Unsichtbare Kräfte trieben ihn. Er konnte nicht widerstehen. Er ließ sich nur treiben.

Sie hielten sich in der Küche auf. In irgendeinem Gespräch vertieft. Er hörte nicht, was sie sagten, aber an ihrer steifen und linkischen Körperhaltung konnte er verstehen, dass es sich um einen Streit handelte. Keinen heftigen. Aber irritiert und eckig. Der Mann am Küchentisch. Die Frau an der Spüle.

*

„Was verstehe ich nicht?"
 Eva-Marias Augen waren schwarz.
„Nun ja, wie es an meiner Arbeitsstelle ist. Was sich so zuträgt unter allen ... ich weiß nicht was."
„Wenn du erzählst, verstehe ich vielleicht."
„Es ist kompliziert. Ein bisschen schwierig in aller Kürze zu berichten."
„Wer hat in aller Kürze gesagt. Ich habe jede Menge Zeit zur Verfügung. Fang nur an."
„Ich weiß nicht ... ich weiß nicht so recht, wo ich anfangen soll."
„Versuch doch! Fang doch irgendwo an. Erzähle mir von der Hochschule. Von deinen Kollegen. Von deinen ..."
„Nein, nun hol mich der Teufel!"
 Svante, der sein Gesicht zum Fenster gedreht hatte, flog wie katapultiert vom Stuhl hoch. Mit einem Gebrüll rannte er zur Küchentüre und in den dunklen Garten hinaus.

22

Lustlos starrte Eva-Maria auf den leeren PC-Schirm. Vor ihr lag eine Mappe mit Notizen von der Sitzung von der sie gerade zurückgekommen war. Es kam jetzt darauf an alles schnell in den PC einzutragen, bevor das Meiste in Vergessenheit geriet.

Schon auf dem Weg von der Sitzung spürte sie, dass die Motivation nachließ. Sie hatte sich ganz auf die Konferenz konzentriert. Geistig in Hochform und sachlich. Es war ihr auch gelungen, das Meiste der verzwickten Sachlage, die ihr aufgetragen worden war zu lösen. Aber dann. Als alle sich bei ihr bedankt und sich verabschiedet hatten. Dann kam es ihr vor, als ob ihr die ganze Puste ausgegangen war.

Das war nunmehr oft der Fall. Sie konnte für kurze Zeit professionell arbeiten und alert sein. Aber plötzlich war es, als ob ihre Kraft nicht bis zum Schluss reichte. Diese unsagbare Müdigkeit beunruhigte sie. Es war etwas Neues und äußerst Unangenehmes. Solche Tiefpunkte hatte sie nie früher gehabt. Aber alles Unangenehme und Unerklärliche was passiert war, trug natürlich dazu bei, dass sie körperlich und seelisch nachließ.

Jetzt saß sie am Schreibtisch und versuchte sich zu konzentrieren. Sie konnte sich nicht direkt daran erinnern, woran sie während des kurzen Spaziergangs zur Anwaltskanzlei gedacht hatte. Vielleicht hatte sie sogar an das Wetter gedacht. Die Luft war so feucht, dass sie sich wie ein Schleier auf ihr Gesicht gelegt hatte. Und sie wusste in der Tat nicht, ob es geregnet hatte oder nicht.

Sonst hatte das Wetter mit den Einwohnern von Örtuna Verstecken gespielt. Vier, fünf Tage intensives Regnen, so dass die Einwohner dachten, dass es nie aufhören würde und dann plötzlich, als alle sich an den durch und durch grauen Himmel und das ewige Plätschern gewöhnt hatten, kam ein Tag mit klarblauem Himmel und Sonne. Und herrliche Tage zum Herumstromern im Wald. Und dann, genauso plötzlich wieder Regen.

Eva-Maria klatschte sich leicht auf die eine Wange. Nein, reiß dich zusammen, Mädchen! Du musst vor dem Mittagessen fertig sein. Und du weißt, wen du zum Mittagessen treffen wirst. Und alles wird viel schöner, wenn du mit deiner Arbeit fertig bist.

Hier machte Eva-Maria einen Fehler. Wenn sie nicht angefangen hätte, an Wilhelm zu denken, hätte sie sich vielleicht wieder konzentrieren können. Doch jetzt war es aus. Es war ihr unmöglich die soeben abgeschlossene Konferenz zusammenzufassen. Nicht wenn sie Wilhelm vor sich sah. Seine wuscheligen blonden Haare. Seine blauen durchdringenden Augen. Lächelnd und zu Schlitzen zusammengezogen, wenn er froh war. Sonst ernst und mit einer Tiefe, der sie nicht widerstehen konnte. Ihre Konzentration war dahin.

Sie hatte jetzt aufgehört dagegen anzukämpfen. Aufgehört sich selbst zu belügen. Sie war gefangen. Sie war verliebt. Über beide Ohren verliebt. Das, worauf sie so oft in den Scheidungsfällen in der Kanzlei gestoßen war, war ihr selbst passiert. Sich in jemanden zu verlieben, obwohl man verheiratet war. Mit solchen Fällen hatte sie oft in der Kanzlei zu tun. Und sie war sich dessen ganz und gar bewusst, dass so etwas schwer heilbare Wunden hinterließ. Ganze Familien wurden betroffen und nichts wurde wie früher.

Bis jetzt hatte sie alles für sich behalten. Viveka gegenüber hatte sie ein paar Andeutungen gemacht, diese verstand möglicherweise mehr als sie den Anschein gab. Zu Wilhelm hatte sie nicht ein Wort gesagt. Vielleicht verstand er trotzdem. Aber wie lange würde er dieses platonische Verhältnis akzeptieren? Er, der fast jede Frau, die er haben wollte, bekommen konnte. Das würde nie auf Dauer gut gehen. Sie musste sich entscheiden. Entweder den entscheidenden Schritt machen oder aufhören ihn zu treffen.

Wilhelm hatte natürlich Annäherungsversuche gemacht. Wie ein aufgescheuchter Vogel war sie jedes Mal weggeflattert, wenn er versucht hatte sich ihr zu nähern. Seit ein paar Tagen war Emma auf einem Reiterhof, und das hatte Wilhelm dazu veranlasst, Eva-Maria vorzuschlagen, dass sie beide zusammen wegfahren sollten.

Seine Worte hatten eine Feuersbrunst in ihr entfacht. Sie hatte an ein Hotel gedacht, wo niemand sie erkennen würde. Weite Spaziergänge mit Gesprächen, die in die Tiefe gingen. Und die nicht begrenzt wurden durch ihren Mangel an Zeit. Ein ausgesuchtes Abendessen und dann ... sie wagte kaum daran zu denken.

Nein. Sie hatte abgesagt. Sie hatte gesagt, dass sie noch nicht reif für eine neue Beziehung wäre. Sie hatte seine Reaktion gefürchtet. Aber Wilhelm hatte sie nur in die Augen geschaut und auf seine ruhige Staatsanwaltsart gesagt:

„Nein. Ich verstehe. Aber eines Tages wirst du reif sein. Das weiß ich. Wir beide werden ein Paar. Das ist unausbleiblich."

Wie lange würde Wilhelm auf sie warten? Was würde in der Zwischenzeit passieren? Traf er sich mit anderen Frauen? Sie konnte ja keine Anforderungen an ihn stellen. Sie wollte gar nicht daran denken. Aber so sehr sie auch versuchte die Gedanken an Wilhelm beiseite zu schieben, die Bilder überspülten sie wie ein Übelsein. Bilder mit Wilhelm in erotischen Situationen mit anderen Frauen. Sie wollte nicht daran denken. Wollte alles beiseite schieben, aber es kehrte wieder wie ein Ball, den man gegen eine Wand geworfen hatte. Und sie konnte ihn nicht fragen, was er in seiner Freizeit machte. Und sie konnte keine Anforderungen an ihn stellen.

Wenn Svante all dies gewusst hätte. Ihre Gefühle und ihre Gedanken. Und dass ein Mann ihr einen Liebesurlaub vorgeschlagen hatte. Vermutlich hätte er nicht die Zeit gehabt, sich darum zu kümmern. Abgesehen von allem, was ihn an der Hochschule beschäftigte, hatte er jetzt alle Hände voll zu tun, den Helden zu spielen.

Einige Wochen waren vergangen seit Svante in den Garten stürzte und Torsten Björk übermannte. Eva-Maria kannte Torsten nur vom Sehen. Wusste, dass er in einem Haus weiter weg in der Siedlung wohnte. Allein mit seiner Frau. Die Tochter aus dem Hause. Und die Frau machte nicht gerade einen fröhlichen Eindruck.

Sie hätte nicht erstaunter sein können, wenn Svante sich im Garten auf einen Ringkampf mit dem König eingelassen hätte. Torsten Björk. Dieser stille, ruhige Mann. Was für seltsame und starke Triebe schickten ihn auf solche Abenteuer? Und wie stand es eigentlich um seine Ehe? Vermutlich erbärmlich. Aber jetzt war es aus mit allen nächtlichen Eskapaden.

Eva-Maria hatte sofort die Polizei verständigt. Sie mussten einen Streifenwagen in der Nähe gehabt haben, weil sie innerhalb von ein paar Minuten zur Stelle gewesen waren. In diesen Minuten hatten aber Svantes innewohnende Aggressionen und Ängste es geschafft starke körperliche Kräfte zum Ausdruck zu bringen. Torsten Björk trug sowohl Wunden als auch Schwellungen davon, aber sowohl er als auch Svante hatten der Polizei versichert, dass er hingefallen sei und sich gestoßen hätte.

Eva-Maria hatte aber an Svantes vergnügter Miene verstanden, dass er zur Selbstjustiz gegriffen hatte. Vorsichtig hatte sie versucht ihm klar zu machen, dass Gewalt keine Probleme löst, aber Svante war einfach nicht zu erreichen. Er war jetzt auf einmal der Held, der mit einem Schlag oder richtiger mit ein paar Schlägen endlich dem ganzen Terror ein Ende gesetzt hatte. Er und sonst niemand hatte zum Schluss diesen Verrückten, der sie monatelang gequält hatte, aufhalten können. Er hatte das geschafft, was die Polizei nicht geschafft hatte.

Dass Torsten natürlich alles außer seiner Fensterguckerei bestritt, störte Svante nicht im Geringsten. Er wusste. Und der Terror hatte aufgehört. Oder nicht? Und er, Svante Törnheden, und sonst niemand hatte dafür gesorgt.

*

„Weißt du, was ich heute erfuhr?"

Svante sah Eva-Maria fragend an. Seine Frage kam überraschend und abrupt. Brach drastisch die Stille und die milden Cellotöne Haydns. Eva-Maria, die die letzten Minuten kein Blatt in ihrem Roman umgedreht hatte, zuckte zusammen. Schuldbewusst. Verschämt. Wie üblich waren ihre Gedanken ihre eigenen Wege gegangen. Das war nichts Neues. Und das, was sie dachte war auch nicht neu. Was machte Wilhelm gerade jetzt? War er jetzt bei einer anderen? Umarmte er gerade jetzt eine andere Frau?

Sie nahm einen Schluck von dem kühlen Weißwein, bevor sie ihm antwortete. Mit einem gewissen Zaudern.

„Nein, keine Ahnung."

„Etwas, was mich wirklich erstaunte. Und was mich auch aufregte."

Angsterfüllt wartete sie darauf, dass er weiterredete. Sie saß fast gebückt in ihrem Sessel.

„Ich glaube, dass Lise-Lotte etwas mit einem der Doktoranden hat. Eskil, du weißt schon."

Die Erleichterung durchströmte sie. Aus irgendeinem Grunde hatte sie geglaubt, dass Svante etwas über ihre Mittagstreffen mit Wilhelm sagen würde. Und dann auch verstehen, was für Gefühle sie ihm gegenüber hegte.

„Ach so. Ja, aber so etwas passiert wohl ab und zu zwischen erwachsenen Menschen."

„Vielen Dank für deine Empathie. Das tut gut."

„Ich verstehe, dass du aufgeregt bist. Aber so etwas passiert wohl nicht zum ersten Mal an der Hochschule."

Ihre Stimme hörte sich frostiger an als sie beabsichtigt hatte.

„Ja, ja, aber du verstehst doch sicher das Unpassende an dieser Angelegenheit."

„Nur, wenn sie es nicht handhaben können."

„Nun ja, handhaben. In einer Beziehung wird man ja mehr oder weniger abhängig voneinander. Und die ganze Zeit hat es Schwierigkeiten und Trouble mit diesen Doktoranden gegeben. Und Eskil ist der Anführer und treibt die anderen an."

„Diese Sache beruhigt ihn vielleicht. Lässt ihn entspannter erscheinen."

Eva-Maria kicherte ein bisschen. Svante verzog keine Miene.

„Das bezweifle ich. Der Kerl ist durch und durch ein Unruhestifter. Er liebt Streitigkeiten."

„Wie hast du denn das hier herausgefunden? Ich nehme an, dass dir Lise-Lotte selbst es nicht erzählt hat."

„Nein, wohl kaum. Ich erfuhr es schlicht und einfach. Bei ... bei einer Kaffeepause."

Svante vermied es Eva-Maria anzusehen. Er hatte absolut keine Lust ihr die Wahrheit zu erzählen. Wie er dahinter kam, was vor sich ging. Wie Lise-Lottes Tür offen gestanden hatte und er gedacht hatte, dass sie in ihrem Zimmer sei. Doch das Zimmer erwies sich als leer. Er hatte mit den Papieren, die er ihr überreichen wollte, vor ihrem Schreibtisch gestanden. Einen hastigen Blick auf ihren PC geworfen und erstarrt. Er war näher getreten und hatte mit erröteten Wangen ihre zuletzt eingetroffene E-Mail gelesen. Mit erröteten Wangen, weil es ungehörig von ihm war, es zu tun. Und genauso wegen des Inhalts:

Übersende Dir meinen Text. Hoffentlich wirst Du damit zufrieden sein. Wir sehen uns später. Kuss! Ich sehne mich schon nach Dir. Eskil.

Die Stille hatte sich wieder über das Wohnzimmer der Familie Törnheden ausgebreitet. Svante war offensichtlich mit Eva-Marias kühler Reaktion unzufrieden, und sie hatte die Lektüre ihres Buchs wieder aufgenommen. Erneut allein mit ihren Gedanken. Angenehme und unangenehme. Sah hinunter ins Buch ohne eigentlich die Buchstaben erfassen zu können. Hob stattdessen ihren Blick und ließ ihn im Zimmer umherwandern.

Sie liebte dieses Zimmer. Das hatte sie immer getan. Vielleicht kam es ihr jetzt ein bisschen erdrückender vor. Das hatte damit nichts zu tun, dass das Zimmer klein war. Eher damit, dass sie sich von hier auf eine andere Weise als früher wegsehnte.

Das Zimmer war hell und es mangelte ihm ganz an dunklen, erdrückenden Farben. Die kunstvoll arrangierten Gardinen waren weiß und blau. Dieselben Farbtöne kehrten in der großen blauen Winkelcouch und in dem weißen Teppich wieder. Vor der Couch stand ein rechtwinkliger Glastisch. Eine großzügig angelegte Musikanlage im Stahlrack mit CD-Platten füllte die gegenüberliegende Wand aus. Eva-Maria saß hochgekrochen in einem hellen Ledersessel. Von ihrem Platz aus konnte sie in das angrenzende Esszimmer mit dem cremefarbenen Esstisch und den dazugehörigen Stühlen sehen.

Es war schön wieder allein mit seinen Gedanken zu sein. Und mit seinen Gefühlen. Manchmal war es anstrengend alles für sich zu behalten. Sie konnte ab und zu das Bedürfnis verspüren, sich aufzurichten und ihre Liebe hinausbrüllen. Dieses Bedürfnis war wohl auch der Grund, dass sie Viveka gegenüber zum Teil ihr Herz erleichtert hatte. Die Stimmung war so vertraulich gewesen. Die angezündeten Kerzen auf dem Tisch, die Dunkelheit außerhalb, der heiße gewürzte Tee und Vivekas ruhige, vertrauensvolle Stimme. Alles zusammen hatte sie dazu gebracht, sich zu öffnen. Etwas von ihren innersten Gedanken und Gefühlen zu geben. Mehr als sie jemals gedacht hätte. Aber nun war es geschehen und es war schön gewesen, ihre Gefühle in Worten auszudrücken. Und Viveka war verständnisvoll gewesen.

Aber trotz allem war Eva-Maria vorsichtig genug gewesen ihr nicht zu viel anzuvertrauen. Sie hatte noch längst nicht alles, was in ihr vorging, erzählt. Und die Liebe war ihr Eigentum, das sie in ihrem Inneren wie ein wertvolles Schmuckstück bewahrte. In Zukunft würde sie auch damit vorsichtig sein, jemandem etwas anzuvertrauen. Auch Viveka. Sie würde ihre Gefühle für sich behalten.

Eva-Maria sah hastig zu Svante hinüber. Das schlechte Gewissen überspülte sie wie ein Eimer eiskaltes Wasser. Er sah so angespannt und traurig aus, als er vor seiner Zeitung dasaß. Er hatte Sorgen gehabt und war zu ihr damit gekommen. Und sie hatte ihm nicht richtig zugehört. Sie hatte nicht die Kraft gehabt sich in seine Welt und seine Probleme hineinzuversetzen. Sie war stattdessen mehr mit ihren eigenen Gefühlen und Gedanken an Wilhelm beschäftigt gewesen.

Sie räusperte sich.

„Aber Svante, du musst doch wohl mit ihr reden."

Svante sah hoch. Erstaunt. Eva-Maria fuhr fort:

"Mit Lise-Lotte, meine ich. Du musst doch mit ihr reden."

„Ja, natürlich. Aber es ist ein bisschen peinlich. Sozusagen sehr privat."

„Ja, selbstverständlich. Aber das ist doch das Einzige, was du tun kannst. Und mit den anderen, versteht sich."

„Den anderen?"

„Den Doktoranden. Deine Stellung ist doch trotz allem stark, oder?"

„Ja, ich denke schon, trotz allem. Aber natürlich habe ich mich in letzter Zeit verzettelt. Mit allem, was passiert ist, zum Beispiel."

„Ja, niemand macht so etwas durch ohne sich zu verändern. Das steht fest."

„Aber nichts hat sich an meiner Arbeitsstelle verändert, denke ich. Wie du sagst. Meine Stellung ist immer noch stark. Und jetzt ist alles vorbei. Jetzt kann ich mich voll und

ganz auf meine Arbeit konzentrieren. Unsere Familie wird
nicht mehr von etwas betroffen werden."

In diesem Augenblick klingelte das Telefon.

23

An diesem Morgen war Reinhold Karlsson gut gelaunt, was morgens selten der Fall war. Zwar hatten ihn dumpfe Kopfschmerzen seit er aufgestanden war gequält. Dafür konnte er keine Ausrede finden. Das wurde ihm klar, als er die Bierdosen vom vorherigen Abend aufsammelte. Die große Nachricht in der Tageszeitung hatte ihn den ganzen Morgen beschäftigt.

UNFALL MIT FAHRERFLUCHT VOR REITSCHULE.
MANN TÖDLICH VERUNGLÜCKT.
MÄDCHEN STEHT UNTER SCHOCK.

Normalerweise gehörte er nicht zu den Hyänen. Machte sich selten über Morde und Gewaltverbrechen her. Las zwar darüber aber ohne sich sonderlich zu engagieren.

Aber diese Fahrerflucht vor der Reitschule hatte ihn sofort interessiert. Ein Lieferwagen von einem etwas älteren Modell hatte den Leiter der nahegelegenen Reitschule überfahren und getötet. Er war mit einer der Schülerinnen draußen spazieren gewesen. Ein achtjähriges Mädchen.

Der Reitlehrer war sofort gestorben und das kleine Mädchen, das dabei gewesen war, war schwer geschockt zurückgelassen worden. Der Autofahrer hatte sofort den Tatort mit dem geschockten Mädchen verlassen. Die Polizei beurteilte das Vorgefallene als äußerst gefühlskalt und abstoßend. Die Eltern des Mädchens, eine Rechtsanwältin und ein Hochschuldozent, baten die Allgemeinheit um Tipps.

In dem Zusammenhang war Reinhold aufgewacht. Der Zeitungstext funktionierte wie eine eiskalte Dusche. Rechtsanwältin und Hochschuldozent. Achtjähriges Mädchen. Das stimmte. Aber andererseits. Örtuna war groß und da wohnten jede Menge Leute, die er nicht kannte. Aber trotzdem ...

Reinhold Karlsson hörte alle Nachrichtensendungen im Regionalfunk ab. Keine Namen. Erst durch die Nachrichtensendungen des Regionalfernsehens bekam er seine Bestätigung. Die Bestätigung seiner Ahnungen:

Axel Svederus – tot
Emma Törnheden - unter Schock

Na also. Jetzt hatte auch die liebe kleine Rechtsanwältin Törnheden einen Denkzettel verpasst bekommen. Jetzt ist nicht nur die Rede davon, dass Schuldige der Strafe entkommen sollen. Und dass Unschuldige leiden sollen. Endlich kann sie am eigenen Leibe erfahren, wie es ist ein gejagtes Opfer zu sein. Und keiner ihrer vornehmen Kollegen kann ihr helfen.

In seinem brummenden Schädel drängten sich die Bilder. Ein Lieferwagen, der den Mann und das kleine Mädchen rammt. Etwas in seinem Unterbewusstsein. Hatte er es geträumt? Der dunkle Lieferwagen. Die Schreie. Der dumpfe Knall. Die Stille hinterher. Und was hatte es mit diesem Lieferwagen auf sich? Sein Kopf schmerzte, als er versuchte sich zu erinnern. Irgendetwas war doch mit dem Wagen.

Reinhold Karlsson sah sich selbst im Spiegel. Er sah sowohl zufrieden als auch verwirrt aus.

*

„Rede nur. Das hilft. Es ist wichtig sich alles von der Seele zu reden. Seine Gedanken in Worte umzusetzen."

Eva-Maria nickte, gleichzeitig als sie ein paar Tränen wegwischte.

„Was würde ich ohne dich machen, Viveka?"

„Ich bin ja da. Du brauchst nicht darüber nachzudenken."

Sie saßen an Vivekas Küchentisch. Draußen vor dem Fenster war es dunkel geworden, und Eva-Maria konnte sich selbst und Viveka im Küchenfenster reflektiert sehen. Die angezündeten Kerzen auf dem Tisch flackerten beruhigend. Keine andere Beleuchtung war an, aber Eva-Maria wusste genau, wie alles aussah. Möbel und Küchenschränke aus Holz. Unter dem Tisch der große gewebte Teppich in warmen Farbtönen. Eine Menge Topfpflanzen im Fenster. Auf der Arbeitsbank standen die Geräte aufgereiht: die Kaffeemaschine, die Espressomaschine, der Toaster, die Zitruspresse.

„Möchtest du vielleicht etwas Starkes? Whisky? Cognac? Oder einen Schluck Rum in deinen Tee?"

„Das wäre schön und das könnte ich wirklich gebrauchen. Aber ich kann nichts nehmen. Sie können jeden Moment vom Krankenhaus anrufen, und dann muss ich bereit sein dahinzufahren."

„Wie geht es Emma? Keine Besserung?"

„Nein. Alles beim Alten."

„Sagt sie immer noch nichts?"

„Nein. Bis jetzt kein Wort. Und Doktor Strömberg sagt, dass es morgen aufhören kann. Oder dass es einen Monat lang so weitergehen kann."

„Doktor Strömberg?"

„Claes-Henrik Strömberg ist Arzt im Krankenhaus in Örtuna. Psychiater. Er ist für Emma zuständig. Macht einen guten Eindruck. Kompetent und ruhig."

Eva-Maria reckte sich. Als sie das Wort Psychiater erwähnt hatte, war sie selbst erstarrt. Eine kurze Stille breitete sich in der Küche aus. Viveka brach sie nach einer Weile.

„Es ist fast unmöglich sich vorzustellen, dass diese kleine Quasselstrippe nicht einmal den Mund aufmacht."

Von Eva-Maria kam ein Geräusch, das eine Mischung zwischen Gekicher und Schluchzen war.

„Ja, das ist fast unwirklich. Aber sie lebt und das ist das Wichtigste. Und Doktor Strömberg wird sie nicht im Stich lassen. Sie wird jede nur erdenkliche Hilfe bekommen. Eine unangenehme Erinnerung. Eine Narbe in der Seele. Aber es muss vorübergehen."

„Davon bin ich überzeugt. Früher oder später lässt doch der Schockzustand nach und mit professioneller Hilfe wird sie alles hinter sich lassen können. Sie hat also nicht ein einziges Wort gesagt?"

„Nein. Oder doch. Etwas wiederholt sie immer wieder."

„Was denn?"

„Schubste."

„Schubste?"

„Ja, es hört sich an, als ob sie „schubste" sagte."

„Was meint sie denn damit?"

„Keine Ahnung."

Die Antwort blieb hängen. Eva-Maria starrte in ihre Teetasse. Überlegte. Viveka nahm einen Schluck, bevor sie weiterredete.

„Schubste. Das hört sich ein bisschen mystisch an. Aber allmählich geht sicher ein Licht auf. Aber was machte sie draußen auf der Straße? Mit diesem Axel Svederus. Hast du eine Ahnung?"

„Nein. Anscheinend weiß niemand richtig Bescheid. Axel und Emma waren draußen spazieren. Vielleicht um etwas durchzusprechen, was weiß ich. Es wird angedeutet, dass es irgendeinen Krach früher am Tag gegeben hatte. Zwischen den Mädchen.“

„War Emma daran beteiligt?“

„Du stellst die ganze Zeit dieselben Fragen, die ich selbst gestellt habe. Immer wieder. Ohne eine Antwort zu bekommen.“

„Vielleicht kam daher das Wort ‚schubste‘. Sie war vielleicht an irgendeiner Streiterei beteiligt. Und schubste jemanden. Oder wurde selbst geschubst. Und dann waren sie und dieser Axel nach draußen gegangen um die Gefühle zu beruhigen.“

„Vielleicht. Vielleicht war es so. Man sagt nicht so viel an der Reitschule. Vielleicht wissen sie schlicht und einfach nichts. Aber gleichzeitig scheinen sich welche zu schämen, weil es Streit gegeben hat. Das ist wohl nicht seltsam, dass Spannungen zwischen vielen kleinen Mädchen entstehen.“

„Nein. Wenn es sich nicht um etwas Ernsteres handelt. Mobbing oder etwas dergleichen. Sie wollen sicher nicht, dass so etwas an die Öffentlichkeit gerät.“

„Ich weiß nicht. Ich weiß nur, dass mein kleines Mädchen etwas Schreckliches erlebt hat. Etwas sehr Schreckliches.“

Erneut kamen die Tränen, und Viveka streichelte ihr langsam über die Wange.

Zu reden war doch die beste Therapie. Nach mehreren Tassen Tee und einer Menge Tränen fühlte sich Eva-Maria doch etwas erleichtert. Sie hatten über das Meiste geredet. Alles hin- und hergedreht. Gegrübelt und Vermutungen darüber angestellt, was passiert war. Und warum.

Eine Sache hatte Eva-Maria nicht berührt, obwohl das fast das Schlimmste von allem war. Das schreckliche Gefühl von Ohnmacht. Ab dem Bescheid über den Unfall bis zu ihrer Ankunft im Krankenhaus, als sie hatte feststellen können, dass Emma wenigstens keinen körperlichen Schaden davongetragen hatte.

Im Laufe von nur ein paar Wochen hatte Eva-Maria gerade dieses Gefühl zweimal erlebt. Etwas war passiert. Etwas war ihrem Mädchen zugestoßen. Sie wusste nicht ganz was und sie wusste nicht wie ernst es war. Und nichts, rein gar nichts, konnte sie tun.

Als Emma ins Einkaufszentrum gelockt worden war, hatte Eva-Maria die bis dahin schlimmste Stunde ihres Lebens erlebt. Schreck. Machtlosigkeit. Ungewissheit. Starke Gefühle, die sie mit eiserner Hand zu Boden pressten. Und diesmal. Ähnlich aber fast noch schlimmer. Die Eilfahrt ins Krankenhaus. Wortlos. Sie war wie eingekapselt in einem Eisblock gewesen. Außerstande etwas zu empfinden. Svantes Kieferpartie war fest zusammengepresst gewesen. Als ob jemand sie zusammengepresst und festgeschraubt hätte.

Mehrere Stunden später in der Krankenhauscafeteria. Erleichtert aber erschöpft von dem Schock und der Angst. Und hilflos fragend. Warum alles passiert war. Und wer dahinter steckte. Eva-Maria schluchzte.
"Und du dachtest, dass alles vorbei sei. Dass nichts mehr unserer Familie passieren würde. Nur weil du diesen armen Torsten Björk kurz und klein schlugst."

„Kurz und klein. Jetzt übertreibst du wirklich. Ich schlug ein paar Mal zu. Das war nichts Schlimmes. Aber das erteilte ihm vielleicht eine Lektion.“

Svante nahm ihre Hand.

„Wir müssen alles mit der Ruhe nehmen. Nichts überstürzen. Uns genau erkundigen, was passiert ist. Uns erkundigen, was Jeanette Adler und ihre Kollegen herausgefunden haben. Es hat vielleicht gar nichts mit dem anderen zu tun.“

Eva-Maria zog ihre Hand zurück.

„Es kann kein Zufall sein. Das spüre ich. Nein, Svante. Es ist nicht vorbei. Es hat wieder angefangen.“

24

Die Tür wurde heftig aufgerissen, und ein paar Studenten traten in den Korridor. Sie redeten laut und lachten, und dass Svante dastand ließ sie in keiner Weise zögern. Sie grüßten Svante, der den Gruß erwiderte. Er erkannte sie nicht.

Die Tür zu dem Raum aus dem die Studenten herausgekommen waren stand halb offen, und Svante ging näher. Der Unterricht schien nicht ganz vorbei zu sein. Er konnte Lise-Lottes leicht nasale Stimme drinnen hören. Plötzlich brach ein brüllendes Gelächter aus. Lise-Lotte war anscheinend witzig. Umso besser. Dann konnte er leichter sein Anliegen darlegen.

Er ging an der Tür vorbei und blieb weiter unten im Korridor stehen. Blieb stehen und sah zum Fenster hinaus. Die Äste wurden durch den starken Wind gerüttelt. Als ob sie sich von den Bäumen lösen wollten. Ab und zu kam ein heftiger Regenschauer, der alle, die sich draußen befanden, dazu brachte so schnell wie möglich Schutz zu suchen.

Nachdenklich betrachtete er den harten Kampf der Äste. Der Himmel war durch und durch grau und entsprach sehr wohl seiner Gemütsstimmung. Der Unfall mit der Fahrerflucht hatte alles wieder auf den Kopf gestellt. Er war überzeugt gewesen, dass er den Täter damals abends im Garten erwischt hatte. Was die Polizei sagte, war doch egal. Alle Spanner mussten sich wohl nicht gleich verhalten. Für solche Typen gab es wohl keine besondere Ausbildung soviel er wusste.

Aber für Jeanette Adler und ihre Kollegen war dies uninteressant. Ein Spanner bemühte sich so diskret wie möglich aufzutreten und wollte auf gar keinen Fall die Aufmerksamkeit auf sich lenken. So sagten sie die ganze Zeit. Dass er auf diese Weise eine Familie terrorisieren und verfolgen würde, war ganz unwahrscheinlich. Und warum sollte er gerade die Familie Törnheden aussuchen? Keine andere Familie in der Nachbarschaft war etwas Ähnlichem ausgesetzt gewesen.

Jeanette Adler würde nie nachgeben. Nie zugeben, dass sie sich geirrt hatte. Vermutlich hatten sie und ihre Kollegen Torsten nicht einmal richtig vernommen.

Svante hatte Torsten Björk seit dem Vorfall im Garten einmal gesehen. Dieser hatte ängstlich ausgesehen und war schnell in seinem Haus verschwunden. Aber offenbar war er ein freier Mann und in keiner Weise festgenommen. Nun ja, mit der Zeit würde sich herausstellen, dass Svante im Recht gewesen war. Und wenn die Polizei sich nicht darum kümmern wollte, musste er wohl selbst alles in Ordnung bringen. Aus diesem Ekel könnte er wohl den Mist herausprügeln.

Traurig, dass dies gerade jetzt passieren musste. Eva-Maria war dabei gewesen, sich zu erholen, sich in ihr wahres Ich wieder zu verwandeln. Nun standen sie wieder am Anfang, und Eva-Maria war ganz kaputt. Sie konnte schwer über das, was vorgefallen war, und über ihre Gefühle mit ihm reden. Nun, eigentlich ein bisschen seltsam. Gerade sie pflegte immer zu betonen, wie wichtig es ist über alles zu reden. „Das Schlimmste, was man tun kann, ist die Probleme unter den Teppich zu kehren." Das war einer ihrer Lieblingssätze, der immer wiederkehrte.

Aber jetzt konnte man nicht mit ihr reden. Als ob eine Mauer zwischen ihnen wäre. Eine unsichtbare Mauer. Alles, was passiert war hatte anscheinend zur Folge gehabt, dass sie sich nicht auf ihn verlassen konnte. Und die Kluft zwischen ihnen wurde immer größer.

Außerdem schluckte sie alles, was Jeanette Adler sagte. Was er, Svante, sagte fand verglichen mit Jeanettes Ideen und Gedanken, kaum Beachtung.

Und wenn Jeanette Adler nicht da war, war Viveka zur Stelle. Sie und Eva-Maria waren einander nahe gekommen. In letzter Zeit immer mehr. Natürlich bekam Eva-Maria jede Menge Hilfe von Viveka. Sie war unheimlich nett und hilfsbereit. All das wusste Svante. Aber auch noch etwas war an Viveka zu verzeichnen. Er meinte ab und zu etwas Wachsames, fast Heimtückisches an ihr zu sehen. Vorsichtig hatte er versucht Eva-Maria darauf anzusprechen. Aber Eva-Maria hatte sofort geantwortet:

„Wir würden unser Leben in dieser Situation nicht schaffen, wenn Viveka nicht für uns da wäre. Sie ist so oft für uns da, öfter als irgendjemand verlangen kann. Richte bitte jetzt nichts an, was sie kränken könnte, sie könnte sauer werden und uns links liegen lassen."

Er hatte geschwiegen. Das, was er hätte sagen wollen, hinuntergeschluckt. Die Erfahrung hatte ihn gelehrt, dass es manchmal besser ist zu schweigen.

Jetzt war anscheinend die Lektion vorbei. Die Studenten quollen unter lautstarkem Plappern hinaus. Eigentlich kein großer Unterschied zu Schülern. Einige schubsten einander und lachten laut. Ein kräftiges Gelächter, das um die Wände herum rollte, war zu hören.

Die Studenten verschwanden und Svante ging langsam zum Unterrichtsraum. Drinnen war Lise-Lotte dabei ihre Bücher und Notizen zusammenzutragen, gleichzeitig als sie ein Gespräch mit zwei Mädchen führte. Sie waren fast gleich angezogen. Enge Hosen und kurze, weiße Tops. Nackte Rücken und Bäuche.

Etwas war anscheinend den Mädchen unklar, weil Lise-Lotte sich an die Tafel drehte und zu schreiben anfing. Svante betrat den Raum und setzte sich auf einen Stuhl. Im Augenwinkel nahm Lise-Lotte wahr, dass Svante gekommen war. Sie ließ sich jedoch nicht aufhalten. Ihre Stimme war ruhig. Sie wurde nicht durch die ständigen Fragen der Mädchen irritiert.

Allmählich wurde sie immer angespannter. Zögerte. Stolperte über ein paar Worte.

„Nun, besser kann ich es nicht erklären.“

„Es ist schon in Ordnung. Ich glaube, ich fange an, es zu kapieren. Toll dass du uns helfen wolltest. Tschüss!“

Die beiden Mädchen nickten Svante zu und verschwanden zur Türe hinaus. Lise-Lotte lachte.

„Ja, man kann sich wirklich nicht über das Interesse beklagen. Sie möchten wirklich etwas lernen. Aber was verschafft mir die Ehre mit einem Besuch von dir? Du tauchst wahrhaftig nicht jeden Tag zu meinen Unterrichtsstunden auf.“

„Das tat ich wohl jetzt auch nicht, um ehrlich zu sein. Ich kam als der Unterricht fast zu Ende war.“

„O.K. Aber jetzt bist du da. Es kommt nicht oft vor, dass du hier auftauchst. Ich bitte um eine Erklärung!“

„Ich wollte dich so gerne sehen.“

„So, so. Die Hochschule ist ja nicht sehr groß. Man begegnet sich doch öfter. Und außerdem haben wir ja unser Doktorandenprojekt gemeinsam.“

Lise-Lotte sah aus, als ob sie sich im selben Augenblick, als sie das Letzte sagte, die Zunge hätte abbeißen wollen. Svante lachte auf.

„Genau das. Wir haben uns eine Weile nicht gesehen. Ich habe versucht dich zu erreichen, aber ich habe es nicht geschafft."

„Manchmal ergibt es sich so. Ich habe eine Zeitlang ziemlich viel außerhalb der Hochschule gehabt. Unterricht außer Haus, zum Beispiel. Aber jetzt wird alles besser, so wie ich es beurteilen kann."

„Mm."

„Aber jetzt sind wir beide hier. Wolltest du etwas Besonderes?"

„Ja … es … das heißt … ich …"

Svante riss sich zusammen. Er konnte schließlich nicht unschlüssig hier stehen. Er musste sie direkt ansprechen.

„Was hast du eigentlich mit Eskil?"

„Er ist einer unserer Doktoranden, wie du dich sicher erinnerst."

„Oh, doch. Das weiß ich sehr wohl. Fraglich ist, ob du dich daran erinnerst?"

„Wie bitte?"

„Es nützt nichts, dass du versuchst mir etwas vorzumachen. Ich weiß, dass du ein Verhältnis mit Eskil Bergh hast."

„Und?"

„Und? Und? Ist das alles, was du zu sagen hast? Es ist äußerst unpassend, sich mit einem Studenten, den man betreut, einzulassen."

„Und wo steht das geschrieben? Nicht in der Hochschulordnung, auf jeden Fall."

„Alles braucht wohl nicht geschrieben stehen. Manchmal wird vorausgesetzt, dass man über ein gewisses Urteilsvermögen verfügt."

„Genau. Und alle sind nicht wie du."

„Was willst du damit sagen?"

„Du bist vielleicht nicht immer so diskret gewesen was deine sogenannten Frauengeschichten betrifft."

„Was zum Donner ..."

„Ja, ja. Da mische ich mich nicht ein. Ein jeder kümmert sich um seine eigenen Angelegenheiten. Das ist meine Devise. Außerdem weiß ich wie man so etwas hantiert. Das bereitet mir keine Probleme. Ich kann meine Gefühle voll und ganz kontrollieren. Es handelt sich um Sex. Kannst du das nicht begreifen?"

„Die Gefühle sind doch aber da in der einen oder anderen Weise."

„Ich habe in der Tat weder die Lust noch die Zeit dies weiter zu besprechen. Man könnte beinahe meinen, du wärest eifersüchtig ..."

„Eifersüchtig! Pfui Teufel. Du bist ganz und gar absurd. Lieber würde ich sterben als dass ich mich mit dir einließe."

„O.K. Das beruht auf Gegenseitigkeit. Aber dann verstehe ich nicht, warum du dir Sorgen machst. Hast du nicht genug Probleme? Eigene Probleme?"

Svantes Wut steigerte sich die ganze Zeit. Er war hochrot im Gesicht und suchte nach den richtigen Worten.

„Du ... du ... du ... ich werde so ..."

Plötzlich stand jemand in der Türöffnung. Wie lange er schon dastand war unmöglich zu sagen. Wie viel hatte er gehört? Eskil. Lang und mit zierlichen Gliedern. Die dunklen Haare lagen gepflegt gekämmt und der kleine Schnauzbart war gut gepflegt. Der dunkelgraue Anzug mit dazugehöriger Weste saß wie angegossen. Ein kleines ärgerliches Lächeln spielte in seinem Mundwinkel.

„Was kriegen meine hellblauen Augen da zu sehen? Meine beiden lieben Betreuer zur Stelle. Und in einer lebhaften Diskussion vertieft. Irgendein interessantes Methodenproblem vielleicht? Ist es möglicherweise etwas, woran ich teilnehmen könnte?"

Svante riss seine Aktentasche an sich und ging mit raschen Schritten auf die Tür zu. Fauchte Eskil an:

„Du wirst bestimmt informiert werden. Davon bin ich überzeugt."

25

Scheiße. Ich sagte doch, dass ich nicht gestört werden will.

Das stechende Telefonsignal lenkte Eva-Maria brutal von ihrer Arbeit ab. Eine gute Stunde hatte sie konzentriert an einem Schreiben gearbeitet. Pia Törner hatte beruhigend genickt, als Eva-Maria sie gebeten hatte kein Telefongespräch die nächste Zeit durchzulassen. Doch jetzt tönte trotzdem das schreckliche Signal. Hoffentlich war nicht schon wieder etwas passiert ... Sie riss den Hörer an sich.

„Ja, bitte."

„Entschuldigung, Eva-Maria. Ich habe hier ein wichtiges Gespräch."

„Kann es nicht warten?"

„Glaube nicht. Es ist Jeanette Adler von der Polizei. Wie weit bist du gekommen?"

„Ich bin fast fertig. Lass sie durch!"

„O.K."

Ein Augenblick herrschte Stille.

„Hallo?"

„Guten Tag, Frau Törnheden. Hier Jeanette Adler."

„Guten Tag. Ist etwas passiert?"

Jeanette lachte.

„Nein, nein. Das heißt nichts was Sie und Ihre Familie direkt betrifft. Aber ich habe Neuigkeiten."

„Ja, ich habe zurzeit ..."

Eva betrachtete abwechselnd ihre Uhr und ihren PC.

„Nur ruhig Blut. Ich erfuhr von Pia Törner, dass Sie beschäftigt sind. Ich musste wirklich lange darauf bestehen, bis sie mich endlich durchließ. Aber ich wollte Ihnen vorschlagen, dass wir zusammen Mittag essen."

„Zusammen Mittag essen?"

„Ja, genau. Sie nehmen wohl doch eine kleine Mittagspause?"

„Ja, doch. Ich versuche immer, mir Zeit für ein richtiges Mittagsessen zu nehmen."

In ihren Gedanken blitzten ihre Mittagstreffen mit Wilhelm vorbei. Zurzeit die hellen Punkte in ihrem Leben. Die Mittagstreffen. Gleichzeitig ernst und ausgelassen.

„Passt es heute?"

Sie versuchte zu überlegen. Wann wollten sie und Wilhelm sich wieder treffen? Ach ja. Erst übermorgen.

„Aber ja. Sie entscheiden wann und wo!"

Sie machten ein Restaurant aus und legten dann auf.

*

Svante ging zum Kühlschrank und nahm ein Bier heraus. Hob fragend die Flasche in Eva-Marias Richtung.

„Möchtest du?"

„Nein, danke. Ich fahre gleich zum Turnen. Oder vielleicht jogge ich auch."

„O.K."

„Schon bemerkenswert, wie du dich zurzeit mit deinem Körper abrackerst. Tust du es deinetwegen? Oder willst du dich für jemand anders fit halten?" Vernünftigerweise behielt er seine Überlegungen für sich. Krach konnte er am allerwenigsten jetzt gebrauchen.

Eva-Maria sah Svante eingehend an. Plötzlich sah sie wie er gealtert war. Und das in allerletzter Zeit. Jetzt war nicht nur das Gestresste und Rastlose an ihm zu sehen. Einige Furchen hatten sich in sein sonst so glattes Gesicht eingeprägt.

„Ich habe den größten Teil des Nachmittags versucht dich zu erreichen."

„Ja, heute war ein unmöglicher Tag. Der Nachmittag war gelinde gesagt stressig."

„Es scheint so, ja. Dein Handy war ausgeschaltet und niemand wusste, wo du warst."

„Auch ich brauche manchmal Ruhe für meine Forschungen."

„Ach ja."

„Ist was dabei? Was wolltest du denn Wichtiges?"

„Jeanette Adler rief an."

„Haben sie den Lieferwagen gefunden?"

„Nein, der ist immer noch verschwunden."

„Sie können diesen Fall nicht lösen, ehe sie den Lieferwagen gefunden haben. Sobald sie das getan haben, wird sich herausstellen, dass es sich um jemanden handelt, der gar nichts mit uns zu tun hat. Und dann können sie sich vielleicht endlich den Idioten vorknöpfen, der in unserem Garten herumschlich."

„Ach ja. Ich vergaß, dass du Spezialist bist, wenn es sich um Polizeiarbeit handelt. Du warst ja schon der Polizei eine große Hilfe."

Svante schnaubte und Eva-Maria fuhr fort.

„Piepegal. Jeanette Adler und ihre Kollegen haben die Reitschule gründlich untersucht. Und unterhalb der schönen Oberfläche sieht es in der Tat nicht so toll aus."

„Ach nein?"

„Dieser Axel Svederus scheint ein richtiges Ekel gewesen zu sein."

Svante hörte intensiv zu.

„Er meinte anscheinend, dass es dazugehörte die Mädchen so viel wie möglich zu begrapschen. Und sogar Geschlechtsverkehr ist vorgekommen."

„Emma?"

Svante stotterte seine Frage heraus.

„Nein. Glücklicherweise ließ er die kleineren Mädchen in Ruhe. Hier handelte es sich um Dreizehn- bis Fünfzehnjährige."

„Was für ein perverses Schwein. Aber er bekam seine Strafe."

„Ja. Das ist wohl auch das, was Jeanette Adler glaubt. Dass es sich um reine Rache handelt. Jemand, der den Mädchen nahe steht. Aber ... eigentlich ist es verrückt. Auf diese Weise Rache zu nehmen statt ihn bei der Polizei anzuzeigen."

„Ach. Die Polizei. Du weißt doch wie sie sind. Das hast du doch gerade hier gesehen. Steif und fantasielos. Es sollte wohl jahrelang erst ermittelt werden. Aber ... aber, Eva-Maria. Verstehst du nicht, was das bedeutet? Es hat nichts mit uns zu tun. Keiner wollte unserer Emma etwas. Sie ging nur zufällig da mit diesem verfluchten Schwein."

„Ja, natürlich, aber ..."

„Aber, aber. Bist du nicht erleichtert?"

„Einerseits ja. Aber Tatsache ist, dass wir nicht wissen, wer hinter uns her gewesen ist. Oder eher, hinter uns her ist. Wir wissen doch nicht, ob es schon vorbei ist."

„Aber Herrgott, Eva- Maria! Versuch doch realistisch zu sein. Und ein bisschen cool. Es wird sich schon aufklären. Hauptsache ist doch, dass sie nicht hinter Emma her waren."

„Ich kann keine Ruhe finden, bis sie den Lieferwagen finden. Und bis der Fahrer erwischt wird."

„Ja, sicher. Aber bis auf weiteres muss dies hier reichen."

Er nahm ein paar Schlücke Bier. Eva-Maria sah ihn an. Dachte über seine Worte nach. Zögerte kurz, ob sie noch etwas sagen sollte. Aber sie konnte es unmöglich lassen.

„Du scheinst ja in der Tat cool zu sein, wie du es ausdrückst. Weißt du etwas, was ich nicht weiß?"

„Was sollte denn das sein?"

„Ich weiß nicht. Ich frage nur."

„Eine selten blöde Frage, finde ich."

„Ach so, nun ja. Ich hatte nur den Eindruck, du wüsstest, wer dahinter steckt."

Bei der Joggingtour eine Stunde später konnte Eva-Maria immer noch in ihrem Inneren den lautstarken Krach zwischen ihnen hören. Sie hatte ihn beschuldigt. Zuerst etwas zögernd. Vorsichtig. Dann immer direkter. Gehässiger.

Dass irgendjemand, den Svante verletzt oder gekränkt hatte hinter dieser ganzen Angelegenheit steckte. Hinter dem ganzen Terror. Hinter der ganzen Angst und der ganzen Frustration.

Er war wie verrückt geworden. Hatte geschrien und gebrüllt. Zum Schluss war Jonas die Treppe hinuntergepoltert gekommen. Hatte sie angeschrien aufzuhören. Dass es unmöglich wäre, bei diesem verdammten Krach zu pauken. Wenn sie nicht sofort aufhörten, würde er abhauen.

Es war ganz still geworden. Unheimlich still. Jonas war erneut nach oben verschwunden. Svante hatte sich noch ein Bier genommen. Hatte sich an ihr vorbei ins Arbeitszimmer gedrängt. Hatte die Tür hinter sich zugeknallt.

Aber seine Worte blieben in der Luft hängen. Sie sei ungerecht. Immer sei angeblich er schuld. Sie könne nie Fehler bei sich selbst finden. Sie könnte doch genauso unbeliebt sein. Genauso gehasst. Unzufriedene Mandanten. Verrückte auf die sie beim Gericht gestoßen war. In dem Fall sei sie doch genauso eine öffentliche Person wie er. Wenn nicht mehr.

Und das Schlimmste von allem. Sie redete über die Familie mit anderen. Wälzte die ganzen Probleme mit Viveka. Was wüsste sie eigentlich über Viveka? Nichts, genau. Aber er wüsste. Erstaunt? Er habe an der Hochschule von ihr gehört. Von einigen, die an demselben Übersetzungsprojekt wie Viveka teilgenommen hatten. Sie sei als ganz speziell angesehen. Um nicht zu sagen sonderbar. Benähme sich oft seltsam. Nistete sich bei anderen Menschen ein. Luchste Vertraulichkeiten ab ohne anderen etwas anzuvertrauen. Wollte nie über ihr eigenes Leben reden. Sie hätte anscheinend Geheimnisse, die niemand kannte. Niemand, und ganz bestimmt nicht Eva-Maria.

Die Anschuldigungen ebbten ab und Eva-Maria bekam das letzte Wort:

„Das alles kommt mir bekannt vor. So etwas bringst du immer an, wenn du selbst beschuldigt wirst. Schlägst auf diese Art und Weise zurück. Das ist armselig. Werde doch endlich erwachsen! Jetzt sind wir mit dieser Angelegenheit fertig.“

*

Jonas warf sich aufs Bett. Jetzt waren sie da unten wieder in vollem Gang. Es verging kaum mehr ein Tag ohne einen handfesten Krach. Und er hatte einfach nicht die Kraft ihnen zuzuhören. Er hatte genug mit seinen eigenen Problemen. Das Telefongespräch mit Sara war alles andere als gut verlaufen. Am liebsten würde er sie noch einmal anrufen, aber sie hatte sich so kühl und abweisend angehört, dass er es für klüger hielt es zu lassen.

Schon in der Schule hatte er gemerkt, dass etwas nicht stimmte. Er hatte das Gefühl gehabt, dass sie ihm aus dem Weg ging. Etwas schien passiert zu sein, aber er wusste nicht was. Sie war gestern Abend bei einer Mädchenparty gewesen. Als er danach gefragt hatte, wie der Abend gewesen sei, hatte sie nur einsilbig geantwortet.

Am Telefon nach der Schule hatte sie dann erzählt, dass die Mädchen alle nach Örtuna gefahren und ins Cosmopolit gegangen wären. Ihm war ganz heiß geworden, und er hatte Bauchschmerzen bekommen. Er hätte aufs Klo rennen müssen statt am Telefon zu quatschen. Aber er musste unbedingt über den Besuch im Cosmopolit hören. Seltsam. Eigentlich wollte er kein Wort hören. Aber trotzdem saß er da und fragte.

Es sei nichts Außergewöhnliches gewesen. Seltsamerweise seien viele Leute da gewesen, obwohl es ja ein normaler Alltag gewesen war.

„Hast du jemanden getroffen?"

„Wie soll ich das verstehen? Ich traf jede Menge Leute."

„Keinen ... also ... keinen Bestimmten?"

Sara lachte.

„Keinen Bestimmten. Das kann ich dir versichern."

Trotz Saras Versicherungen fragte er weiter. Sie verschloss sich wie eine Muschel. Antwortete kaum. Aber er hörte nicht auf. Wusste, dass er nicht sollte, konnte es aber nicht lassen. Seien nicht viele ältere Jungs da gewesen? Sei es schön gewesen? Sei er zu kindisch jetzt?

„Hast du getanzt?"

„Aber hör doch endlich auf. Natürlich habe ich getanzt. Deshalb geht man ja dahin. Was ist denn mit dir los, Jonas? Bist du eifersüchtig?"

Da traf sie genau ins Schwarze. Er war eifersüchtig, obwohl er es ihr gegenüber nie zugeben würde. Zum ersten Mal in seinem jungen Leben war er eifersüchtig. Und es war kein angenehmes Gefühl. Obwohl er es nicht wollte fragte er sie aus. Immer wieder. Immer über dasselbe. Er wurde ihre zunehmende Irritation wahr, aber es war schier unmöglich aufzuhören. Zum Schluss hatte sie kurz angebunden das Gespräch beendet. Sie müsste pauken. Und das Gespräch fortzusetzen sei ganz sinnlos, da er immer wieder dasselbe durchkaute. Und am nächsten Morgen würden sie sich ja in der Schule sehen.

Jonas zappte lustlos zwischen den verschiedenen Fernsehkanälen. Nicht einmal MTV konnte ihn hinter dem Ofen hervorlocken. Er starrte auf den Bildschirm ohne zu sehen. Stattdessen sah er Sara vor sich. Tanzend. In Jeans, die auf den Hüften aufhörten und bauchfrei. Sara tanzend. Umarmend. Küssend. Knutschend. NEIN! WEG!

Und da unten war der Krach in vollem Gang. Über alles, was passiert war. Sie beschuldigten sich gegenseitig. Ohne eigentlich etwas zu wissen. Waren sie auch manchmal eifersüchtig? Hatten sie auch manchmal dieselben schrecklichen Bilder vor ihrem inneren Auge wie er? Oder verging so etwas wenn man Kinder bekam und älter wurde?

Aber etwas war mit Mama in letzter Zeit passiert. Früher hatte sie immer etwas zu tun gehabt, war sie immer beschäftigt gewesen. Jetzt konnte sie öfter lange sitzen bleiben. Nur um vor sich hinzustarren.

26

Eigentlich wollte Eva-Maria Wilhelm nicht allzu viel über ihr Familienleben erzählen. Das war etwas zwischen ihr und Svante. Auch wenn ihre Gefühle sich verändert hatten, wollte sie sich ihm nicht ganz öffnen. Und vor allem nicht ihre Familie zur Schau stellen. Die Zukunft war unsicher. Sie wusste nicht, ob aus ihr und Wilhelm etwas werden würde. Und auf jeden Fall sollte ihre Familie so viel wie möglich herausgehalten werden.

Aber sie hatte nicht mit Wilhelms Ruhe gerechnet. Er strahlte ganz und gar Zuversicht und Trost aus. Und plötzlich fiel es ihr sehr leicht sich zu öffnen. Und so kam es, dass sie mehr erzählte als sie beabsichtigt hatte. Nicht dass sie den ganzen Krach zwischen sich und Svante geschildert hatte. Aber zum Teil schon. Ihre gegenseitigen Anschuldigungen. Ihre Behauptung, dass er Feinde an der Hochschule hätte, zum Beispiel. Und seine Anschuldigungen. Dass jemand, dem sie beim Gericht begegnet war, möglicherweise hinter allem steckte. Jemand, der sich als falsch behandelt gesehen hatte und sich hätte rächen wollen.

Das, was ihr am stärksten in Erinnerung geblieben war, war noch etwas anderes. Etwas, was ihr geblieben war wie ein Stein im Schuh. Seine Worte über Viveka. Sie waren da wie ein Stachel. Und sie hatte angefangen nachzudenken.

Eigentlich war es doch seltsam, dass sie nicht mehr über Viveka wusste. Im letzten Jahr waren sie sich recht nahe gekommen. Und in letzter Zeit, als alles Schwierige anfing, war ihr Viveka eine große Stütze gewesen. Trotzdem wusste sie sehr wenig über sie. Viveka redete fast nie über sich selbst.

Meistens redeten sie über Eva-Maria und ihre Probleme. Wälzten alles war passiert war und wer dahinter stecken könnte. Aber trotzdem. Ab und zu hätte Viveka ihr etwas über ihr Leben erzählen können.

Eva-Maria wusste, dass ihr Mann tot war. Dass er bei irgendeinem Unfall gestorben war. Aber nicht wann und wie es passiert war. Viveka redete äußerst selten über ihn. Eigentlich nur, wenn Eva-Maria sie direkt darauf ansprach. Und da Viveka ihr deutlich zu verstehen gab, dass sie nicht darüber reden wollte, ebbte alles in der Regel schnell ab. Über irgendwelche Einzelheiten redeten sie nie, und Eva-Maria konnte nur feststellen, dass sie kaum etwas über ihre Freundin wusste. Und damit musste sie sich abfinden.

Außerdem hatte sie nie ein Bild von Vivekas Mann gesehen. Sie hatte natürlich erwartet ein Bild von ihm zu Hause bei Viveka zu finden. Aber sie hatte nie eines gesehen. Und sie hatte auch nicht den Mut gehabt danach zu fragen.

„Nein, verzeih mir. Es kann dir doch keinen Spaß machen das ganze Mittagessen hindurch über Viveka zu hören."

Wilhelm legte für einen kurzen Augenblick seine Hand über Eva-Marias. Die kurze Berührung durchströmte ihren Körper. Wie würde es sich anfühlen, wenn er sie richtig und lange streichelte.

„Sei nicht blöd. Es gibt doch keine bestimmten Themen für unsere Mittagstreffen, soviel ich weiß. Ich sehe, dass dich Viveka beschäftigt, und dann ist es wohl richtig darüber zu reden."

„Es ärgert mich, dass ich mich von dem Thema nicht lösen kann. Wenn Svante mich mit seinem Gerede über Viveka verwirren wollte, ist es ihm wirklich gelungen. Ich denke viel über sie und ihr Leben nach. Wer ist sie eigentlich?"

Wilhelm lächelte.

„Vielleicht verhält es sich so, dass Viveka nicht in Svantes Weltbild hineinpasst. Wir sind alle verschieden. Manche Leute reden viel und gern. Über sich selbst und über ihre Probleme. Andere schweigen. Ziehen es vor alles für sich zu behalten. Viveka scheint zu der letzteren Kategorie zu gehören.“

„Du hast sicher Recht. Viveka ist ein bisschen zurückgezogen. Und das kann Svante schwer akzeptieren. Er meint, dass Frauen dazu da sind um ihn zu bewundern.“

Wilhelm lachte und Eva-Maria fuhr fort:

„Ich bin auch so müde. Und besorgt. Ich verbringe mehrere Stunden am Tag im Krankenhaus. Deshalb wälze ich wohl immer dieselben Sachen.“

„Das tust du doch nicht. Aber wenn du willst kann ich mich ein bisschen über Viveka und ihren Mann erkundigen. Wann er starb und was damit zusammenhängt.“

„Ich glaube nicht, dass es nötig ist. Aber du machst wie du willst. Es ist nur ... dass ...“

„Ja?“

„Irgendetwas schwirrt mir im Kopf. Etwas, was ich nicht loswerde. Mir fällt nicht ein, was es sein könnte. Aber es ist immer da.“

*

„Was ist denn das? Das hatten wir wohl nicht vereinbart.“

Svante zeigte auf das Gläschen mit der goldbraunen Flüssigkeit neben dem gefüllten Bierglas. Claes lächelte ihn an.

„Ein kleiner Whisky ist genau das Richtige gegen deine deprimierte Laune. Das lockert auf.“

„Nett von dir. Ich spüre, dass ich dabei bin diesen Abend kaputtzumachen."

„Sei doch nicht albern. Wozu hat man Freunde? Ich habe mir wohl eine Menge von der Seele geredet, wenn ich deprimiert war. Skål!"

Sie nahmen jeder einen Schluck Whisky und spülten dann mit Bier nach.

„Verflucht noch mal, ich weiß nicht mehr, was los ist. Ich habe nie etwas Ähnliches erlebt. Alles stürzt einfach auf mich ein. Alles, was wir jahrelang aufgebaut haben, verwandelt sich in eine Ruine."

„Aber so schlimm ist es wohl nicht."

„Das kannst du leicht sagen. An der Hochschule ist alles beschissen. Alle haben sich in der Wolle. Andauernd bilden sich neue Konstellationen. Und ich gehöre nirgends dazu."

„Du fühlst dich doch sonst nie als Außenseiter."

„Aber jetzt ist es auf jeden Fall passiert. Ich fühle mich echt beschissen und einsam. Als ob alle gegen mich wären."

Claes blieb ruhig sitzen. Nippte an seinem Whisky, als Svante fortfuhr:

„Und dann noch der ganze Mist in den wir zu Hause hineingeraten sind. Es ist unvorstellbar. Und es hat alles kaputtgemacht. Wir sind fast keine Familie mehr. Jonas ist mit seinen eigenen Angelegenheiten beschäftigt. Erzählt nie etwas. Schlängelt sich und bleibt einfach weg. Und Emma liegt im Krankenhaus und sagt gar nichts. Unsere Familie ist dabei sich aufzulösen. Es ist, als ob wir uns auf einem Morast befinden. Man hat das Gefühl jeden Augenblick versinken zu müssen."

„Und Eva-Maria?"

"Eva-Maria. Ja … sie …"

Svante zögerte.

„Ja ... sie lebt in ihrer eigenen Welt. Hat sich in sich selbst eingekapselt. Kann nicht reden. Oder will nicht. Dann gibt es nur Krach. Es ist als ob sie dabei ist mich zu verlassen.

„Du hast doch wohl Angst um sie, Svante? Sie ist einzigartig, das weißt du doch."

Svante schwieg eine Weile. Dann antwortete er mit brüchiger Stimme:

„Ich glaube, es ist schon zu spät. Ich glaube ich habe sie verloren. Es ist schrecklich, Claes. Aber ich denke, es ist zu spät."

*

Endlich. Die Beine ließen sich ein bisschen leichter heben und die Atmung hörte sich nicht mehr wie Todesröcheln an. Sonst hatte Eva-Marias Joggingtour einen schweren Anfang gehabt. Einen sehr schweren Anfang. Als ob sie extra Gewichte an den Beinen gehabt hätte.

Sie hatte fast ihren Entschluss bereut und überlegt in die häusliche Wärme zurückzukehren. Aber sie wusste aus Erfahrung, dass es manchmal so kommen konnte. Dass anfangs der Körper einem schwer wie Blei vorkommen konnte um allmählich leichter zu werden. Und zum Schluss das Erlösende. Wenn die Gedanken zu fließen anfingen und der Körper plötzlich leicht wirkte.

Svante stichelte oft gegen sie. Dass sie zurzeit so bemüht um ihren Körper sei. Hielt sie sich für jemanden Bestimmten fit? Für sich selbst natürlich. Sie wollte sich wohl fühlen. Sie liebte es sich fit zu halten. Zu schwitzen und sich zu verausgaben. Und zu fühlen, dass die Gedanken kein Dach hatten.

Keinen Widerstand. Und es war wohl nicht direkt ein Fehler attraktiv sein zu wollen.

Sonst gab es wirklich einen Grund zur Freude. Emma ging es besser und morgen würde sie nach Hause kommen. Sie hatte wieder angefangen zu reden. Nicht viel. Aber es würde sich bessern, das hatte der Arzt versprochen. Die Barriere war gebrochen. Über den Unfall und den Reiterhof redete sie nicht, und es stand nicht fest, ob sie es jemals tun würde. Aber es würde herrlich sein, sie wieder zu Hause zu haben. Vielleicht würden sie wieder eine gut funktionierende Familie sein können. Doch eigentlich hing es wohl in dem Fall eher von ihr ab. Was sie aus ihren Gefühlen für Wilhelm machte.

Wilhelm hatte sie vorhin angerufen. Er hatte etwas darüber erzählt, wie Vivekas Mann gestorben war. Nicht so viel an Einzelheiten, aber er war bei einer heftigen Feuersbrunst ums Leben gekommen. Das genaue Datum des Unfalls hatte er ihr auch gesagt. Allerdings nicht viel mehr. Aber er hatte erzählt, wie es sich zugetragen hatte. Und dass Viveka sich auch im Haus befunden hatte aber mit dem Leben davongekommen war.

Sie hätte es auch gewünscht, dass er etwas über seine Gefühle für sie gesagt hätte. Über die Zukunft. Was aus ihnen beiden werden sollte. Aber nichts.

Und jetzt. Was machte er jetzt? Hatte er jemanden bei sich? Oder war er bei einer anderen Frau? Ihr Hals war wie zugeschnürt und es flatterte im Bauch, als sie daran dachte. Und sie wusste sehr wohl, dass sie keine Anforderungen an ihn stellen konnte. Ganz und gar nicht.

Ihre Gedanken kehrten wieder zu Viveka und ihrem verunglückten Mann zurück. Seltsamerweise fühlte sie sich dabei nicht ruhiger. Ihr Magen rumorte immer noch. Es war nicht besonders schön, dass sie mehr oder weniger hinter Vivekas Rücken sich über ihre Vergangenheit erkundigte. Es störte Eva-Maria, dass sie so wenig über Vivekas Hintergrund wusste. Aber sie würde ihr nie erzählen können womit sie jetzt beschäftigt war. Sie war ja in der Tat dabei ihre eigene Freundin zu kontrollieren.

Das schlechte Gewissen überkam sie. Viveka hatte sich so gefreut, als sie erfuhr, dass Emma nach Hause kommen würde. Sie hatte Eva-Maria umarmt und voller Zuversicht immer wiederholt:

„Alles wird wieder gut. Alles wird wieder gut."

Eva-Maria beherrschte jetzt ihren Körper völlig. Sie konnte jetzt laufen ohne dass sie sich anstrengen musste. Genauso sollte es sein. Sie schauderte als sie daran dachte wie schwer und unmöglich ihr das Laufen nur vor einer kurzen Weile vorkam. Die Gedanken liefen hin und her. Von Wilhelm zu Emma. Von Emma zu Jonas. Von Jonas zu Svante. Von Svante zu Viveka.

Plötzlich blieb sie abrupt stehen. In ihrem Kopf ging ein Licht auf. Lieferwagen. Viveka hatte doch bei einer Gelegenheit einen Lieferwagen erwähnt. Aber wann?

Sie bewegte sich langsam weiter. Blieb erneut stehen. Doch, Viveka hatte einen Lieferwagen von ihrer Tante und ihrem Onkel geerbt. So war es. Die Bilder kehrten langsam in Eva-Marias Erinnerung zurück. Darüber hatte doch Viveka geredet. Sie hatten zusammen ein bisschen gekichert. Was sollte Viveka mit einem Lieferwagen anfangen? Aber jetzt fiel ihr auch ein, dass Viveka Rose-Marie Palgander geholfen hatte, als Rose-Maries Mutter in ein Seniorenwohnheim einzog.

Viveka war stolz gewesen und hatte auch ein bisschen gekichert, als sie erzählte wie sie alles getragen und geschleppt hätten. Und wie sicher Viveka den Lieferwagen manövriert hätte. Als hätte sie nie etwas anderes getan.

Wo war der Wagen jetzt? Hatte Viveka ihn verkauft oder weggegeben? Sie hatte ihn seitdem nie mehr erwähnt. Sollte Eva-Maria danach fragen? Aber wie? Fragte sie geradeheraus, würde sie nur Vivekas Argwohn erwecken. Das konnte sie schlicht und einfach nicht tun. Das würde Viveka als einen Hinweis auf die Fahrerflucht verstehen. Sie musste sich etwas anderes ausdenken.

27

Vorsichtig lenkte Eva-Maria ihren kleinen grünen Renault in die winzige Parklücke. Sie schaltete den Motor aus und schaute in den Rückspiegel. Das dezente Make-up verlieh ihr dasselbe frische Aussehen wie immer. Und dies obwohl sie sich unheimlich müde fühlte. Aber die Tatsache, dass sie seit ein paar Tagen frei hatte, trug sicher dazu bei, dass sie recht frisch aussah.

Wilhelm hatte ihr vorgeschlagen frei zu nehmen. Er hatte sie darauf aufmerksam gemacht, dass sie dabei war bald zusammenzubrechen. Dass alles sich immer schneller um sie herumdrehte. Dass sie abbremsen müsste, bevor es zu spät sei.

Ihre Vorgesetzten waren sehr verständnisvoll gewesen. Sie wussten zum Teil, was passiert war und sahen, dass Eva-Maria dabei war langsam aber sicher den Boden unter den Füßen zu verlieren.

Ein paar freie Tage wirkten jedoch Wunder. Nicht von Zeiten abhängig zu sein. Nicht sich abhetzen zu müssen, sondern es mit der Ruhe nehmen zu können hatte ihr ausgesprochen gut getan.

Außerdem war es absolut notwendig gewesen, jetzt da Emma nach Hause gekommen war. Anfangs klein und schutzlos wie ein Vögelchen. Aber zusehends damit zufrieden zu Hause zu sein. Und langsam war sie ihr altes Ich geworden. Redete nicht so viel wie früher aber lachte von Tag zu Tag öfter.

Über den Unfall sagte sie immer noch kein Wort. Und sie erwähnte auch mit keinem Wort das Reiten. Sie hegte anscheinend keinen Wunsch mehr zu reiten. Das Reiten war früher ihr alles überschattendes Interesse gewesen. Immer hatte sie über die verschiedenen Pferde geredet. Darüber was sie getan hatten und welche Eigenheiten sie hatten. Und jetzt kein Wort.

Das Fernsehen war ihre Lieblingsbeschäftigung geworden. Fast immer lag sie vor dem Fernseher und schaute jeden Schund an. Allmählich müsste Eva-Maria etwas dagegen tun. Emma durfte kein Fernseh-Freak werden. Aber eine gewisse Zeit müsste vergehen, bis sie irgendwelche Anforderungen an sie stellen könnte, das verstand sie schon. Genauso wie sie begriff, dass sie Emma nicht dazu drangsalieren dürfte über den Unfall am Reiterhof zu erzählen. Mit der Zeit würde es schon von alleine kommen. Das hatte der Arzt gesagt. Und bis auf weiteres würde Emma ihn regelmäßig sehen.

Jetzt war Emma in der Schule, und Eva-Maria hatte endlich Zeit etwas zu tun, was schon lange ihre Gedanken beschäftigt hatte. Gedanken, die sie fast den ganzen Tag immer mit sich herumgetragen hatte.
Zum Teil schämte sie sich wegen dessen, was sie im Begriff stand zu tun. Sie schämte sich, dass sie Viveka nicht direkt darauf angesprochen hatte. Stattdessen unternahm sie es hinter ihrem Rücken. Ihr war nicht wohl dabei, aber sie konnte es nicht lassen. Sie spürte, dass sie es tun musste.

Sie hätte sie direkt darauf ansprechen müssen. So eine Frage verlangte aber die spezielle Stimmung, bei der man sich leicht öffnen könnte. Bei der man vertrauliche Dinge behandeln könnte. Dies war oft der Fall, wenn sie sich mit Viveka unterhielt, gewesen. Aber bei diesen Gelegenheiten hatte nur Eva-Maria geredet. Über alle Schwierigkeiten. Über die ganze Ungewissheit. Über die ganze Angst. Über andere Gefühle, die einen selbst betraf, aber über die man trotzdem einmal gerne reden wollte.

Viveka hatte ganz einfach nie die Gelegenheit gehabt über sich selbst zu reden. Eva-Maria hatte ihr nie die Möglichkeit gegeben. Und jetzt war keine Zeit mehr da, um den richtigen Augenblick abzuwarten.

Eva-Maria stieg aus ihrem Auto. Öffnete die Hintertür und nahm ihre elegante Aktentasche aus Rinderleder heraus. Klickte das Autoschloss zu und ging mit entschiedenen Schritten auf den Eingang der Stadtbibliothek zu.

*

„Ich finde absolut, dass wir Gründe genug haben. Es besteht kein Anlass zu zögern."

Wilhelm Ambjörnsson sah Jeanette Adler an, die bestätigend nickte.

„O.K. Dann holen wir sie herein. Aber halte sie bitte immer getrennt. Sie decken einander nämlich die ganze Zeit."

Wilhelm, Jeanette Adler und weitere zwei Kriminalbeamte, Robert Nilsson und Per-Erik Berg hatten die Geschehnisse der letzten Zeit durchgenommen, Vernehmungen und Ermittlungen. Und das Ergebnis war erschütternd gewesen. Gelinde gesagt.

Sobald man herausgefunden hatte, dass sexuelle Aktivitäten zwischen einigen jungen Mädchen und dem Reitlehrer und Reitschulleiter Axel Svederus vorgekommen waren, hatte man sich jede Mühe gemacht die Angelegenheit zu entwirren. Und ziemlich schnell hatte man eine äußerst widerliche Verstrickung von Lügen, Zwang und Schuld entdeckt. Junge Mädchen, die in die Abhängigkeit gezwungen worden waren. Mädchen, die mit einem Bein noch in der Kindheit standen, waren mit Drohungen und Zwang in die Welt der Erwachsenen gedrängt worden.

Die Ermittlung hatte ziemlich umgehend zu einigen Eltern geführt, und dort war man natürlich auf Frustration und tiefe Verbitterung gestoßen. Jeanette Adler und ihre Kollegen hatten auch ziemlich schnell einen fast unkontrollierbaren Hass entdeckt, vor allem bei Ulrika und Matthias Höljeborn. Sie wurden nicht mit dem, was ihrer Tochter passiert war, fertig, und ihr Hass wurde immer größer. Und zum Schluss waren ihnen keine Grenzen gesetzt. Rachegedanken ließen alle Sperren und Hemmungen wegfegen. Die Polizisten verstanden, dass das Ehepaar Höljeborn der Situation nicht gewachsen war, sondern den festen Halt verloren hatte und sich auf diese furchtbare Weise gerächt hatte.

Die Polizisten mussten aber noch Beweise finden, wer den Lieferwagen bei der schicksalhaften Gelegenheit gefahren hatte. Und ob eine klare Absicht bestand. Wollten sie nur den Reitlehrer erschrecken? Alles könnte aus Zufall schief gelaufen sein. Und woher hatten sie den Lieferwagen? Soviel Jeanette Adler und ihre Kollegen verstanden, besaßen die Eheleute keinen eigenen Lieferwagen.

Per-Erik Berg knallte den Notizblock auf den Tisch.

„O.K. Worauf warten wir noch? Wir müssen sie nur hereinholen."

„Eine Sache ist noch nicht geregelt."

Jeanette hielt die Hand hoch. Beinahe wie ein Verkehrspolizist. Die anderen sahen sie gespannt an.

„Wir müssen jemanden für die Mädchen besorgen."

„Die Mädchen?"

„Ja, es gibt auch noch eine kleine Schwester, Lovisa. Sie ist fünf Jahre alt, und wenn wir beide Eltern hier behalten, müssen wir jemanden für die beiden besorgen. Kannst du bitte so nett sein und Nina Blom anrufen? Sie kennt die Familie ziemlich gut. Aber wenn das geregelt ist, schreiten wir zur Tat."

Jeanette sah Wilhelm an.

„Es ist tragisch. Eine ungeheure Tragödie."

Wilhelm nickte.

„Aber ich weiß jedenfalls eine, die diese Nachrichten gut findet. Und die sich erleichtert fühlen kann."

*

Eva-Maria schaute sich suchend im Raum herum. Entdeckte ein Schild mit dem Text „Information" und ging mit raschen Schritten dorthin. Eine Bibliothekarin in rotem Pullover und halblangem blauem Rock war intensiv mit ihrem PC beschäftigt. Eva-Maria atmete ein paar Mal tief auf. Räusperte sich leicht. Keine Reaktion.

„Entschuldigung. Ich möchte etwas fragen."

Die Bibliothekarin zuckte zusammen. Klickte schnell ihr Bild weg. Doch nicht schnell genug. Eva-Maria konnte sehen, dass sie die Website eines Reiseveranstalters weggeklickt hatte.

„Wollen Sie in Urlaub fahren?"

Eva-Maria lächelte um zu zeigen, dass sie Spaß machte. Die Antwort kam hochgestochen. „Nein, wirklich nicht. Ich war mit einer Frage beschäftigt. Eine qualifizierte Informationsarbeit. Aber das kann warten ... Wollten Sie etwas fragen?"

„Ja. Ich möchte eine Tageszeitung von 1994.“

„So etwas haben wir nur auf Mikrofilm. Handelt es sich um *Artikelsuche*?“

„Artikelsuche?“

„Haben Sie die Angabe von der *Artikelsuche* bekommen?“

„Nein ... es ... ich möchte nur die Zeitung von einem bestimmten Datum lesen.“

„Ach so.“

Die Bibliothekarin war jetzt aufgestanden. Sah Eva-Maria misstrauisch an. Schüttelte ihre Dauerwellen.

„Die einzige so lange zurückliegende Zeitung, die wir haben, ist *Örtuna Allehanda*. Auf Mikrofilm also, wie ich sagte.“

„Nicht *Dagens Nyheter* und *Svenska Dagbladet*?“

„Nein.“

„Wissen Sie, wo ich sie bekommen kann?“

„Ja ..., ich bin mir nicht ganz sicher ... ich werde meinen Kollegen fragen.“

Die Bibliothekarin ging auf einen Mann in schwarzer Weste und kariertem Hemd zu. Er hatte spärliche Haare und trug eine runde Brille. Eva-Maria sah, dass sie sich lebhaft miteinander unterhielten. Sie schauten ein paar Mal zu ihr hinüber. Sie hörte ein paar Mal das Wort „Artikelsuche“. Das war anscheinend eine Art Codewort hier in der Bibliothek. Die Bibliothekarin kehrte an ihre Theke und zu Eva-Maria zurück.

„Wir sind uns nicht ganz sicher. Aber vielleicht in der Hochschulbibliothek. Jedenfalls können sie dort sicher eine Kopie von dem, was Sie brauchen, besorgen. Darf ich fragen? Ist der Text, den Sie lesen wollen sehr lang?“

„Nein. Ich will über etwas, was am 6. September 1994 passiert ist, lesen. In Gränhammar.“

„Ja, Gränhammar liegt ja ganz in der Nähe von Örtuna. Und also innerhalb vom Verbreitungsgebiet der *Örtuna Allehand-a*. Dann müsste es ja dort stehen. Ich hole Ihnen gleich den Film."

Die Bibliothekarin rannte weg mit einer beeindruckenden Geschwindigkeit, und ehe Eva-Maria sich im Raum umsehen konnte, kam sie zurück mit einem kleinen viereckigen Karton in der Hand.

„Hier bin ich wieder. Jetzt zeige ich Ihnen nur, wo Sie Sich hinsetzen und den Film lesen können."

Erneut machte sich die Bibliothekarin auf den Weg, und Eva-Maria hatte alle Mühe mit ihr Schritt zu halten. Gleichzeitig hatte sie das unbestimmte Gefühl beobachtet zu sein. Dass jemand zu ihnen hinüberschaute und sie bewachte. Vielleicht war das nicht seltsam. Sie galoppierten durch fast die ganze Bibliothek. Plötzlich blieb die Bibliothekarin stehen.

„Wir sind da. Der Leseplatz ist wohl nicht der allerbeste. Leider gibt es keine Tür, die man hinter sich zumachen kann."

Eva-Maria zuckte die Schultern. Sie wollte ja nicht lange bleiben. Sie hoffte schnell fertig zu sein. Aber sie verstand, dass der Platz ungeeignet war, wenn man lange sitzen bleiben und viel lesen musste. Die Bibliothekarin zeigte ihr, wie der Apparat funktionierte und ließ sie dann alleine. Nach ein paar Versuchen beherrschte sie die Technik und spulte rasch den Film bis zum aktuellen Datum vor.

Das Gefühl andauernd beobachtet zu sein ließ ihr keine Ruhe, und ein paar Mal drehte sie sich um ohne etwas Auffälliges zu sehen. Erneut konzentrierte sie sich auf den Film, als plötzlich jemand hinter ihrem Rücken stand.

„Du verfluchte, scheinheilige Fotze! Hier sitzt du also in aller Ruhe. Während andere, die du kaputtgemacht hast, mit dem Überleben alle Hände voll zu tun haben. Ich hoffe, du bist jetzt zufrieden! Oder? Magst du Leute herumkriechen sehen? Aber dir werde ich es heimzahlen! Alles und noch mehr dazu! Dies ist nur der Anfang. Hörst du, du verfluchte...“

28

Wieder saß Eva-Maria am Leseapparat. Immer noch ein bisschen erschüttert, aber allmählich fing es an sich zu legen. Reinhold Karlsson, der hinter ihr aufgetaucht war und angefangen hatte Unverschämtheiten zu brüllen, hatte ein vollkommenes Chaos in der Bibliothek verursacht.

Eva-Maria war ganz und gar überrumpelt worden. Erstaunt und erschrocken. Reinholds Augen waren ganz schwarz gewesen, und aus seinem Mund hatten Spucke und Schaum gespritzt.

Sie war so hastig aufgestanden, dass der Stuhl mit einem lauten Krach rückwärts gefallen war. Sie hatte versucht davonzueilen, aber Reinhold hatte ihr den Weg versperrt. Die Panik hatte Eva-Maria ergriffen, und sie war überzeugt gewesen, dass er sie angreifen würde.

Es schien ihr als hätte alles eine Ewigkeit gedauert, aber vermutlich war alles nach ein paar Minuten vorbei gewesen. Die Gedanken waren ihr durch den Kopf gerast. Würde sie misshandelt werden? Würde sie sterben? Was würde aus den Kindern werden, falls ihr etwas passierte?

Alle diese Gedanken waren ihr blitzschnell durch den Kopf gegangen. Aber es schien eine Ewigkeit zu dauern, bis einer der Bibliotheksbesucher auf sie zukam. Zuerst ein bisschen zögernd, dann immer entschiedener. Vielleicht glaubte er, dass es sich um eine Art Familienauseinandersetzung handelte.

„Beruhigen Sie sich, bitte. Sie schreien ja so laut, dass jeder in der Bibliothek Sie hören kann."

Für einen kurzen Augenblick hatte Reinhold Karlsson die Fassung verloren, aber es hatte nicht lange gedauert.

„Halt die Klappe! Kümmere dich um deine eigenen Angelegenheiten! Ich habe ein Hühnchen zu rupfen mit diesem verfluchten Miststück."

Der kurze Augenblick in dem Reinhold sich dem Mann zudrehte hatte Eva-Maria gereicht um sich zu befreien. Blitzschnell hatte sie sich zur Seite bewegt, so dass der Mann zwischen ihr und Reinhold stand. Als dieser dies gewahr worden war, regte er sich noch mehr auf.

„Hau nicht ab, du verfluchtes Miststück! Jetzt werden wir es aufklären. Ein für allemal. Du sollst wissen, was du angerichtet hast, du verfluchte ..."

Alle in der Bibliothek hatten jetzt den Ausbruch des rasenden Reinholds verfolgt. Aber es war bei Worten geblieben. Zwar waren die Worte beleidigend und unverschämt gewesen, aber trotz allem nur Worte. Der andere Mann hatte ihm den Weg versperrt. Reinhold hatte sie nicht erreichen können.

Ziemlich schnell war ein Wärter aus der nahegelegenen Galeria gelaufen gekommen. Der zappelnde und schreiende Reinhold war aus dem Raum herausgezerrt worden. Und kurz danach war er von einer Polizeistreife abgeholt worden.

Rose-Marie Palgander, Vivekas Freundin, war unter denen, die nach dem Vorfall auf Eva-Maria zugekommen waren.

„Kommen Sie mit in unsere Kantine und trinken Sie eine Tasse Tee. Das wird Ihnen gut tun."

Ein Polizist war auf Eva-Maria zugekommen. Er hatte sie aufmerksam betrachtet.

„Ach ja. Worum handelt es sich überhaupt?"

„Ich weiß wirklich nicht. Ich saß da und wollte gerade einen Mikrofilm lesen, als er auf mich zukam und zu toben und zu schreien anfing. Er nannte mich ...“

Eva-Maria brach ab. Blinzelte ein paar Tränen weg.

„Wissen Sie wer es ist?“

„Ja, doch. Ich habe schon früher seine Wut zu spüren bekommen. Das ist eine lange Geschichte. Jeanette Adler weiß alles.“

„Ach so.“

Der junge Polizist hatte Ehrfurcht ausgestrahlt, als Eva-Maria Jeanettes Namen erwähnte. „Möchten Sie eine Anzeige erstatten?“

„Nein, aber wenn Sie Jeanette Adler es mitteilen könnten, wäre es gut.“

„Das werde ich tun. Dann verlasse ich Sie, wenn alles in Ordnung ist.“

Der Polizist hatte sich entfernt, und Rose-Marie hatte Eva-Maria per Fahrstuhl in die Kantine gelotst. Dort hatte sie schnell ein paar Tassen herausgeholt, und während sie an einem Tisch saßen, hatte Eva-Maria versucht alle neugierigen Blicke zu ignorieren.

*

Wo könnte sie nur sein? Svante warf irritiert den Hörer auf. Eva-Maria meldete sich nicht, weder zu Hause noch auf ihrem Handy. Er hatte kein besonderes Anliegen. Fühlte sich nur ein bisschen beunruhigt. Ihretwegen. Wegen ihrer Situation und wegen allem, was passiert war.

Sicher hatte sie das Richtige getan, als sie ein paar Tage frei nahm. Sie war zurzeit gespannt wie eine Feder, die jeden

Moment bersten konnte. Selbst zog er es vor zu arbeiten. Er hatte keine Ruhe zu Hause, und die Anhäufung von Arbeitsaufgaben nahm allmählich groteske Formen an.

An und für sich hätte er genauso gerne zu Hause bleiben oder sich ganz woanders aufhalten können. Sein Konzentrationsvermögen war gleich null. Er hatte versucht, ein paar Hausarbeiten zu lesen. Sie waren allzu lange liegengeblieben, und er hatte deshalb ein ständig schlechtes Gewissen. Aber so sehr er sich auch bemühte, er brachte nichts zustande. Nach ein paar Sätzen fingen die Buchstaben an auseinander zu laufen, und seine Gedanken machten sich selbständig.

Nicht wesentlich leichter ging es zu schreiben. Eine Rezension und einen längeren Artikel musste er bald zustande bringen. Als das Lesen nicht funktioniert hatte, hatte er stattdessen angefangen zu schreiben. Genauso unmöglich sich zu konzentrieren. Zum ersten Mal in seinem schreibenden Leben hatte er keine Ahnung, wie er anfangen sollte. Oder wie er seinen Text disponieren sollte.

Wo wohl Eva-Maria jetzt war? Vielleicht beim Schwimmen. Oder bei irgendeinem anderen Fitnesstraining. Sie war in letzter Zeit bemerkenswert um ihren Körper bemüht. Stand jetzt länger vor dem Spiegel als früher. War verträumt und abwesend.

Hatte sie einen anderen Mann kennen gelernt? Oder war es einfach so, dass alles Unangenehme, was passiert war, veranlasste, dass sie in sich selbst versank? Sie grübelte vielleicht und verpasste die Wirklichkeit.

Selbst war Svante der Meinung, dass er versucht hätte, sie zu erreichen. Doch es war ihm nicht gelungen. Auch in ihren nunmehr seltenen Umarmungen war sie auffällig abwesend. Gewiss, er wusste, welche Knöpfchen er drücken sollte um ihr Genuss zu bereiten. Und das misslang ihm nie. Aber trotz ihrer Orgasmen war sie irgendwie abwesend.

Aber nicht nur über Eva-Maria und die ganze Familiensituation grübelte er nach. Auch hier an der Hochschule gab es Anlass zu Grübeleien.

Vorhin hatte er Besuch von Lina Bradeus gehabt. Sie hatte sich in seinem Besuchersessel hin und hergedreht. Als ob sie äußerst unbequem säße. Als sie hereingetreten war, hatte sie einen dreisten und forschen Eindruck gemacht. In braunem Hosenanzug. Lang, ein bisschen welpenhaft in ihrer ganzen Art und mit den aschblonden Haaren in totaler Unordnung. Die grünen Augen hatten weit offen gestanden.

Anfangs war sie auch draufgängerisch und aggressiv gewesen. Hatte gemeint, dass er und Lise-Lotte ganz wertlos als Betreuer seien. Sie seien fast nie für sie da. Und hätten so gut wie gar keine Zeit. Und wären sie ausnahmsweise da, drückten sie sich vage und unpräzise aus.

„Und ich verstehe nicht, wie du das hier überhaupt gutheißen kannst."

Svante sah Lina erstaunt an.

„Was habe ich gutgeheißen?"

„Eskil und dieses ... Miststück Lise-Lotte."

Svante lachte unfroh auf.

„Du musst hohe Gedanken von mir haben. Bist du wirklich so naiv, dass du glaubst, dass ich etwas beeinflussen kann? Sie sehen sich jetzt oft. Das ist wahr. Und vielleicht nicht nur um die Doktorarbeit zu besprechen."

„Nein, genau. Sondern um zu vögeln."

Das Letzte schrie sie hinaus, während sie zu schluchzen anfing.

„Ach so. So verhält es sich. Das hätte ich natürlich begreifen müssen. Du bist verlassen worden. Vorher hat er dich gevögelt."

Jetzt konnte Lina die Tränen nicht mehr zurückhalten. Sie stotterte hinaus:

„Alles ist so beschissen und so aussichtslos. Eskil ist wie ein anderer Mensch. Das ganze Projekt ist dabei vor die Hunde zu gehen und du kümmerst dich einen Dreck darum."

Svante hob erneut den Hörer um einen neuen Versuch zu machen, Eva-Maria zu erreichen. Auf seiner Netzhaut lag immer noch die verzweifelt weinende Lina. Die er allmählich hatte beruhigen können. Und die sich nach einer Weile hatte trösten lassen. Und das sogar sehr gern.

*

Es dauerte eine Weile, bis Eva-Maria lernte, den Mikrofiche-Leseapparat zu beherrschen. Immer noch war sie ein bisschen durcheinander nach dem Vorfall. Reinhold Karlsson war wirklich unangenehm gewesen. Natürlich konnte er einem auch Leid tun. So viel Hass. So viel Frustration. Er brauchte Hilfe. Professionelle Hilfe. Vermutlich war er einsam und hartnäckigen Grübeleien verfallen.

Die Technik verlangte gleich Eva-Marias totale Aufmerksamkeit und das Bild von dem Schaum kauenden Reinhold verblasste langsam. Jetzt beherrschte sie den Apparat, und sie ließ ihn bis zum richtigen Datum vorspulen. Fand es und suchte weiter. Da! Sie kroch dem Apparat näher und las andächtig:

GROSSER HAUSBRAND IN GRÄNHAMMAR MIT TÖD-LICHEN FOLGEN

Bei einer großen Feuersbrunst in der Nacht von Mittwoch auf Donnerstag kam ein Mann ums Leben. Trotz schnellem Einsatz des Rettungsdienstes war das Leben des Mannes nicht zu retten.

Ein Nachbar schlug um 2.25 Uhr Alarm.

„Als wir und der Rettungsdienst am Brandherd ankamen stand das eine Ende des Hauses ganz in Flammen", erzählt der diensthabende Feuerwehrmann Jesper Jonsell bei der Örtunapolizei der Örtuna Allehanda.

Dem Nachbarn und dem Rettungsdienst gelang es die Ehefrau des Mannes herauszuholen, aber trotz intensivem Einsatz konnte man den Mann erst finden, als es schon zu spät war.

Ein Feuerwehrmann mit Atemschutzmaske fand den Mann in einem anderen Zimmer als die Ehefrau. Hätten sie im selben Zimmer geschlafen, hätte auch der Mann vermutlich gerettet werden können, und die Tragödie wäre vermeidbar gewesen.

Wie der Brand entstanden ist, ist immer noch unklar. Eine technische Untersuchung soll so schnell wie möglich eingeleitet werden. Die überlebende Frau hatte keine Möglichkeit ihrem Mann zu helfen. Sie erlitt eine Rauchvergiftung und stand unter schwerem Schock. Zurzeit wird sie im Krankenhaus behandelt.

Eva-Maria blieb still sitzen und überlegte. Drehte dann den Film zurück und entnahm ihn dem Halter. Sie ging zur Informationstheke und gab ihn zurück. Sie tat all das ohne sich dessen bewusst zu sein. In ihren Gedanken war sie weit weg.

Warum hatte Viveka nichts erzählt? Wie alles gekommen war. Was passiert war. Sie hatten immerhin oft miteinander geredet. Über persönliche und intime Dinge. Vielleicht hatte dieser Vorfall eine so tiefe seelische Wunde bei ihr hinterlassen, dass sie nicht darüber reden konnte.

Was hatte in der Zeitung gestanden? „Hätten sie im selben Zimmer geschlafen, hätte auch der Mann vermutlich gerettet werden können ..." War dies der Grund, warum Viveka nicht darüber hatte reden wollen? Dass sie getrennte Schlafzimmer gehabt hatten. Das war ja an und für sich nichts Außergewöhnliches. Das hatten viele Leute. Vielleicht grübelte Viveka darüber nach? Die Folgen waren ja in diesem Fall katastrophal gewesen. Vielleicht war dies etwas, was Viveka nicht losließ und sie immer wieder an diesen Vorfall erinnerte.

Plötzlich stand sie draußen vor der Bibliothek. Die kalte Herbstluft ließ sie aufwachen. Sie schaltete ihr Handy ein. Blieb einen kurzen Augenblick unschlüssig stehen. Und dann. Jetzt wusste sie, was sie zu tun hatte. Den Einwand, der wie ein Blitz durch ihren Kopf fuhr, schob sie rasch beiseite.

Eine Landkarte. Sie brauchte eine Landkarte. Sie hätte sie in der Bibliothek bekommen können, aber sie hatte keine Lust noch einmal hineinzugehen. In der Galeria gab es eine Buchhandlung. Sie hatte zwar kein besonders großes Sortiment, aber eine Landkarte konnte sie sicher dort bekommen.

Sie hatte sich gerade entschlossen hineinzugehen, als ihr Handy klingelte. Ihr Herz machte ein paar Extraschläge, als sie die Nummer sah.

„Ja, bitte. Hier Eva-Maria. Wie geht es dir, Wilhelm?"

Ein paar Sekunden war es still, bis er den Zusammenhang mit seiner Nummer auf ihrem Display begriff.

„Gut. Und dir?"

„Toll. Es ist herrlich frei zu haben."

„Was machst du?"

„Ich komme gerade aus der Bibliothek."

„Bibliothek? Studierst du etwas?"

„Ach nein. Ich habe nur in einigen Zeitschriften geblättert. Und Kaffee getrunken."

Warum sagte sie nicht, dass sie über den Brand gelesen hatte? Über das, was passiert war, als Vivekas Mann starb. Sie wollte gerade über ihre Konfrontation mit Reinhold Karlsson erzählen, als seine Stimme lebhafter wurde.

„Ich habe etwas äußerst Interessantes über Viveka. Etwas, was beim letzten Mal nicht herausgekommen war. Willst du hören?"

29

Der Regen, der die ganze Nacht geprasselt hatte, hatte jetzt endlich aufgehört. Die Wolkendecke war dünner geworden, und bald würden möglicherweise einige Sonnenstrahlen durchbrechen.

Eva-Marias Stiefel schmatzten als sie über die Platten vor Vivekas Haus ging. Eva-Maria war am Vormittag nach ihrem Bibliotheksbesuch zu Viveka gegangen. Zuerst hatte sie Emma zur Schule gebracht. Emma war langsam dabei, sich in ihr altes Ich zu verwandeln. Nunmehr sehnte sie sich nach der Schule und den anderen Kindern. Und das war ein gutes Zeichen. Über den Unfall sagte sie immer noch kein Wort. Und von dem Wort „schubste", das sie immer wiederholt hatte, wollte sie jetzt gar nichts wissen.
„Was denn ‚schubste'? Weiß ich nicht mehr. Will nicht ... will nicht darüber reden."

Sie hatten eine Zeit ausgemacht, zu der Eva-Maria Emma abholen kommen sollte. Und dann war Eva-Maria gefahren. Mit dem Kopf voller Gedanken seit dem gestrigen Tag. Über alles, was sie herausbekommen hatte. Alles drehte sich in einem einzigen Durcheinander, und sie hatte noch nicht mit jemandem geredet. Es hatte einfach keine Gelegenheit gegeben. Svante war spät nach Hause gekommen, und Wilhelm hatte sich den ganzen Abend nicht am Telefon gemeldet. Das Letztere störte sie auch. Mehr als sie zugeben wollte.

Sie hatte den ganzen Tag vor sich. Einen Tag, der hauptsächlich von häuslichen Pflichten erfüllt sein würde. Die Sommerkleidung musste weggehängt und Platz für die Winterkleidung geschaffen werden. An und für sich traurig, aber nichts wogegen man etwas tun könnte. Der Sommer war endgültig vorbei, und bald würde der Winter da sein.

Zu Hause angekommen entschied sich Eva-Maria. Warum mit Wilhelm oder Svante über Viveka reden? Das Beste wäre natürlich Viveka direkt darauf anzusprechen. Sie dazu bringen, über sich selbst zu reden. Ein paar Mal früher hatten sie vertrauliche Gespräche geführt, die in die Tiefe gingen. Kerzenschein, guten, starken Tee und jede Menge Zeit. Zwar hatte es sich fast ausschließlich um Eva-Marias Gedanken und Probleme gedreht. Vielleicht war sie einfach zu selbstfixiert gewesen. Und Viveka hatte sie einfach reden lassen. Aber das war jetzt vorbei. Jetzt müsste sie versuchen die entspannte Stimmung zurückzubeschwören und Viveka reden lassen. Vielleicht würde sie dann etwas über sich selbst erzählen.

Aber es kam nicht wie Eva-Maria es sich vorgestellt hatte. Viveka stünde durch eine bevorstehende Deadline schwer unter Zeitdruck. In nur ein paar Tagen müsste sie das Manuskript wegschicken. Schade. Natürlich hätte sie viel lieber mit Eva-Maria Tee trinken wollen. Und ein bisschen reden.

Viveka hatte wie immer freundlich gelächelt. Aber an ihr war auch etwas Zurückhaltendes gewesen. Eine Mauer von Vorsicht umgab sie. In ihren Augen war ein gehetzter Ausdruck zu sehen. An und für sich nicht seltsam. Offenbar stand sie schwer unter Zeitdruck.

Eva-Maria ging zurück in ihr Haus. Sie zog die Oberbekleidung aus, und rieb ihren Körper trocken. Ein Tasse Kaffee und in Ruhe die Zeitung lesen könnte sie sich noch gönnen, bevor sie ihre Arbeit mit der Kleidung anfing. Und eine Waschmaschine könnte sie gleichzeitig laufen lassen.

Als sie die Waschmaschine mit Kleidungsstücken bestückte, fingen die Gedanken erneut an, sich wie ein Karussell zu drehen. Und ziemlich schnell war alles wie immer. Sie hatte einen Bienenkorb im Kopf.

Sie müsste mit jemandem reden. Mit Svante? Nein, das erschien ihr nicht besonders verlockend. Er tat so, als ob er zuhören würde, wenn sie redete, aber seine Augen sprachen eine ganz andere Sprache. In seinen Gedanken war er woanders. Weit weg. Dann eher mit Wilhelm. Er wusste Bescheid und engagierte sich auch in dem Fall. Außerdem war er ein guter Zuhörer. Und er hatte sie ja schließlich mehrmals angerufen um ihr Auskunft über Viveka zu geben. Und das letzte Mal hatten seine Worte sie wirklich erschüttert. „Etwas äußerst Interessantes" hatte er gesagt. Sie goss sich eine Tasse Kaffee ein und setzte sich ans Telefon. Hörte die Signale durchkommen und wartete nur auf Wilhelms wohlmodulierte Stimme. Wurde unwirsch in die Wirklichkeit des Alltags zurückgeworfen, als eine gefühllose Frauenstimme kalt feststellte:

„Sie suchen Wilhelm Ambjörnsson?"

Eva-Maria schaffte es nicht zu antworten, bevor die mechanische Stimme hinausschmetterte:

„Wilhelm Ambjörnsson ist den ganzen Tag im Gericht. Er könnte möglicherweise am späten Nachmittag zurück sein. Kann ich ihm etwas ausrichten?"

„Aber nein. Das ist nicht nötig."

Höflich und dezent wie immer. Eigentlich hätte sie Lust zu schreien: „Jaa! Sagen Sie ihm, dass ich ihn brauche. Ich möchte mit ihm reden. Ich möchte, dass er ..."

Ja. Es gab vieles, das sie wollte, dass er tat. Reden. Alles lösen. Aber auch andere Dinge. Sie streicheln. Sie lieb haben. Mit ihr ins Bett gehen.

Allmählich war sie mit der Kleidung beschäftigt. Schob für eine Weile den Gedanken an Wilhelm beiseite. Versuchte nicht daran zu denken, wo er gewesen war und was er gestern den ganzen Abend getan hatte. Vergebens hatte sie versucht ihn zu erreichen.

Anstatt an Wilhelm zu denken, dachte sie an den gestrigen Tag. An ihren kleinen Ausflug. Die Idee war ihr gekommen, als sie vor der Bibliothek stand. Viveka hatte einen Hof von ihrer Tante und ihrem Onkel geerbt. Sie benutzte ihn nunmehr als Sommerhaus ein paar Wochen im Jahr. Sonst stand das Haus, soviel Eva-Maria wusste, leer.

Einmal vor ein paar Jahren war sie mit Viveka dort zu Besuch gewesen. Damals lebten noch die alten Leute. Ein entzückendes altes Paar, wobei der eine immer für den anderen da gewesen war. Die Tante war später erkrankt, und nur ein halbes Jahr nach ihrem Besuch war sie tot. Der Onkel hatte ganz und gar den festen Halt verloren. Er hatte getrauert und nicht auf seine Gesundheit geachtet und bald waren die Alten wieder vereint.

Seitdem war Eva-Maria nicht da gewesen, während Viveka pflichtbewusst dann und wann dorthin fuhr und darauf achtete, dass das Haus nicht total verkam. Und einige Wochen im Sommer zog Viveka dorthin mit den ganzen Arbeitsunterlagen.

„Aber man vermisst schon den Komfort und das praktische Haus allzu sehr", pflegte Viveka zu sagen, wenn sie nach Hause zurückgekehrt war.

Es handelte sich keineswegs um einen durchdachten Plan, als Eva-Maria sich entschloss das Haus zu suchen. Im Gegenteil. Es war ein Einfall. Ein plötzlicher Gedanke. Doch meistens funktionierten Einfälle und plötzliche Gedanken am besten.

Sie kaufte eine Landkarte. Während sie im Auto saß und an einem Apfel kaute studierte sie die Karte. Verstand in etwa wie sie fahren müsste und machte sich auf den Weg.

Etwa gleichzeitig als sie aus der Stadt hinausfuhr, fing es an zu regnen. Zuerst kamen ein paar zögernde, tastende Regentropfen. Dann regnete es immer intensiver.

Die Landschaft duckte sich im Regen, und der Himmel schien fast auf die Erde heruntergesunken zu sein. Alles war bedrückend. Die Scheibenwischer arbeiteten fest und gleichmäßig.

Der Regen, die bleigraue Landschaft, die beunruhigende Musik mit Verdis Rigoletto vom CD- Spieler. Alles zusammen trug zu ihrer trostlosen Laune bei. Sie war sowohl rastlos als auch unruhig. Und auf eine unbestimmte Weise auch ängstlich.

Sie hatte Angst vor dem, womit sie beschäftigt war. Sie hatte Angst vor dem, was sie herausfinden würde. Sie hatte Angst, weil sie dabei war alles zwischen sich und Viveka kaputt zu machen.

Aber sie musste auch sich selbst gegenüber zugeben, dass sie Viveka nicht richtig kannte. Sie dachte vielleicht, dass sie es getan hatte. Doch jetzt wusste sie es besser.

Es handelte sich nicht nur um den Brand, über den sie gerade gelesen hatte und den Wilhelm als mystisch bezeichnete. Zum Beispiel hatte man niemals feststellen können, was den Brand verursacht hatte.

Nein, hinzu kam das, was sie gerade durch Wilhelm erfahren hatte.

„Ich habe etwas äußerst Interessantes über Viveka. Etwas,
was beim letzten Mal nicht herausgekommen war. Bist du
bereit?"

Ihr Schweigen deutete Wilhelm als Zusage.

„Viveka hatte auch noch ein Kind. Ein kleines Mädchen, das
ertrank."

30

Der Regen nahm an Stärke zu, und sie war nahe dran, den Wegweiser nach Mellsunda zu verpassen. Sie konnte sich vage orientieren, aber sie war nicht sicher, dass sie auf dem richtigen Weg war. Sie stellte eine höhere Geschwindigkeit der Scheibenwischer ein, gleichzeitig als sie sich nach vorne lehnte um besser sehen zu können.

Sie fuhr an ein paar Abfahrtswegen vorbei ohne abzubiegen. Beim nächsten weg bog sie plötzlich rechts ab. Hauptsächlich nach Gefühl. Die Karte hatte sie schon im Stich gelassen. Um es klar zu sagen wusste sie nicht, wo sie sich befand. Ihr Bauch tat höllisch weh, und sie hatte das Gefühl, dass sie jeden Moment zu weinen anfangen könnte.

Was trieb sie eigentlich? Warum musste sie anfangen in Vivekas Leben herumzuschnüffeln? Wenn Viveka Eva-Maria nicht alles erzählen wollte, war es wohl ihre Sache. Sie hatte wohl ihre Gründe nichts zu erzählen.

Auf der linken Seite tauchte ein Haus auf. Eva-Maria bremste. Sie musste nach dem Weg fragen. Sonst würde sie sich total verirren. Hoffentlich war jemand zu Hause.

Sie hielt den Wagen an. Nahm ein Regencape zum Schutz über die Haare und lief zum Haus. Die Tür ging sofort auf, als sie die Türklingel drückte. Sie hatten sie wahrscheinlich schon im Auto gesehen. Und dann direkt neben der Tür gestanden.

Dort stand ein Paar, beide etwa gleich lang. Die Frau war dünn, während der Mann kugelrund war. Sie trug eine Art Hausanzug in einer Farbe, die wahrscheinlich vor längerer Zeit rot gewesen war. Er trug fleckige braune Cordhosen, ein kariertes Baumwollhemd und eine blaue Strickjacke. Der

Kontrast zu Eva-Marias elegantem braunem Hosenanzug war frappierend.

„Herr und Frau Blomberg?"

Sie hatte das Namensschild an der Tür gesehen. Sie nickten beide zur Antwort.

„Was für ein schreckliches Wetter!"

„Oh ja. Wir haben jetzt wahrhaftig genug Regen bekommen. Aber nun ist es so, dass wir nie etwas an der Türe kaufen ..."

Der rundliche Mann hielt eine Hand hoch und bemühte sich einen entschlossenen Eindruck zu machen.

„Das scheint meines Erachtens ein vernünftiges Prinzip zu sein. Aber Sie können unbesorgt sein. Es verhält sich schlicht und einfach so, dass ich mich verirrt habe. Ich weiß in der Tat nicht so ganz, wo ich mich gerade befinde."

Eine gewisse Erleichterung war beim Ehepaar Blomberg zu verzeichnen.

„Wo wollen Sie denn hin?"

„Ich wollte meiner Freundin helfen. Sie hat einige wichtige Papiere in ihrem Sommerhaus vergessen und hatte selbst keine Gelegenheit sie zu holen. Ich bot ihr meine Hilfe an, weil ich gerade Urlaub habe. Wir helfen uns oft gegenseitig. Sie springt bei mir als Babysitterin ein, wenn ich in Not bin."

Die Worte sprudelten aus ihr heraus. Die Lügen stapelten sich aufeinander. Das Paar sah sie skeptisch an.

„Wie heißt denn Ihre Freundin?"

„Viveka Klinge."

„Ach so, Viveka. Dann wollen Sie zum Hulthof. Das Haus gehörte früher Axel und Britta Persson."

„Ja, Vivekas Onkel und Tante. Ich bin einmal mit Viveka bei ihnen gewesen."

Allmählich kam sie weg. Der Bauch tat ihr immer noch weh, und es war ihr leicht gefallen auf den Kaffee, der ihr angeboten worden war, zu verzichten. Lisa uns Sven Blomberg waren schnell aufgetaut, und vor allem Sven hatte ununterbrochen geredet. Besucher waren vermutlich selten im Haus.

Ihre Skepsis hatte langsam nachgelassen, aber Eva-Maria hatte sich trotzdem verpflichtet gefühlt sich auszuweisen.

Jetzt war sie bald da. Plötzlich kam ihr alles bekannt vor. Hinter der nächsten Kurve müsste das Haus liegen. Und das stimmte. Ein grauweißes Haus mit grünen Fensterrahmen. Die Rahmen sahen ziemlich frisch gestrichen aus. Wahrscheinlich hatte Viveka dies im Sommer getan.

Der Regen ließ nach. Hörte nicht auf, aber tröpfelte wesentlich leiser. Eva-Maria blieb eine Weile im Auto sitzen. Versuchte ihre Gedanken zu ordnen.

Was hatte sie angerichtet? Viveka würde natürlich erfahren, was sie getan hatte. Nie im Leben würde Eva-Maria Viveka erklären können, warum sie hingefahren war. Und natürlich konnte sie nicht erklären. Wie könnte sie es Viveka erklären, wenn sie es nicht einmal sich selbst erklären konnte?

Irgendetwas war einfach da. Eine Treibkraft, die sie nicht richtig verstand. Und der sie auch nicht widerstehen konnte, egal wie es ausging. Das Verhältnis zu Viveka war wahrscheinlich für immer kaputt. So etwas konnte man nicht wiederherstellen. Aber irgendetwas stimmte nicht, irgendetwas war nicht in Ordnung. Sie spürte es und musste Gewissheit haben.

Angsterfüllt und mit unangenehmen Gedanken stieg sie aus dem Auto. Atmete ein paar Mal tief auf. Die Luft war frisch und reich an Sauerstoff. Aber trotz der frischen, klaren Luft ließ der Druck über der Brust nicht nach.

Sie sah über die Felder, die dort anfingen, wo das Grundstück aufhörte. Die Umgebung mit den herrlich langschweifenden Feldern flößte Ruhe ein. Hier musste Viveka schöpferische Arbeitsruhe gehabt haben.

Aber sie war nicht so weit gefahren um die Ruhe und die entspannende Umgebung zu genießen. Sie musste das zu Ende führen, was sie angefangen hatte. Es war jetzt ganz unmöglich die ganze Angelegenheit rückgängig zu machen. Viveka würde trotzdem alles erfahren, was sie jetzt machte. Auch wenn sie sich täuschte würde ihre Freundschaft vorbei sein. Schluss mit allen intimen Teestunden, keine Hilfe mehr mit Emma.

Und wenn sie Recht hatte? Wenn sich herausstellen sollte, dass ihr nagender Argwohn und ihre schmerzenden Gedanken sie auf die richtige Spur geführt hatten? Was würde dann passieren? Eva-Maria wusste es in diesem Augenblick nicht. So weit hatte sie nicht gedacht. Das allerwichtigste war im Moment Gewissheit zu bekommen.

Sie presste die Lippen zusammen und machte die Autotüre zu. Ging dann mit entschiedenen Schritten auf die rote Scheune zu. Die Farbe war abgeblättert, und die Scheune musste neu gestrichen werden. Aber Eva-Maria kümmerte sich nicht so sehr um die Beschaffenheit der Scheune. Sie ging näher. Ihre Kehle war wie zugeschnürt, und sie sehnte sich nach der Wasserflasche im Auto.

Sie war da. Sie fand fast sofort ein paar Bretter mit Spalten dazwischen. Lehnte den Kopf gegen die nassen Bretter und schaute hinein. Zuerst sah sie gar nichts. Alles lag im Dunklen. Aber ihre Augen passten sich schnell an. Und sie sah.

Ein Schauder durchfuhr ihren Körper und sie zitterte plötzlich. Spürte keine Befriedigung. Sondern nur eine unendliche Leere.

In der Scheune stand ein dunkelblauer Lieferwagen.

Erneut stand Eva-Maria vor der Bibliothek. Sie war fleißig zu Hause gewesen. Aber die Gedanken daran, was sie gestern gesehen hatte, waren immer in ihrem Kopf gewesen. Wie stechende Mücken. Zum Schluss hatte sie gespürt, dass sie etwas tun musste. Sie konnte nicht die ganze Zeit sich mit der Kleidung beschäftigen, während es in ihrem Körper vor Ungeduld und Nervosität kribbelte.

Sie dachte an Wilhelms Worte, als sie sich darüber beklagte, dass sie niemanden hatte, mit dem sie über Viveka reden konnte. Über die Tatsache, dass sie ein Kind gehabt hatte. Viveka konnte sie kaum darauf ansprechen. Doch das wäre natürlich das Richtigere gewesen. Jedenfalls ehrlicher.

„Rede doch mit der Bibliothekarin, Rose-Marie Palgander. Sie scheint ja Vivekas einzige Freundin zu sein. Außer dir, natürlich."

Gesagt, getan. Sie nahm Kontakt mit Rose-Marie auf. Lud sie zum Mittagessen ein. Anfangs war Rose-Marie unschlüssig gewesen. Aber Eva-Maria wollte sich bei ihr bedanken für die Hilfe in der Bibliothek, als Reinhold Karlsson sie angegriffen hatte. Nachdem sie mit einigen Kollegen über eine Änderung des Arbeitsplans beraten hatte, sagte sie zu. Sie konnte wohl nicht der Chance zu einem fortgeschrittenen Tratsch widerstehen.

Jetzt hatte Eva-Maria Rose-Marie in die Bibliothek zurückbegleitet. Rose-Marie war in der Bibliothek verschwunden, während sie sich noch einmal versichert hatte:
„Sie erzählen doch Viveka nichts von unserem Gespräch. Falls sie wider Erwarten es einmal erzählen sollte, müssen Sie sich überrascht stellen."

Eva-Maria hatte es versprochen. Viveka hatte dies für sich behalten wollen aber sich in einem schwachen Augenblick Rose-Marie gegenüber geöffnet.

Viveka hatte eine kleine Tochter gehabt, Angelika. Bei einer Gelegenheit, als Viveka bei einem Verlagstreffen war, hatten die Nachbarn im Feriendorf Hammarboda sich um Angelika gekümmert. Was genau passiert war, wusste Rose-Marie nicht. Ein Augenblick der Unaufmerksamkeit und das Schreckliche war passiert. Angelika fiel ins Wasser und konnte nicht gerettet werden. Es waren ganz einfach keine Erwachsenen in der Nähe gewesen. Nur ein paar erschrockene Kinder, die durch den Schock unfähig gewesen waren einzugreifen.

Natürlich hatte dieser Vorfall Viveka tief betroffen. Zeitweise war sie in tiefe Depressionen gefallen. Hatte sich zurückgezogen und niemanden sehen wollen. Wenn sie mal draußen war ging sie meistens und murmelte vor sich hin. Lange unzusammenhängende Sätze.

Diese Seite Vivekas hatte Eva-Maria nie gesehen. Sie hatte im Gegenteil Viveka als diszipliniert und beherrscht angesehen. Vermutlich läge das an den Medikamenten, die sie nehmen musste, meinte Rose-Marie. Unter der sichtbar ruhigen Oberfläche herrschte ein ständiges Chaos.

Was sollte Eva-Maria mit der Kenntnis, die sie erhalten hatte, tun? Sie musste Viveka sprechen. Ihr erzählen, was sie wusste. Und Viveka dazu bringen über das Vorgefallene zu reden.

Alles zwischen ihnen würde abgerissen werden. Auch wenn Viveka an dem, was Eva-Maria vermutete, ganz unschuldig war, musste sie Gewissheit erhalten. Aber Viveka würde ihr nie verzeihen, dass sie in ihrem Leben herumgeschnüffelt hatte.

Vielleicht sah Eva-Maria Gespenster am helllichten Tag. Nur weil Viveka ihre Geheimnisse gehabt hatte und Eva-Maria nicht von den Tragödien, von denen sie betroffen worden war, erzählt hatte, brauchte das nicht zu bedeuten, dass sie hinter dem, was ihr und ihrer Familie passiert war, steckte.

Aber Eva-Maria konnte ihre Gedanken nicht in Schach halten. Sie konnte nichts dafür, dass sie Viveka im Lieferwagen vor sich sah. Viveka, die direkt auf Emma zusteuerte. Und Axel Svederus, der Emma weggeschubst hatte und selbst getötet wurde. Da lag vielleicht auch die Erklärung für Emmas wiederholtes „Schubste".

Eigentlich wollte sie dies nicht glauben. Aber das kleine Körnchen Misstrauen, das sich in ihr Inneres eingeschlichen hatte, wuchs immer mehr. Obwohl sie es nicht wollte.

Ihr Herz klopfte, und sie hatte das Gefühl, dass ihr Kopf bersten würde. Sie fuhr schnell und ungelenk zur Schule um Emma abzuholen. Ihr war fast übel vor Nervosität. Sobald sie Emma abgeholt hatte, würde alles besser werden. Sie würden zusammen etwas Lustiges unternehmen. Und morgen würde sie mit Viveka reden. Nicht länger alles vor sich hinschieben. Vielleicht würde sie Wilhelm um Hilfe bitten. Zusammen könnten sie vielleicht mit ihr reden. Wilhelms

Ruhe würde entschieden sowohl sie selbst als auch Viveka beeinflussen.

Sie bremste an der Schule. Offensichtlich war Pause. Die ganze Klasse war auf dem Schulhof und spielte etwas, was Eva-Maria nicht ganz verstand. Sie lächelte, während sie nach Emmas roter Jacke spähte.

Sie konnte sie nicht entdecken. Sie öffnete die Autotüre um besser sehen zu können. Ein Stoß von Schmerz durchfuhr ihren Bauch. Fast zusammengeknickt lief sie auf den Schulhof. Mit einemmal verstand sie. Verstand was passiert war. Emma war nicht da. Emma war weg. Ihr Mund war ganz trocken, und sie konnte kaum atmen. Sie riss die zwei nächsten Kinder an sich. Einen Jungen mit wuscheligen Haaren, die ihm zu Berge standen. Und ein Mädchen mit fröhlichen Augen und roten Bäckchen.

Emma. Nein, sie sei schon abgeholt worden. In der Mittagspause. War sie nicht jetzt schon zu Hause? Plötzlich stand Lisa da, Emmas beste Freundin.

„Hallo. Was machen Sie denn hier? Emma ist nicht mehr hier. Ihre Nachbarin, Viveka, holte sie vor mehreren Stunden ab. Sie hätten sie gebeten, sagte sie. Sie wollten irgendeinen Ausflug machen, sagte sie."

31

Die nächsten Stunden kamen Eva-Maria wie ein Albtraum vor. Später konnte sie sich kaum daran erinnern. Sie konnte nicht erklären, was sie getan hatte oder warum. Ihr ganzes Denkvermögen setzte aus. Sie folgte einfach ihrem nächsten Einfall ohne zu überlegen.

Eine Wahnsinnsfahrt von der Schule nach Hause. Eine Polizeikontrolle und man hätte ihr den Führerschein abgenommen. Aber ihr war egal, wie sie fuhr, Hauptsache sie kam an. Die ganze Zeit murmelte sie vor sich hin. Wie eine Formel:

„Lieber Gott! Hilf mir! Mach, dass Emma nichts passiert ist! Ich mache alles, wenn ihr nur nichts passiert."

Ihr war übel. Sie spürte, dass sie sich jeden Moment übergeben wollte. Es war, als hätte ihr jemand ein hartes und steifes Band über ihre Stirn und ihren Kopf gespannt. Sie zitterte am ganzen Körper. Ihre Hände zitterten so sehr, dass sie sie gegen das Steuerrad pressen musste.

Jetzt sah sie das Haus. Sie schlidderte in den Hof hinein und stürzte aus dem Auto. Sie rannte auf die Tür zu mit dem Schlüsselbund in der Hand. Die ganze Zeit murmelte sie vor sich hin:

„Sie ist da drinnen. Sag dass sie da drinnen ist! Sie sieht fern oder hört Musik. Deshalb hörte sie nicht das Auto. Sie ist drinnen. Da drinnen."

Die Tür war geschlossen. Sie zerrte ein paar Mal an der Klinke. Gut dass Emma hinter sich abschloss. Das hatte ihr Eva-Maria immer nahegelegt. Ihre Hände zitterten so, dass sie kaum den Schlüssel ins Loch bekam. Nachdem sie ein bisschen hin- und hermanipuliert hatte, ging die Tür endlich auf und sie stürzte hinein.

„Hallo, Emmalein! Ich bin da! Emma! Emma!"

Ihr Geschrei war gleichzeitig schrill und heiser. Die Stille, die ihr entgegenkam, war eisig und höhnisch.

Sie stürmte ins Haus. Wohnzimmer und Fernsehzimmer waren leer. Ebenfalls die Küche. Mit ein paar hitzigen, schnellen Schritten rannte sie die Treppe hoch. Die Tür zu Emmas Zimmer war auf. Das Bett nicht gemacht und Kleidungsstücke überall verstreut. Auf dem Stuhl, dem Sessel, dem Schreibtisch.

Eva-Maria blieb in der Türöffnung stehen. Ihr Herz klopfte so heftig, dass sie den Eindruck hatte, es würde durch die Bluse aus ihrem Körper hinausspringen. Sie starrte das Durcheinander an ohne zu sehen. Versuchte sich zu beruhigen. Den Puls zu normalisieren. Sie musste etwas tun. Aber was?

Anrufen natürlich. Sie musste anrufen. Hilfe holen. Mit jemandem reden. Sich etwas von der Seele reden.

Noch einmal rannte sie los. Diesmal die Treppe hinunter. Zum Telefon. Tippte schnell eine Nummer ein. Sie errötete leicht, als sie entdeckte, dass sie Wilhelms Nummer gewählt hatte. O.K. Einen Sinn musste es schließlich haben.

Sie horchte gespannt. Zuckte zusammen als sie die ruhige, wohlbekannte Stimme hörte. Doch schien ihr die Stimme zu mechanisch. Und dann verstand sie. Scheiße, verfluchter Anrufbeantworter! Immer erreichte man heutzutage als erstes den Anrufbeantworter. „Wilhelm! Ich bin es, Eva-Maria! Lass so schnell wie möglich von dir hören. Etwas Schreckliches ist passiert!"

Sie legte den Hörer wieder auf. Noch mal eine Nummer eintippen. Diesmal Svantes. Sie schämte sich. Sie hätte wohl zuerst Svante anrufen müssen. Aber nun kam es anders. An und für sich nicht so seltsam. Wilhelm war auf eine ganz andere Art und Weise für sie da.

Natürlich konnte sie Svante nicht erreichen. Wann war das ihr das letzte Mal gelungen? Er war wie ein Schatten, der immer verschwand, ihr eigener Ehemann. Und er wurde immer unsichtbarer.

Sie versuchte eine neue Nummer. Unterbrach sich, als sie die Hälfte eingetippt hatte. Es war ja Vivekas Nummer. Sie fing an zu lachen. Anfangs ziemlich ruhig, dann immer hysterischer. An Viveka hatte man sich immer wenden können, wenn man Probleme hatte. Aber jetzt nicht mehr.

Das Gelächter ging in Weinen über, und Eva-Maria ließ sich auf einen Stuhl nieder und ließ die Tränen fließen.

Wie lange sie dort sitzen blieb, wusste sie nicht. Plötzlich ging ihr ein Licht auf. Viveka. Emma war vielleicht bei ihr. Mit erneuten Kräften rannte sie aus ihrem Haus und auf Vivekas zu. Machte das Gartentor auf. Rannte die Einfahrt hoch. Keine Reaktion. Zerrte an der Türklinke. Geschlossen. Das ganze Haus sah abgeschlossen aus.

Erneut überspülte sie die Panik. Ihr Körper zitterte, und in ihrem Gesicht zuckte es. Ohne konkret zu wissen, was sie tun wollte, lief sie zum eigenen Haus zurück. Dort angekommen rannte sie von dem einen Zimmer zum anderen ohne etwas zu erreichen. Die Treppe hinauf, in Emmas Zimmer hinein, gleich wieder hinaus und die Treppe hinunter. Dann zum Fenster.

In dem Moment klingelte das Telefon.

32

Wilhelm war bei ihr. Er hatte angerufen und ziemlich schnell sie so weit beruhigen können, dass sie erzählen konnte. Und sie erzählte, was sie erfahren hatte. Von ihrem anfangs vagen Verdacht, der nach und nach immer stärker wurde. Er verstand sofort den Ernst der Lage und versprach so schnell wie möglich zu kommen.

Und er war wirklich schnell da gewesen. Sehr schnell. Trotzdem kam es Eva-Maria wie eine Ewigkeit vor. Aber er hatte sie beruhigen können. Sie dazu gebracht klar zu denken.

Zusammen waren sie zu Vivekas Haus gegangen. Waren rund um das ganze Haus gegangen. Alles war still und ruhig gewesen. Aus dem Haus kam kein Lebenszeichen.

Sie blieben an der Glastür stehen, die von Vivekas Wohnzimmer auf die Terrasse hinausging, stehen. Nachdenklich begutachtete Wilhelm die Tür. Tastete sie prüfend ab. Murmelte dann halblaut etwas. Mehr oder weniger allein vor sich hin.

„Es gibt keine andere Möglichkeit."

Dann ging er ein paar schnelle Schritte auf ein Blumenbeet zu. Ohne zu zögern hob er einen runden Stein auf. Und bevor Eva-Maria es sich versah, hatte Wilhelm die Fensterscheibe eingeschlagen. Er warf den Stein weg und zwängte vorsichtig seine Hand durch die kaputte Fensterscheibe. Nach kurzem Drehen ging die Tür plötzlich auf.

„Bitte schön! Hier geht es lang!"

Er lächelte Eva-Maria an. Und sie fand sich mit allem ab. Zum Teil hatte sie losgelassen und einen Teil der Verantwortung Wilhelm überlassen. Und das war ein angenehmes Gefühl. Nicht dass sie ab jetzt passiv neben ihm stehen wollte. Aber es war schön gewesen, einen Teil der Verantwortung loszuwerden und Hilfe mit dem, was getan werden musste, zu bekommen. Und das auch schnell getan werden musste.

Die Situation war völlig unwirklich geworden. Und das innerhalb von nur ein paar Tagen. Die letzten Tage hatte sie Viveka beobachtet. Ihr früheres Leben und ihre Geheimnisse untersucht. Und das nur weil sie ein bestimmtes Gefühl gehabt hatte. Dass etwas nicht ganz stimmte. Dass alles nicht so war, wie es an der Oberfläche ausgesehen hatte.

Und jetzt stand sie in dem Haus ihrer Freundin. Und sie hatte es erlaubt, dass Wilhelm ein Fenster kaputtschlug um hineinkommen zu können.

Aber irgendwelche wehleidige Gedanken waren ihr im Moment keine Hilfe. Jetzt war ein anderes Verhalten angesagt. Jetzt mussten sie so schnell wie möglich herausfinden, wo Emma sich befand und zusehen, dass ihr nichts Ernstes passierte.

Zusammen mit Wilhelm untersuchte sie das ganze Haus. Wie immer herrschte eine penible Ordnung. Alles stand korrekt und gerade. An Vivekas Arbeitsplatz herrschte dieselbe Ordnung wie sonst überall. Bücher und Papiere lagen in gut geordneten Haufen. Einige Bleistifte bildeten eine gerade Linie wie Soldaten vor einem Marsch. Ein Gestell mit Disketten mit Vivekas sauberer Handschrift beschriftet verstärkte den korrekten und strammen Eindruck.

Im ganzen Haus schien nichts in Unordnung zu sein. In der Küche glänzte die Spüle, und nicht ein einziger ungespülter Gegenstand war zu finden. Wilhelm seufzte.

„Es ist ja beinahe gespenstisch. Das Haus sieht aus wie ein Musterhaus. Es gibt fast gar keine Spur, dass jemand hier wohnt."

Eva-Maria ballte die Fäuste zusammen.

„Vielleicht ist alles nur ein Missverständnis. Ein riesiges, gigantisches Missverständnis."

„Nein. Beruhige dich jetzt! Alles deutet ja darauf hin, dass du Recht hast. Und sie holte Emma in der Schule ab. Das ist ja immerhin eine Tatsache. Sie hat Emma bei sich. Irgendwo."

„Aber wie konnte sie wissen ... Ich meine, dass ich ... ich angefangen hatte Verdacht zu schöpfen. Ich habe ihr kein Wort gesagt. Vielleicht hat Rose-Marie Palgander in der Bibliothek etwas gesagt. Ihr Hobby scheint ja zu sein, alles, was sie erfährt weiterzutragen. Aber Viveka kann ja nichts von meinem Ausflug nach Mellsunda wissen."

Wilhelm gab ihr Recht. Er sah sich ein letztes Mal im Zimmer um. Das Telefon mit dem Anrufbeantworter brütete leise vor sich hin auf einem Tischchen etwas weiter weg. Ohne zu überlegen, beinahe instinktiv drückte er den Knopf mit den Antworten:

„Hallo, Viveka. Hier ist Lisa, Lisa Blomberg. Hoffentlich ist bei dir alles in Ordnung. Und hoffentlich können wir dich bald sehen. Sven und ich wollen nur etwas überprüfen. Bei uns kam eine Frau vorbei. Eva-Maria irgendetwas. Sie sagte, sie sei Rechtsanwältin. Und eine Freundin von dir. Sie wollte ein paar Papiere für dich holen. Also erzählten wir ihr, wie sie zum Hulthof fahren sollte. Hoffentlich machten wir nichts Falsches. Du kannst wohl von dir hören lassen ..."

Die Nachricht war zu Ende und alles wurde still. Eine schwere, erstickende Stille. Eva-Maria und Wilhelm sahen einander kurz an, bevor Eva-Maria aufschrie.

*

Die Angst und der bodenlose Schreck übermannten sie erneut. Wäre nicht Wilhelm bei ihr gewesen und hätte er sie nicht unterstützt, wäre sie vermutlich jeden Augenblick zusammengebrochen. Sie fühlte den Boden unter ihren Füßen schaukeln. Sie versuchte klar zu denken, aber ihre Gefühle und Gedanken waren ein einziges Chaos.

Mal schlug sie das Eine mal das Andere vor, aber Wilhelm hielt nur fest ihre Schultern und sagte fast brutal:

„Sei ruhig, Eva-Maria! Nichts wird besser, weil wir hin und herrennen. Jetzt gehen wir zurück zu eurem Haus und überlegen, wohin sie gefahren sein könnten."

Sie verließen Vivekas Haus auf demselben Weg, wie sie hereingekommen waren, durch die Terrassentüre. Wilhelm schob die Türe zu. Alles sah wie sonst immer aus, aber wer näher trat, sah, dass ein Loch in der Glasscheibe war.

Eva-Maria sah jemanden weiter weg zwischen den Bäumen vorbeihuschen. Sie blieb stehen und packte Wilhelm am Arm. Entdeckte dann wer es war. Trotz der ernsten Lage kicherte sie. „Wer ist denn das? Und warum hatte er es plötzlich so eilig?"

„Torsten Björk. Hedvikens eigener kleiner Spanner."

„Ach so. Dann verstehe ich. Er wollte wohl nicht noch eine Tracht Prügel von Svante beziehen. Schade, dass er abhaute. Wenn er hier herumgeschlichen ist, hat er vielleicht etwas gesehen."

Eva-Maria sah skeptisch aus.

„Ich glaube nicht, dass er so oft hier herumschleicht, nachdem sich Svante ihn vorgeknöpft hat. Ich glaube, dass es sich nur um einen Zufall handelte, dass er jetzt hier war. Aber wenn du meinst. Wenn du denkst, dass es einen Versuch wert ist, dann …"

„Zuerst gehen wir zu dir zurück, dann sehen wir weiter. Vielleicht lohnt es sich trotz allem zu ihm nach Hause zu gehen und ihn zu überprüfen."

Wieder zu Hause angekommen ging Eva-Maria sofort hoch in die oberen Zimmer, während Wilhelm unten blieb. Er hatte sich kaum hingesetzt, als er sie von oben rufen hörte. Er nahm die Treppe mit ein paar Schritten.

„Bimbo! Bimbo!"

„Was sagst du? Bingo?"

„Nein Bimbo. Bimbo ist Emmas Lieblingskuscheltier. Ein besonders hässlicher kleiner Teddybär. Und der ist weg."

„Kannst du sehen, ob noch etwas fehlt?"

Wilhelm ging in Emmas Zimmer und sah sich um. Es war ein typisches Mädchenzimmer. Weißes Bett, weißer Schreibtisch, ein Kuschelsessel mit jeder Menge blauer Kissen. Die Wände waren voll von Pferdebildern.

Eva-Maria stocherte planlos unter den verstreuten Kleidungsstücken herum. Schluchzte, zog eine der Schreibtischschubladen heraus. Begutachtete den Inhalt und drehte sich dann zu Wilhelm um.

„Ich glaube ihr Tagebuch fehlt."

„Tagebuch?"

„Ja, ihr Tagebuch liegt sonst immer in dieser Schublade."

Sie zog auch die andere Schublade heraus. Kein Tagebuch. Wilhelm packte sich nachdenklich am Kinn.

„Also, sie scheint ihr Kuscheltier und ihr Tagebuch mitgenommen zu haben. Hat sie vielleicht noch etwas eingepackt? Fehlt eine Tasche?"

Eva-Maria sah sich verwirrt um.

„Ihr Rucksack scheint weg zu sein …"

Erneut schluchzte Eva-Maria. Wilhelm legte den Arm um sie.

„Überleg doch mal! Wer könnte eine Ahnung haben, wo sie ist? Hat sie nichts in der Schule gesagt?"

„Lisa?"

„Lisa wer?"

„Ihre beste Freundin. Sie weiß vielleicht etwas."

*

Kurz danach saßen sie in Wilhelms Auto. Er war verbissen. Mal schluchzte Eva-Maria, mal murmelte sie vor sich hin.

„Lieber Gott! Hilf mir, dass nichts passiert ist. Nichts Ernstes. Mach, dass es Emma gut geht."

Wilhelm streichelte unbeholfen ihren Arm. Dann musste er sich aufs Autofahren konzentrieren. Sie wussten jetzt wo sie hinmussten. Und sie waren in Zeitnot. Und Wilhelm hatte die Polizei dahinbestellt.

Lisa hatte keine Schwierigkeiten bereitet. Sie war nicht erstaunt, dass Viveka Emma abholte. Das tat sie ja dann und wann. Ein bisschen erstaunt war sie wohl, dass sie so früh gekommen war. Sie hatten ja noch mehrere Unterrichtsstunden vor sich. Und noch erstaunter war sie, als sie verstanden hatte, dass Viveka und Emma aufs Land fahren wollten. Nach Hammar ... Hammar ... irgendetwas.

„Das Wetter war ja nicht ideal um aufs Land zu fahren. Aber Emma schien es toll zu finden."

Eva-Maria hatte sofort verstanden. Sie hatte Wilhelm angeschrien nachdem sie den Hörer aufgelegt hatte:

„Hammarboda! Sie sind nach Hammarboda gefahren. Verstehst du nicht? Scheiß Viveka! Dort ertrank damals ihre Tochter."

33

Was ist denn das für ein Geräusch? Es hört sich genauso an wie Autos. Motorengeräusch und heftiges Bremsen. Und da. Autotüren. Sind sie hinter mir her?

Jetzt glauben sie natürlich, dass sie mich erwischt haben. Dass sie mich nur abholen brauchen. Kleine dumme Viveka. Wie einfach, man braucht dich nur abzuholen. Aber ich bin nicht dumm. Ich kann jeden überwinden und überlisten. Die anderen sind nur ein Haufen Dummköpfe. Die immer nur reden. Immer und ohne Unterbrechung. Sie reden, während ich tätig werde. Und das mit Bedacht.

Jetzt ist es mir endlich gelungen. Das, was ich so lange versucht habe. Es ist mir endlich gelungen Angelika eine Spielkameradin zu besorgen. Sie ist so lange allein gewesen. Aber jetzt bekommt sie eine Freundin, mit der sie zusammen sein kann. Mit der sie spielen kann. Mit der sie lustige aber leider manchmal auch traurige Erlebnisse teilen kann.

Emma und Angelika werden perfekt zusammenpassen. Eigentlich ähneln sie sich sehr. Sie denken und handeln etwa gleich.

Meine liebe Angelika verschwand so plötzlich. Sie hinterließ eine unbeschreibliche Leere. Und ich versprach, dafür zu sorgen, dass Angelika nie ganz alleine sein musste. Sie sollte immer jemanden zum Spielen haben, egal wo sie sich befand.

Ganz ist es mir wohl bis jetzt nicht gelungen. Aber Angelika weiß, dass ich es versucht habe. Und jetzt ist es mir endlich gelungen.

Eva-Maria wird es natürlich ganz das Rückgrat brechen. Doch dafür kann ich nichts. Darauf kann ich keine Rücksicht nehmen. Sie hat ja alles. Alles, was ich auch hätte haben sollen aber verloren habe.

Doch jetzt bin ich dran. Jetzt werde ich mich rächen. Ich hätte auch Kinder, ein Haus und einen erfolgreichen Mann haben können. All das hat Eva-Maria. Und wenn ihr Mann auch jedem Rockzipfel nachläuft, er ist ja trotzdem immer da.

Na und. Wenn es in ihrer Ehe kriselt. Was passiert dann? Bricht Eva-Maria dann zusammen? Ganz und gar nicht. Ein bisschen traurig vielleicht. Aber nicht so sehr. Stattdessen hat sie bald einen neuen Mann an der Angel. Und damit nicht genug. Natürlich einen der begehrtesten Junggesellen Örtunas.

Typisch, dass Eva-Maria ihn an sich heranraffen muss. Sie, die alles hat. Doch das hat jetzt ein Ende. Stattdessen wird sie alles verlieren.

Eva-Maria redet immer von ihrer Familie. Dass sie das Wichtigste sei. Dass sie ihr am meisten bedeute. Dass sie sich für ihre Familie abrackere. ABER JETZT! Jetzt wird sie sie verlieren. Seit einiger Zeit zerfällt ihre Familie langsam. Dessen ist sie sich voll und ganz bewusst. Der zusammenhaltende Kitt hat sich gelöst. Die Familie existiert kaum noch. Jeder ist verunsichert. Keiner verlässt sich auf den anderen mehr. Zutrauen hat sich in Skepsis gewandelt. Alles ist chaotisch. Sie befinden sich alle auf einem Morast.

Jetzt wird sie am eigenen Leib erfahren, wie es ist ohne Familie zu sein. Niemanden zu haben. Immer andere Familien betrachten zu müssen ohne eine eigene zu haben. Und auch neidisch zu sein. Daraus wird sie lernen, dass Glück und Familie nicht von Dauer sind. Dass so etwas plötzlich ein Ende haben kann.

Es ist eine Ironie des Schicksals, dass gerade ich Eva-Maria zu Fall bringe. Sie, die es immer auf mich abgesehen hat. Natürlich würde sie das niemals zugeben. Aber Tatsache ist, dass sie sich nie um mich gekümmert hat. Sie hat immer nur über sich selbst und ihre eigenen Probleme geredet. Und jetzt plötzlich fängt sie an mich zu kontrollieren. Spioniert mir hinter meinem Rücken nach und glaubt nicht, dass ich etwas merke.

Und dann alle ihre falschen Floskeln. „Ich bewundere dich so, Viveka. Du hältst dein ganzes Leben in Ordnung." Doch jetzt hat dieses blöde Gewäsch ein Ende genommen. Jetzt bist du dran, alles zu verlieren. Und meine kleine Angelika wird endlich ihre Spielkameradin bekommen.

34

Wilhelm schlidderte mit seinem Auto ins Feriendorf. Sie taumelten beide aus dem Auto und sahen sich um. Beide darüber erstaunt, wie groß das Gebiet war. Eva-Maria sah Wilhelm verzweifelt an.

„Herrgott! Wo sollen wir anfangen?"

„Ruhe! Keine Panik! Wir müssen versuchen Vivekas Auto zu finden. Wie sieht es aus? Marke? Farbe?"

Wilhelm bekam keine Antwort von Eva-Maria. Sie hatte das Wasser gesehen und fing an gerade darauf zuzulaufen. Wilhelm rief ihr hinterher:

„Warte! Hast du etwas gesehen? Warte!"

Von Eva-Maria kam keine Reaktion. Sie lief weiter auf das Wasser zu ohne sich umzudrehen. Wilhelm rief immer noch und lief ihr hinterher. Er holte sie ein und packte sie am Arm.

„Es gibt eine Übersichtskarte über das Gebiet da oben. Hast du eine Ahnung, in welchem Haus sie sich befinden könnte?"

„Nein!"

Eva-Maria schrie ihre Antwort heraus.

Gleichzeitig fuhr ein Polizeiauto aufs Gelände. Die Blaulichter sollten Eva-Maria Hoffnung und Geborgenheit vermitteln, aber sie befand sich in ihrer eigenen Welt. Kurz danach raste noch ein Polizeiauto aufs Gelände.

Wilhelm gelang es Eva-Maria anzuhalten und zeigte auf die Autos.

„Jetzt lassen wir die Jungs übernehmen."

Eva-Maria blieb stehen. Fing dann an etwas langsamer zu gehen. Doch die Richtung war dieselbe. Sie ging auf das Wasser zu.

Wilhelm wartete die ersten Polizisten ab. Eine kurze Diskussion. Einer der Polizisten zeigte auf ein Haus und verschwand danach. Wilhelm eilte auf Eva-Maria zu.

„Jetzt wird alles gut, du wirst schon sehen. Sie finden Emma gleich."

Eva-Marias Antwort war nur ein Schluchzen. Und sie stotterte das heraus, was gerade Wilhelm durch den Kopf gegangen war.

„Aber wenn ... wenn ... es zu spät ist. Das werde ich niemals ... oh nein ... das darf nicht sein. Ich ... ich ... Aber guck doch mal da!"

Eva-Marias Stimme veränderte sich von dem tonlosen Murmeln zu einem schrillen Falsett. Gleichzeitig fing sie an zu laufen.

„Dort ist sie! Sie steht dort! Siehst du nicht?"

Es dauerte ein paar Sekunden, bevor Wilhelm verstand. Er glaubte zuerst, dass Eva-Maria Emma gesehen hätte. Aber es war kein Kind, sondern eine erwachsene Frau. Viveka. Draußen auf einem Steg stand sie und sah über das Wasser hinaus. Zierlich. Ein bisschen spröde. In blauem Anorak und mit den langen dunklen Haaren herunterhängend auf den Rücken. Ihre weinroten Cordhosen hatte sie in die Gummistiefel gesteckt.

„Viveka! Viveka!"

Eva-Marias heiseres Geschrei zerschnitt die Stille. Viveka zuckte zusammen und drehte sich so hastig um, dass sie fast den Boden unter den Füßen verlor. Einen Augenblick zögerte sie, bevor sie anfing zu laufen. Weg vom Steg. Den Strand entlang und hinauf zu den Häusern.

Eva-Maria schrie weiter, aber es hörte sich jetzt eher an wie heiseres Krächzen. Wilhelm begriff schnell, wohin Vi-

veka unterwegs war und versuchte ihr den Weg abzu-
schneiden.

Vivekas Körper war leicht, und sie bewegte sich schnell.
Doch Wilhelm war durchtrainierter und somit schneller.
Der Abstand zwischen ihnen wurde immer kleiner, und
bald war er direkt hinter ihr. Sie stieß kleine Schreie hinaus
wie bei einem Liebesakt. Und als Wilhelm sich über sie warf
brüllte sie geradeheraus wie ein verletztes Tier.

Ihre Arme und Beine verhedderten sich ineinander. Viveka fauchte und spuckte. Fluchte und kratzte. Es gelang ihr
sogar für einen kurzen Augenblick sich zu befreien, aber
Wilhelm warf sich erneut über sie und drückte sie auf den
Boden.

Die ganze Zeit spuckte sie Flüche und Drohungen aus.
Eva-Maria, die jetzt das kriechende Paar auf der Erde erreicht hatte, war gelinde gesagt erstaunt, dass die sonst so
stille und ruhige Viveka alle diese Worte und Ausdrücke
kannte. Selbst trug sie zu der Geräuschkulisse bei, indem sie
immer wieder schrie:
„Was hast du getan? Wo ist Emma? Wo ist sie?“

Zwei Polizisten kamen gerannt und halfen Wilhelm Viveka festzuhalten. Sie kämpfte weiter für eine kurze Weile, bis
sie einsah, dass es zwecklos war. Ihre Schreie und Flüche
nahmen ab. Aber sie war nicht still. Gar nicht. Sie weinte.
Und lachte. Ein völlig wahnsinniges Gelächter.

Plötzlich hörte sie auf. Wurde ganz still. Es schien, als ob
sie erst jetzt wahrnahm, dass Eva-Maria da war. Die die
ganze Zeit ihre Fragen schrie.
„Was hast du getan? Wo ist Emma? Wo ist sie?“

Viveka drehte langsam ihren Kopf und sah Eva-Maria an. Schwieg lange. Dann lachte sie. Ein heiseres krächzendes Gelächter, das jeden zum Schaudern brachte.

„Ach so, hier kommst du also, du scheinheiliges Miststück. Aber du kommst zu spät. Viel zu spät. Ich habe schon mein Opfer bekommen."

„Was hast du getan? Du krankes Miststück. Du Scheiß Psychopathin. Ich werde ... werde..."

Eva-Maria warf sich auf Viveka zu, aber einer der Polizisten schien ihre Gedanken zu lesen und hielt sie in einem festen Griff.

Es war ganz unmöglich ein vernünftiges Wort aus Viveka herauszubekommen. Sie war wie umgewandelt. Kümmerte sich nicht um die Menschen um sie herum. Murmelte nur vor sich hin. Immer wieder:

„Ich habe mein Opfer bekommen. Ich habe mein Opfer bekommen."

Viveka wurde abgeführt. Sie ging langsam zwischen den beiden Polizisten. Das Aggressive und Tobsüchtige war jetzt ganz verschwunden und durch Apathie ersetzt.

Wilhelm hielt jetzt Eva-Maria fest umarmt. Teils um zu verhindern, dass sie sich über Viveka hermachte, teils aber auch um sie zu trösten.

„Was ist denn passiert? Wo ist sie?"

Sie sah über das Wasser hinaus. Zitterte plötzlich.

„Liegt sie da draußen? Ist meine kleine Emma da?"

„Das ist nicht gesagt. Sie versuchen Viveka so schnell wie möglich zum Reden zu bringen. Und dann werden wir es erfahren. Aber ... aber ... guck doch ..."

Wilhelm zeigte hinauf zu den Häusern. Auf dem Kiesweg, der hinunter zum Wasser führte, kam ihnen ein uniformierter Polizist langsam entgegen. Doch das war nicht das Interessante. An seiner Seite und mit der Hand in seiner riesigen Faust ging ein kleines Geschöpf. In blauen Jeans und mit einer roten aufgeknöpften Jacke.

35

Dass der Alltag in Eva-Marias Leben wieder einkehrte, kam fast wie eine Überraschung für sie. Alltag mit Arbeit. Konferenzen und Tagungen. Haushaltsarbeit.

Nach ein paar Wochen war das Meiste zurück im alten Trott. Doch niemals würde Eva-Maria die albtraumhaften Stunden in Hammarboda vergessen. Als ihr ganzes Leben sich in der Schwebe befunden hatte. Als ihr Schreck und ihre Verzweiflung abgrundtief gewesen waren. Und als sie geglaubt hatte Emma nie mehr wiedersehen zu können.

Als sie jetzt auf dem Weg zum nunmehr fast täglichen Mittagstreffen mit Wilhelm war, ging sie noch einmal in ihren Gedanken alles Schreckliche durch. Auch an Viveka, die unter ihrer freundlichen Oberfläche immer ihre Pläne gehegt hatte, dachte sie.

In ihrem verwirrten und kranken Kopf hatte sie immer Pläne geschmiedet um Eva-Maria und ihre Familie zerstören zu können. Und um Emma zu töten. Doch sie hatte ihren Wahnsinn gut verborgen. Hatte ihn und ihre Depression mit Medikamenten in Schach gehalten. Aber niemals hatte sie den Gedanken ihre Tat durchzuführen aufgegeben.

Viveka war immer freundlich und hilfsbereit gewesen. Hatte immer zugehört und Eva-Maria unterstützt, obwohl sie sie tief im Inneren gehasst hatte. Und erst als die Krankheit überhand nahm, waren die Gedanken und Ideen, die sie immer gehegt hatte, zum Vorschein gekommen.

Jetzt stand ihr Haus leer und dunkel und erinnerte die ganze Zeit Eva-Maria an das Schreckliche, was passiert war. Viveka war jetzt im Krankenhaus zur Therapie. Wie lange wusste Eva-Maria nicht. Und sie wollte es eigentlich auch nicht wissen. Sie wagte nicht zu fragen. Sie schob es vor sich hin uns warf sich stattdessen in allerlei praktische Alltagstätigkeiten. Als Juristin verstand Eva-Maria, dass es lange dauern würde bis Viveka ins Leben zurückkehren konnte. Sehr lange. Vielleicht nie.

Technische Untersuchungen hatten gezeigt, dass Vivekas Lieferwagen bei der Tötung von Axel Svederus benutzt worden war. Und höchst wahrscheinlich hatte Viveka am Steuer gesessen. Das Ehepaar Höljeborn war unschuldig, und Viveka hatte mit Absicht Axel Svederus totgefahren.

Natürlich hatte sie nicht Svederus etwas antun wollen. Emma war ihr Ziel gewesen. Aber Axel hatte Emma weggeschubst und war somit selbst getötet worden. Und deshalb hatte Emma immer wieder das Wort „schubste" wiederholt.

Und dann Emma. Die im Mittelpunkt gestanden hatte und Zielscheibe Vivekas kranker Gedanken gewesen war. Sie ging weiterhin zur Therapie. Und Claes-Henrik Strömberg war optimistisch:

„Bis jetzt ist alles überraschend gut gelaufen. Natürlich kann es einen Rückschlag geben. Aber im Großen und Ganzen hat Emma die ganze Belastung hervorragend überstanden. Natürlich ist etwas tief in ihrem Inneren hängen geblieben. Es ist unmöglich vorauszusagen, wie es in Zukunft aussehen wird, aber so wie es jetzt ist, können wir uns über ihre Fortschritte nur freuen und hoffen, dass es so weitergeht."

Niemals würde Eva-Maria den Augenblick vergessen, als Emma mit ihrem kleinen Händchen in der riesigen Faust des Polizisten angekommen war. Eva-Maria hatte geschrieen und geweint, während Emma ganz ruhig gewesen war.

„Weine nicht, Mama. Nichts Schlimmes ist passiert. Wir haben viel Spaß gehabt. Jedenfalls anfangs. Aber dann wurde Viveka plötzlich so komisch ..."

Später, als Wilhelm sie ins Krankenhaus fuhr, hatte Emma erzählt. Sie hatte auf dem Rücksitz gesessen. Klein und zusammengekauert mit einem blauen Fleck an der Schläfe und Kratzwunden an den Armen.

Anfangs sei es sehr gemütlich gewesen. Sie hätten sich mit Ratespielen beschäftigt und auch verschiedene Spiele gespielt. Hätten Quatsch gemacht und gekichert. Sie hätten Limo getrunken und sich mit Snacks vollgestopft. Allerdings Viveka nicht. Sie hätte Bauchschmerzen gehabt.

„Wo wart ihr denn?"

Emma hatte die Schultern gezuckt.

„In einem Häuschen natürlich. Viveka hatte es wohl geliehen. Aber ich weiß nicht so recht. Willst du, dass ich weitererzähle oder ..."

„Natürlich! Erzähle weiter! Ich werde dich nicht unterbrechen."

„Dann hatte Viveka keine Lust mehr zu spielen. Sagte nichts mehr. Saß nur da und starrte vor sich hin. Dann fing sie an zu reden. Und ich verstand nichts. Sie war plötzlich ganz komisch. Es schien, als ob sie nur so vor sich hinredete. Sprach von irgendeiner Angelika. Die ich bald sehen würde. Und mit der ich auch spielen würde. Sie fragte, ob ich mich nicht freue. Aber wie denn? Ich kannte ja diese Angelika nicht. Und dann kann man sich ja nicht so ohne weiteres freuen."

Eva-Maria hatte nichts gesagt. Hatte nur genickt um Emma dazu aufzufordern fortzufahren.

„Dann schwieg sie plötzlich wieder. Nach einer Weile fing sie an vor sich hinzumurmeln. Sie hatte wohl vergessen, dass ich auch noch da war."

„Mein armes kleines Mädchen. Hattest du Angst?"

„Nicht direkt Angst. Nicht gerade dann wenigstens. Aber ein bisschen unheimlich war es schon. Ich dachte, ich wollte eine Weile hinausgehen und mich ein bisschen umschauen. Das sagte ich ihr auch. Sie hörte nichts. Saß nur da und murmelte vor sich hin. Erst als ich auf die Tür zuging, wachte sie auf."

„Was passierte dann?"

Eva-Maria hatte ihre Frage fast geflüstert.

„Sie hörte auf zu murmeln. Flog vom Stuhl auf und stellte sich vor die Tür. Ich versuchte hinauszuschleichen, aber sie packte mich. Fest. Und ... und ..."

„Und?"

„Sie schlug mir ins Gesicht. Mehrmals."

Im Auto war alles still geworden. Nur das leise Summen des Motors war zu hören gewesen. Es war als ob alle erst das, was Emma gesagt hatte, hätten verdauen müssen. Eva-Maria hatte flüsternd weitergefragt:

„Und dann?"

„Ich wurde unheimlich wütend. Und erstaunt. Warum tat sie das alles? Ich begriff gar nichts. Dann ... dann weinte ich wohl ein bisschen. Oder ... ziemlich viel, glaube ich."

Sie hatte geschluchzt und war in Eva-Marias Arme gekrochen.

„Meine liebe Kleine. Jetzt ist alles vorbei."

Emma hatte sich langsam von Eva-Maria gelöst.

„Dann weiß ich kaum noch etwas. Sie zog mich in ein Zimmer. Schubste mich hinein, so zu sagen. Und schloss ab. Zuerst war alles dunkel, aber nach einer Weile fand ich einen Schalter. So konnte ich wenigstens das Licht anmachen. Und dann sah ich, dass Läden vor dem Fenster waren."

„Wie lange warst du dort eingesperrt?" hatte Wilhelm dazwischengefragt.

„Keine Ahnung. Ich schrie so laut wie ich nur konnte. Und klopfte an die Tür so toll ich konnte. Dann lag ich eine Weile auf dem Bett. Dann schrie und klopfte ich wieder. Und dann kam plötzlich Micke."

„Micke?"

„Ja. Micke. Der Bulle. Und er war ganz lieb."

Dann war Emma eine Weile ruhig in ihren eigenen Gedanken sitzen geblieben und hatte zum Autofenster hinausgeschaut. Und dann plötzlich. Mit schriller Stimme.

„Warum? Warum, Mama? Warum tat Viveka all das? Sie war doch sonst immer so nett. Mag sie mich nicht mehr?"

„Das ist nicht so leicht zu erklären. Sie mag dich sicher immer noch. Aber sie ist krank. Sie ist einfach krank geworden. Sie konnte nichts für alles, was passiert ist."

„Aber was passiert denn jetzt? Wird sie wieder gesund?"

„Hoffentlich. Jetzt ist sie im Krankenhaus. Und dort wird sie lange bleiben. Sehr lange."

*

Im Krankenhaus war Eva-Maria plötzlich Svante eingefallen. Sie hatte sich geschämt. Sie hatte sich einfach so viel Sorgen um Emma gemacht, dass sie ganz und gar Svante vergessen hatte. Natürlich würde sie das von ihm zu hören bekommen. Nicht nur einmal, sondern immer wieder. Dass niemand ihn bräuchte. Dass sie genug Unterstützung von Wilhelm bekommen hätte. Er verstünde sehr wohl.

Sie hatte geseufzt, das Handy herausgeholt und murmelnd zu Wilhelm gesagt:

„Ich muss anrufen."

„Ich verstehe. Svante."

Eva-Maria hatte genickt und war weggegangen, während sie die Nummer wählte. Wilhelm hatte sich auf einen Stuhl niedergelassen und hatte leer vor sich hingestarrt.

Eva-Maria hatte lange warten müssen, bis jemand sich meldete. Und dann hatte sie kaum etwas gehört.

„Bist du es, Svante? Wo bist du?"

„Ich bin beim Fußballspiel. Mit Claes und den anderen. Du müsstest hier sein. Welche Stimmung. Wir führen einen Angriff durch und das Publikum macht mit. Und warte ... ich glaube ... jaa!!"

Ein ohrenbetäubendes Gebrüll hatte veranlasst, dass Eva-Maria das Handy weit weg von sich halten musste. Nach einer Weile hatte sie erneut Svante gehört.

„Hast du gehört? Wir haben ein Tor geschossen. Jetzt kann uns nichts aufhalten. Oh ja, es war toll. Und was für ein Spiel ..."

„Entschuldigung."

„Ja, ja. Ich sprach mit Claes."

„Aber könntest du bitte so nett sein und mit mir sprechen, da ich doch anrufe."

„Ja. Aber ich muss doch auch antworten, wenn ich angesprochen werde, oder? So etwas nennt man Höflichkeit."

„Dann kannst du vielleicht auch mir gegenüber höflich sein."

„Ja, ja. Du verstehst es ja aus dem Effeff einem die Stimmung zu verderben. Was ist jetzt schon wieder so verdammt wichtig?"

„Oh, nichts Besonderes. Darüber können wir reden, wenn du nach Hause kommst."

Die nächsten Wochen waren vom Alltag geprägt gewesen. Svante war spät nachts nach Hause gekommen, und erst am nächsten Tag hatte Eva-Maria alles erzählt. Die Reaktion war nicht die erwartete gewesen. Svante hatte ganz kleine Brötchen gebacken. Er war gefällig gewesen und hatte an diesem Morgen eher versucht sich anzubiedern. Das war fast noch schlimmer gewesen. Sie hatte erwartet, dass er nörgeln und auf sein Recht bestehen würde. Sich benachteiligt fühlen und immer wieder davon anfangen. Und dann so etwas. Ein gedämpfter, kleinlauter Svante. Das gab ihr fast den Rest.

Er war wie ein Heinzelmännchen umhergeschwänzelt, immer dazu bereit gewesen gefällig zu sein. Und Eva-Maria hatte sich immer mehr über ihn geärgert. Gleichzeitig hatte sie ein schlechtes Gewissen gehabt. Ihr Inneres war ein einziges Chaos gewesen, in dem kein Platz für rationelle und vernünftige Gedanken gewesen war.

 Sie konnte nicht länger Wilhelm widerstehen. Das wusste sie jetzt. Es gab kein Zurück mehr. Sie musste sich selbst gegenüber ehrlich sein und ihre Gefühle ausleben. Diese Einsicht war ihr nach und nach gekommen. Und plötzlich eines Abends, als sie eine Kurzgeschichte des Schriftstellers Bernhard Schlink gelesen hatte, wurde ihr alles klar. Ein Satz hatte einen tiefen Eindruck auf sie gemacht und war hängen geblieben. *„Es gibt die Sünde des ungelebten Lebens, der ungeliebten Liebe."*

Über eines war sie sich doch im Klaren. Sie würde Svante nicht hintergehen. Es spielte keine Rolle, dass er es getan hatte. Nicht nur einmal, sondern mehrmals. Doch das war seine Sache. So etwas wollte sie nicht anfangen. Kein geheimes Verhältnis. Keine Geheimniskrämerei und Mogelei. Sondern Ehrlichkeit.

*

Dass sie nach den vielen qualvollen Überlegungen die richtige Entscheidung getroffen hatte, fühlte, nein wusste sie, als sie eine Weile später zusammen mit Wilhelm beim Mittagessen saß. Sie hatte sich eingeredet, dass Leidenschaft und starke Gefühle für sie ein abgeschlossenes Kapitel wäre. Mutter zweier Kinder in einer Ehe, die wohl wie die meisten anderen war. Sie hatte sich damit abgefunden. So war nun mal das Leben. Die Kinder würden aufwachsen. Von zu Hause wegziehen. Eigene Familien gründen. Und Svante und sie würden zusammen alt werden. Und sich mit den Enkelkindern treffen und sich um sie kümmern.

Wie sehr sie sich doch getäuscht hatte. Jetzt war sie verliebter denn je. Und die Wärme und das Kribbeln, die ihr Körper verspürte, wenn sie Wilhelm sah, hatte sie nicht mehr erlebt, seit sie ein ganz junges und verunsichertes Mädchen war.

Während sie auf das Essen warteten, fummelte sie mit dem Besteck herum. Wie immer hatte Wilhelm gefragt, wie es Emma ging. Keine leeren Worte. Kein Gerede um die Zeit totzuschlagen. Hinter seinen Fragen steckten Gefühl und Empathie. Jetzt erzählte er über einen Fall, den er wahrscheinlich übernehmen würde. Interessant, aber trotzdem unterbrach Eva-Maria ihn.

„Willst du nicht noch einmal deine Frage stellen?"

„Entschuldigung. Frage? Wonach soll ich dich fragen?"

„Nach dem, wonach du mich früher oft fragtest. Sogar ziemlich oft."

„Nein, nun hilf mir doch. Was habe ich dich oft gefragt?"

„Ja ..., ob wir wegfahren wollten ... zusammen ..."

„Ach so."

Wilhelm lachte. Wurde plötzlich still und sah sie lange an.

„Ich will immer noch mit dir wegfahren. Selbstverständlich. Aber im Moment habe ich keine Möglichkeit. Ich muss meine ganze Kraft und noch mehr dazu in diesen Fall einstecken. Aber auch das nimmt wohl ein Ende ..."